다시,
학교를
디자인하다

다시, 학교를 디자인하다

2013년 6월 3일 제1판 제1쇄 인쇄
2013년 6월 10일 제1판 제1쇄 발행

지은이　한상준
펴낸이　강봉구

마케팅　윤태성
디자인　비단길
인쇄제본　(주)아이엠피

펴낸곳　작은숲출판사
등록번호　제313-2010-244호
주소　121-894 서울시 마포구 합정동 367-9
전화　070-4067-8569
팩스　0505-499-5860
홈페이지　http://cafe.daum.net/littlef2010
페이스북　http://www.facebook.com/littlef2010
이메일　littlef2010@daum.net

ⓒ한상준

ISBN 978-89-97581-22-1　03810
값 13,000원

다시, 학교를 디자인하다

한상준 지음

작은숲에세이 002

전교조 출신 교장 1호
한상준의 교육 에세이

작은숲

차례

1장 섬마을 학교에 봄바람 불다

신지중학교 시절(2004. 9. 1~2006. 8. 31)

2장 화양연가를 꿈꾸다

3장 학교 숲을 상상하다

4장 다시, 학교를 생각하다

1

  교장으로 일한 8년의 소회가 남다르다. 곰곰이 회상에 젖어 본다. 웃으며 술 마시던 날보다 어떤 문제를 두고 구성원들과 싸웠던 기억이 더 생생하다. 즐거웠던 추억보다 울었던 기억이 더 새롭다. 학교 구성원, 특히 교사들의 교육관은 다들 다르다. 해서, 여러 형태의 논의가 활발해야 하지만 현실은 그렇지 않다. 일방적인 지시가 더 횡행한다. 오랜 세월 그래 왔다. 그런 환경을 오히려 좋은 근무 조건으로 보는 경향마저 실재한다. 교사들이 논의하지 않으려는 모습을 볼 때 더욱 그렇다. 논의에 참여하는 순간 빠져나갈 수 없기 때문이다. 그런 사실을 알고 경악하기도 했다. 논의 구조의 틀을 바꿔 보았다. 나는 참여하지 않고, 교사들끼리 알아서 하도록 말이다. 잘 이뤄졌다. 멍석 깔아주는 역할이 교장 일이라는 걸 터득했다. 교장 3년차 되던 해였다. 교장이 자기 식대로 하자니 안 되었던 것이다. 교사 한 분 한 분의 관점이 분명한데, '나를 따르라.' 하니 '그럼, 너 알아서 해.' 하는 마음이었던 걸 읽지 못했다. 아니 '네가 옳더라도 함께 어깨 걸고 나가자 해야지.', 하는 압박이었던 걸 몰랐다.

교장 초임 2년을 전남 완도의 작은 섬 학교, 신지중학교에서 일했다. 2년 동안 좌충우돌했던 모습을 떠올린다. 분명 옳은 관점이랍시고 막 밀고 나갔던 것 같다. 학부모님들로부터 적잖은 호응을 얻기도 했지만 내부적으로는 교육 활동을 추진하면서 자주 허덕였다. 매끄럽게 교육 활동을 진행하지 못한 것은 몸에 배인 교육 운동적 사고를 좀 더 유연하게 현장에 적용하지 못한 탓이었다고 여긴다. 2년 뒤, 뭍의 인문계일반계 고교로 자리를 옮겨 여수화양고에서 3년, 광양고에서 3년을 일했다. 인문계 고교에서 일한 초기에는 인문계의 정체성을 알아 가느라 꽤 힘들었다. 오로지 대학 입시에만 매몰되어 있는 현실, 이를 벗어나기 위한 어떤 노력도 쉽지 않은 답답한 여건, 학생을 우선하지 않는 교육과정 편성과 운영 문제 등 여러 난관에 부딪혔다. 슬기롭게 극복했다고 여긴다. 진정성 있게 다가서려는 나름의 처신과 전교조 해직교사 출신 교장이라는 게 동료들의 마음을 움직였나 보다. 이후, 이 조건은 꽤나 순기능적으로 작동했다. 물론 그게 다는 아니라 본다. 교육 혹은 교육 행위를 바라보는 시선의 동질성이 유효했다고 나는 믿고 싶다.

아이들을 보면 나는 지금도 참 좋다. 처음 교단에 섰을 때부터 지금까지 그렇다고 하기에는 좀 과장된 표현이긴 하지만, 그런 마음은 여전하다. 시쳇말로 뚜껑 열리는 경우가 왜 없었겠는가? 아이들의 몸짓과 쓰는 말투가 워낙 모난 경우가 잦은 탓에 나를 포함한 동료들이 하루에도 몇 번씩 열 받는 경우를 보곤 했다. 지금도 여전하다. 그렇지만 우리의 암담한 교육 현실 속에 살면서, 그 안에서 살아가고 있는 우리 아이들이 그나마 이런 만큼이라도 견디면서 웃고 떠들고, 때로는 울고 싸우면서 자신의 생각을 키우고 꿈을 가꾸는 걸 보면, 안타까움을 넘어 슬픔과 분노가 일어난다. 유보할 수 없는 청춘의 시기를 살고 있는 우리 아이들이다. 그런 아이들이 학교를, 유보할 수 없는 통과의례의 모순된 벽으로 느끼며 학교를 오가고 있다. 교사로서 번민하지 않을 수 없다. 이 글을 쓰는 까닭도, 교육에 대한 나의 사유도 딴은 여기에 있다.

2

나는 이 글에서 교육 이론이나 학문적 성찰 혹은 어느 논자의 논리적 경향도 인용하지 않았다. 경험을 바탕으로 풋풋하게 쓰고자 했다. 잠언식 혹은 경구식 표현도 삼갔다. 소박하게 느낀, 그러면서도 지난 8년 세월 동안 열정을 안고 이루려 했던 교육 행위와 그에 의해 얻어진 느낌을 기록하고자 했다. 교장직을 수행한 분이라면 누구건 해낼 수 있었던 그렇고 그런 경험지여서 누추하다. 하지만, 현장에서의 교육 행위는 몸으로 하는 즉답적 행위라는 걸 나는 여전히 믿고 있다. 대학 때 배운 교육학이 나의 교직 생활에 보탬이 되지 않았다는 걸 나는 지금도 확인하고 있다. 1급 정교사 연수를 받으며 알게 된 교육 사회학적 관점이나 교직에 대한 나의 원초적 사관이 그렇게 이끌기도 하였음을 부인하지 못한다. 그래서 보통 교육을 맡고 있는 교사(원)는 전문직이면서도 여타의 전문직과는 다른 교육 노동자의 면모를 나는 고집한다.

교장 8년 임기를 마치고 교사로 되돌아가면서 설렘과 두려움이 동시에 떠오르곤 하였다. 아이들과 23년 만에 칠판이 걸려 있는 교실에서 만나는 데에 따른 설렘이었다. 나를 대하는 타인의 인식에 대한 두려움이었다. 그래서 그걸 떨치기 위해 내가 내보일 수 있는 행동은 그저 묵묵히 교실 수업 해내는 것이라 여겼다. 원래의 내 자리인 교실로 돌아와 조용히 아이들과 만나자고 다짐했다. 사실 나의 교직 생활 가운데 교장 일을 하리라고는 감히 상상하지도 않았다. 초임 발령 다음 해부터 교장·교감과 싸우기를 주저하지 않았다. 사고내신학교장의 강제 내신을 하기 전에 다른 학교로 옮겨 가라는 당시 교장의 노한 얼굴이 여전히 생생하다.

나는 징계위원회에 두 번 참석했다. 1986년과 1989년이다. 1986년은 '5·10 교육 민주화 선언' 참여와 시위에 따른 연행 그리고 풀려난 뒤 그 연장선상에서 교장과의 갈등이 주된 원인이었다. 1989년은 전교조 전남지부 강진지회 지회장으로, 전교조 결성과 관련한 징계였다. 두 번 참석하면서 두 분의 징계위원장으로부터 듣게 된 말은 공교롭게도 '생긴 건 순하게 생겼는데, 그러네.'라는 말이었다. 내가 다소 동안童顔인 편이다. 나이 60줄 가까이 있으면서도 얼굴에 주름이 많지 않다. 그렇게 교직 생활을 이어온 까닭에 내가 교장 일을 맡아 역할을 해내리라고는 상상할 수조차 없었다. 그런데 그런 일이 벌어졌다. 전남 강진에서 해직되면서 종일토록 전교조와 농민회가 함께 쓰는 사무실에서 더불어 살았다. 학교 일 끝나고 퇴근 후에 오는 전교조 동지들보다 낮에 만나는 농민 운동 하는 젊은 친구들과 더 어울리게 되었다. 그 지역의 근원적 문제이자 내가 소설가로서 또한 관심을 갖고 있던 농업·농민 문제 해결에 진력하는 농민 운동가들을 보다 적극적으로 만났다. 그런 만남을 통해 교육 문제를 새로운 관점에서 보게 되었다. 그게 계기였다. 교육 자치의 한 일원이 되어 농촌 교육을 살려야겠다는 의지를 더욱 갖게 되었다. 1991년 지방 자치 제도가 도입되면서 지방 자치와 함께 교육 자치가 실현되어 참여하게 된 것이다. 당시 강진은 국회 농수산위원회 김영진 의원의 지역구였는데, 김 의원님의 적극적인 배려로 초대 교육위원으로 활동하게 되었다. 그런 연계에 의하여 추후 복직하고 교육 연구사를 거쳐 전교조 해직교사 가운데 공립 중등학교 교감, 교장을 처음으로 맡게 되었다.

한국 사회에서 교장이란 정부의 교육 정책에 대한 현장 지휘 책임자로서의 역할을 담당하는 존재이다. 앞으로도 그러하리라 전망한다. 지금까지 한국 사회의 교육 정책은 정권적 차원에서 논의되고 결정되어 온 게 사실이다. 독재 정권 시대에는 정권의 정통성을 이끌어 내려는 역할을 교육이 맡았고, 그 첨병으로서의 수행자가 교장이기도 했음을 부인할 수 없다. 민주 정부라 해서 획기적으로 달라진 교육 정책은 돌이켜 봐도 손꼽아 보기 어렵다. 국민 모두의 문제로 의제화한 교육 문제를 정권적 차원에서 접근했고, 그 인식 수준에서 정책을 수립해 온 건 주지하는 바다. 좋은 정책을 현장에서 풀어 갈 때보다 그렇지 않은 경우가 더 많았다. 해서 갖게 된 스트레스를 감내하기 힘들었다. 나쁜 정책은 대부분 '강남의 교육 의제'가 '전 국민적 교육 의제화' 하는 데에서 기인했다고 본다. 교육을 통한 부의 세습을 막는 제도가 도입되었다고 보거나 도입될 거라 예상되면 추호도 망설임 없이 초동에 박살 내고야 말았다. 이렇게 교육 현실이 호도되면서 교장이 자신의 교육적 관점에서 출발하는 어떤 교육 활동도 스스로 검열하지 않으면 안 되는 현실을 맞을 수밖에 없었다. 지금도 여전하다.

교장 일 하는 동안 소설을 거의 쓰지 못했다. 일 년에 겨우 단편 소설 한 편 정도 썼다. 이제 소설을 좀 더 힘들여 쓰고자 한다. 그러기 위해서

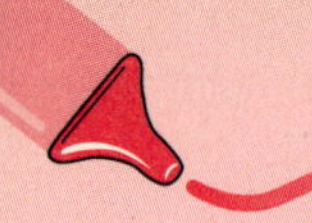

지난 8년 세월을 되짚으며, 그 소회와 더불어 교장으로 지낸 낱낱의 시간을 뒷짐지고 정리해 보자는 내심으로 또한 이 글을 쓴다.

지난 8년 세월의 아름다움이여, 부디 용서하시압!

2013년 봄에

한상준

1

내가 교사로서 자질을 가지고 있는지 극심한 회의를 하고 있던 1980
년대 말, 전남 강진에서 한상준 교사를 처음 만났다. 당시 그는 매우 감
성적이면서 열정적으로 뭔가를 해 보려 한다는 인상을 강하게 받았지만,
이성적인 성향이 강한 나와는 궁합이 잘 맞지 않는다고 느꼈다. 그리고
20여 년이 지난 후 학교 밖 어느 모임을 함께하면서 몇 차례 만났는데,
여전히 그는 감성적이었지만 상당한 논리력을 갖추고 있었고 차분한 사
람이 되어 있었다. 힘난한 세파를 겪어 가면서 얻어진 내공이리라. 그와
의 인연은 계속되어 광양고등학교에서 함께 근무하게 되었다. 그는 교장
이었고, 나는 3학년 담임, 3학년 부장교사, TF팀장, 역사 캠프 주도자,
학교 운영위원회 교사위원, 전교조 분회장을 맡았다. 그는 여전히 뭔가

를 시도하고 있었다. 내가 그동안 겪어 보지 못한 새로운 시도들이었다. 학교의 긍정적인 변화와 교사의 자발적 참여를 유도하기 위한 TF팀 운영, 지리산 종주와 문학 캠프를 비롯한 다양한 캠프 활동, 텃밭 가꾸기와 삼겹살 파티, 학생회 활성화를 위한 학생회실 마련 및 학생회 예산 편성에 학생회 임원들의 의견 반영, 도 교육청과 자치 단체를 통해 100억 원 넘는 거액의 예산을 유치하여 운동장을 두 배 정도 넓히고 체육관과 기숙사를 새로 지었으며, 도서관을 신축하였고, 넓혀진 운동장 일부에 학교 숲을 가꾸었다. 또 광양고등학교를 기숙형 공립학교, 금년도부터는 교과부 지정 자율형 공립학교라는 위상을 갖게 하였다.

2

그는 이제 또 다른 새로운 시도인 교장 임기를 마치고 평교사가 되어 있다. 이런 모습을 지켜보며 나는 무엇보다도 끊임없이 뭔가를 계속 시도하는 사람이라는 생각을 가지게 되었다. 그는 쉽게 지치지 않으며 강한 사람이고 추진력도 좋다. 물론 그도 때론, 아니 자주 나약한 모습을 보이거나 세련되지 못한 모습도 보인다. 아마도 그가 감성적이며 타인을 지나치리 만큼 존중하고 술을 가까이하는 데에 그 원인이 있을 것이다.

한 교장에 대한, 또 하나의 매우 강한 인상이 있다. 어떤 때는 놀랄 정도로 격식이나 관례를 깨 버린다는 점이다. 극단 〈신명〉을 초청하여

5·18 관련 공연을 전 학년 대상으로 실시한 것, 교사들의 반대에도 불구하고 학생들의 중앙 현관 출입을 허용한 것, 체벌을 일체 불허한 것, 서울로 수학여행을 테마형으로 가게 한 것, 학기 초 학부모들이 선생님들에게 음식 대접하는 걸 불허한 것, 다양한 캠프 활동을 위한 과감한 예산 지원 등 헤아릴 수 없을 정도이다. 사실 난 이런 그의 모습이 매우 좋았고 부러웠다. 용감하지 않거나 교장이라는 권력 없이는 할 수 없는 일이다. 하나같이 교사들이 반대하거나 귀찮아 하는 것들이기 때문이다. 혁신은 관례나 격식을 깨야 가능한 것인데, 관례나 격식은 사람들이 매우 익숙해져 있어 이를 깨뜨리는 것이 쉬운 일이 아니다. 그것이 아무리 단순하고 사소한 것일지라도.

실제로 2011학년도 학생부장을 맡았던 어느 교사는 체벌 금지와 지리산 산행 캠프에 대해 불만이 꽤 있었다. 그는 체벌이 학생 생활 지도에 유효한 수단이라고 보고 있었고, 지리산 산행 캠프가 학생부만의 일은 아니라고 생각하고 있었다. 이런 과정을 지켜보며 혁신은 혼자 할 수 없으며, 함께할 수 있는 동지가 있어야 함을 새삼 느끼게 되었다. 아마 한 교장도 우군의 뒷받침이 부족한 채 고군분투하는 과정에서 꽤나 힘들었을 것이다. 때론 지쳐 보이고 때론 외로워하는 모습을 보며 나는 그렇게 생각하였다.

한 교장이 뭔가를 해 보고 싶어 하는 것은 한마디로 말하면 학교 문화를 바꾸는 것이다. 학력만이 아닌 학력과 그 플러스 것들. 학력에 종속되는 교육 활동이 아닌, 내가 판단하기엔 학력 이전의 사람의 문제로 되돌아가는 것.

현재의 학교는 학력이 전부이다. 일반 학교에서 보여 주는 '비교과적'인 활동도 궁극적으로 학력을 보완하는 것일 뿐 사실상 학력의 연장선상에 있다고 볼 수 있다. 학력을 보완하려는 또 다른 모습에 불과한 대부분의 비교과 활동은 곧 대학 진학과 직결되어 있다. 특히 일반계 고등학교는 오직 대학만을 위해 존재한다. 이러한 학교 문화를 바꿔 보려는 한 교장의 의지와 노력은 어찌 보면 안타까움을 자아낸다. 학부모도, 교사도 한 교장의 철학에 전적으로 동의하고 있지 않아 믿음직한 우군이 될 수 없는 상황이다.

3

그렇다면 한 교장은 잘못된 방향으로 가고 있는가?

아니다. 조금이라도 학교 문화를 이해하고 인간에 대한 성찰을 하는 사람이라면 어떻게 현 우리나라 교육 현실을 정상적이라고 말할 수 있겠는가. 정상적인 상황이라면 누가 학교를 개혁하자고 말하겠는가. 입이 있는 자들은 모두 학교를 바꿔야 한다고 말하지 않는가. 비록 철학과 방향이 다를 뿐, 현 학교의 모습이 바람직스럽지 못하다는 것은 누구나가 인정하는 바이다. 비록 한 교장이 우리의 학교 현장이 어떻게 바뀌어야 하는가에 대한 구체적이고 명확한 대안을 제시하지 못하고 있지만, 이것은 한 교장만의 문제라기보다는 우리 모두의 문제라고 보아야 한다. 해답은 우리 모두가 함께 찾아가야 하기 때문이다. 문제는 어떠한 형태로든 시도해야 한다는 것이다.

한 교장은 그러한 시도를 하고자 하는 사람이다. 그 자체만으로도 높은 평가를 받아야 하지 않을까. 그리고 한 교장이 한 일들을 보면 그 단초를 발견할 수 있지 않을까.

사람 냄새 나는 학교를 만드는 것, 말이다.

광양고등학교 고연석

봄바람 불어, 작은 섬 학교에 희망이

통째로 없어질 뻔한 학교

학교가 먼저 달라져야

냉혹한 근평 제도

남난희를 알아?

만족스런 80점

섬마을 학교에 봄바람이 불다

신지중학교 시절 | 2004. 9. 1~2006. 8. 31

곧 경칩驚蟄이다.

우수雨水가 앞선 절기지만, 진짜배기 봄의 전령은 경칩이다. 남녘은 이미 봄기운 완연한 시기요, 북녘으로는 꽁꽁 언 대동강 물 녹고 삭풍마저 누그러지는 때이다. 요즘 들어선 기상이변이 하 잦아 시時도 모르고 절節도 가늠하기 어렵긴 하다. 어느 해 3월, 게릴라성(?) 폭설이 내려 고속도로에서 오도 가도 못한 채 혹한의 밤을 지새운 차량들이 많았던 적이 있었다. 체감 온도 영하 20℃ 이하로 떨어진 추위가 몰려온 것 또한 올해 2월이었다. '3월 추위가 장독 깬다.'는 옛말도 있듯이 올해도 예측하기에 아직 이르긴 하다.

따은 3월은 기상 이변과 달리 아이들 개학을 앞두고 꽃샘추위가 몰려와 옷깃을 한껏 여미게 하곤 한다. 내내 겨울답지 않던 날씨가 어찌 그렇게 잊지 않고 새 학기를 시작하려는 3월이면 시샘을 부리는지, 참 알다가도 모를 일이다. 그럼에도 자연은 골 깊은 어느 계곡에서 얼음 긋는 소리를 미루지 않고 들려 준다. 북향北向의 산등성에 남아 있던 잔설 녹아 개울로 쫄쫄쫄 물 흐르게 한다. 산골짜기 물가엔 아지랑이 복스럽게 피어오르고, 동백은 이미 주위를 온통 붉게 물들이고 있다. 꽃송이마저 탐스러운 동백은 피면서 지기도 하여 이제 망울을 확 틔려 하기도 한다. 낙엽 떨군 채 겨우내 헐벗은 졸참나무와 서어나무, 층층나무엔 가지마다 희망의 새 움이 트고 산수유는 노오란 망울 막 터뜨린다. 매화 역시 눈발 성글던 겨울날에게 헤어짐의 목례 지그시 건네고 있다.

이런 3월이면 또 다른 다짐을 하도록 한다. 새해 들어 산에서 혹은 바다에서 붉게 솟구치는 태양을 맞으며 마음 속 깊이 새 해 꿈 새록새록 다지던 정월 초하루와는 사뭇 다르게 비장감을 갖도록 한다. 엄혹한 저 훼절의 시대를 살아온 사람들에게 있어 새봄은 '닭 모가지 비틀어도 새벽은 온다.'라며, 결기 곧추 세운 채 비장한 각오로 반독재 투쟁의 전선에 나서던 시절이었다. 교육 운동과 관련하여 해직당한 분들께선 올해 이루지 못한 복직에의 꿈을 내년 3월에는 필시 쟁취하리라 새롭게 다지며 전열을 정비하곤 했다. 그처럼 올 새봄에도 치열한 싸움을 전개할 채비 서두르는 여러 진영이 있으리라, 미뤄 짐작한다.

세상의 한파와는 달리 우리 아이들의 표정은 밝다. 등굣길에서 만난 아이들의 얼굴에는 웃음꽃이 활짝 피어 있다. 어제 내준 과제를 깜박 잊고 해내지 못해서 더욱이나 가벼운 책가방을 메고서도 친구들과 손짓 발짓 해가며 느리고 느린 걸음으로 해찰하면서 등교하는 아이들은 마냥 흐뭇한 표정이다. 학교에 가면서 만난 2학년 민영이가 친구에게 흔드는 반가움의 손짓을 나에게 하는 줄 알고 답례로 나도 손을 흔들어 주었다. 정작 화들짝 놀란 건 아이였다. 그러다 이내 수줍게 인사를 건네던 아이의 모습이 떠올라 미소를 머금는다. 늦잠 탓에 끼니마저 거르고 종종걸음으로 학교에 오기 일쑤인 지각대장 명환이는 담임 선생님에게 혼쭐나게 꾸중을 듣고도 돌아서면서 재잘거리며 웃고 장난하며 싸운다. 1학년 아이들의 교실은 어지럽기도 하지만 풋풋한 열기가 꿈틀대는 걸 느낀다. 때로는 창가에 턱 괴고 앉아 저 멀리 떠 있는 청산도靑山島 앞바다를 하염없이 바라보는 2학년 어느 아이의 깊은 상념의 모습을 들여다볼 수 있는 교실 풍경은 보기에 참으로 흐뭇하다.

아이들의 얼굴도 3월 되면 긴장감이 서린다. 한 학년씩 올라간 아이들 표정은 자못 진지해진다. 새 학년 맞아 새로운 비상飛上을 꿈꾸기 때문이다. 학년이 오르면서 가슴 속에 암팡지게 무언가 다지고 새기는 까닭이다. 박차고 올라 어느 지점에 이르고자 하는 한 해의 소망을 아이들은 3월에 한다. 키 더 커지길 원하는 바람, 더 예뻐지길 바라는 갈망, 글쓰기에 자신감을 키우고자 하는 희망, 수학 공부를 지금보다 잘했으면 하는 소망, 낡아빠진 컴퓨터를 최신 사양으로 바꿔 달라는 요구가 이뤄지기 바라는 기도, 핸드폰 사 달라는 꿈 이룸, 용돈 더 많이 받을 수 있게 해 달라고 비는 마음, 동생들과 더욱 화목하게 지내야겠다고 하는 다짐, 부모님 하시는 일이 잘되어 집안 더욱 넉넉해졌으면 하는 염원 등을 떠올린다.

그런 여러 가지 꿈들 가운데 이곳 섬 아이들이 꾸는 꿈은 사뭇 다르다. 뭍으로 하루라도 빨리 진출하고자 하는 간절한 열망이다. 3학년 아이들은 고향에서 더 멀리 떨어진 뭍의 학교에서 수학하는 꿈을 꾸곤 한다. 신지도엔 고등학교가 없으니 어차피 모두가 뭍의 고교로 진학하게 되어 있다. 많은 아이들이 완도읍 소재 고등학교로 진학한다. 하지만 때때로 연고가 없어 보이는 더 먼 곳으로 진학하기를 희망하는 경우가 종종 있다. 성적순으로 뽑는 몇몇 이름난(?) 고등학교에 기어코 가려고 한다. 그런데 특성화고 실업계 고교를 가면서도 타 시도로 가기를 고집하는 아이들이 있다. 친척 중 누군가가 그곳에 사느냐 물으면 없다고 한다. 특화된 특성화 고교가 도내에 있다는 데도 기왕 뭍으로 나가는 길이라면 어드메까지 가 보나, 어디 한 번 가 보자, 하는 심경이리라. 어쨌거나 멀리뛰기를 하려 한다. 담임 선생님의 설득에 그 꿈을 접는 경

우가 대부분이긴 하나 속내엔 여전히 멀리뛰기를 염두에 둔 채 좌
절이라 여긴다.

그러한 꿈을 꾸는 아이들의 마음을 이해할 수 있다. 이곳 아이
들은 섬에 갇혀 있다는 생각을 일찍부터 품고 있다. 그런 생각이
어디에서 왔을까? 어렵지 않게 헤아릴 수 있을 것 같다. 많은 섬
지방이 유배지였다. 이곳도 그 중 하나다. 신지도新智島란 지명도,
신지도의 자랑인 명사십리鳴沙十里도 유배지로써의 일화를 지니고
있다. 오늘에야 올곧은 정신을 가진 선비가 강제로 중앙에서 축출
되어 유배를 왔다고 인식하고 있으나 당시의 상황은 그렇지 아니
하였다. 중심으로부터 외면당한 땅이라는 자괴감이 섬의 문화를
오래전부터 연연히 지배해 왔다는 점이다. 덧붙여 도서 지방의 힘
든 교육 환경을 하나하나 열거하는 건 참 쑥스러운 일이니, 그냥
낯부끄러움으로 대신하련다.

이런 어려움 속에서도 아이들은 참 곱고 이쁘다. 지난 2월 17일
에 있었던 우리 학교 졸업식을 떠올리면 더욱 그렇다. 고마운 단
비가 내린 다음 날이었다. 겨울 가뭄이 깊은 터라 식수난을 겪는
섬도 있었기에 해갈에 도움이 된 비였다. 연 사흘 내리던 비 그치
고 졸업식을 맞는 아이들의 표정이 참 밝았다. 모두 36명이 32회
째 졸업을 하게 되었다. 내 · 외빈들이 오시고 예전에 비해 더 많

은 축하객들이 찾으셨다고 한다. 졸업생 한 명 한 명에게 졸업장을 주면서 그 동안 보고 느낀 생각을 들려 주었다. 선일이에게는 사물놀이의 상쇠를 너무 잘해 주어서 기억이 새롭다고 했다. 제희에게는 학교 축제인 '명사제' 때 본 연극의 배역을 기억하며 배우로서 소질을 키워도 좋을 것 같다고 얘기해 줬다. 선천이에게는 너무 과묵해서 탈이니 친구들과 잘 어울려 놀았으면 좋겠다고 조언했다. 태현이하고는 특별히 악수를 나눴다. 나하고 머리 모양 가지고 실랑이를 좀 했었던 터여서 서로 풀자고 했다. 희영이와 효하는 졸업식 끝 무렵에 가서 눈물을 펑펑 쏟았다. 아이들이 우는 걸 보면서 나 또한 울음 참느라 혼이 났다.

　정규 중학교 졸업식에서 눈물 흘리는 아이들을 보는 건 요즘 흔한 풍경 아니다. 어려웠던 시절, 중학교 졸업으로 더 이상 학업을 계속할 수 없는 형편에 놓인 많은 학생들이 있던 시기에야 서럽고 분하고 아프고 슬퍼서 펑펑 울었다지만, 지금은 누구 하나 진학하지 못하는 학생 없다. 그런 까닭에 축제로 치뤄지곤 한다. 물론 우리 학교 졸업식도 한판 축제로 치러졌다. 그럼에도 우는 아이들이 한둘 아닌 건 섬이기에 그렇다. 섬 아이들이기에 우는 것이다. 헤어짐이 그만큼 깊기 때문이다. 이제 뭍으로 떠나면 다시 삶으로서의 섬을 만나지 않게 되리라는 생각이 솟는 탓이다. 속으로는 나도 함께 울었다.

섬에 이제 봄이 왔다. 3학년 아이들 보내고 난 뒤 휑하던 교실에도 새봄처럼 푸릇푸릇한 아이들이 새로 입학했다. 작년 입학생에 비해 숫자가 줄었다. 넉넉하고 반갑게 만나려 한다. 새 학년을 맞은 작은 섬 학교 아이들의 마음속에도 훈훈한 봄바람 불어, 희망이 부풀기를 기원해 본다.

통째로 없어질 뻔한 학교

이른 아침 완도 신지도에 있는 명사십리鳴沙十里 해수욕장에 나간다. 넓은 모래밭과 찰랑거리는 바닷물이 늘 반겨 준다. 떠밀려 온 미역 줄기나 톳도 제법 주워 올 수 있다. 바람이 거세게 분 다음 날 이른 아침이면 어김없이 마을 사람들이 모래밭을 거닐며 떠밀려 온 패류를 줍기도 한다. 나도 어느 날인가 피조개를 여러 개 주운 적이 있다. 특히 아직 따가운 햇볕 내리쬐기 전 유월의 아침 바다는 참 상쾌하다. 오늘도 바닷가에 나가 하루 일 몇 가지 생각을 하며 걷는다. 다시 하늘을 올려다본다. 참 투명하다. 그러다 바다를 보면서 흠칫 놀라는 몸의 기색을 느낀다. 지난 5월에 다녀온 수학여행이 떠오른 탓이다. 그때를 생각하면 오싹해지는 느낌을 지울 수 없다. 지난 5월 중순, 2박 3일 동안 당직 한 분을 제외한 전 교직원과 전체 학생이 제주도 여행길에 올랐다. 그때, 학교가 통째로 없어질 뻔한 가슴 떨리는 상황이 벌어진 것이다.

작은 학교이다 보니 3년에 한 번씩 전교생이 수학여행 길에 나선다. 늘 그랬듯 이번에도 제주도 행이었다. 해산일解産日에 가까운 임산부인 행정직원이 당직을 서 주기로 하여 그분을 제외한 모든 학생과 교직원이 함께 간 수학여행이었다. 완도에서 제주로 출항 하는 배가 오전과 오후, 두 번 있는데 오전 배를 타면 배도 조금 작다. 추자도를 경유하는 까닭에 소요 시간도 더 걸린다. 하지만 하루의 절반은 그래도 제주도 여기저기를 다닐 수 있기에 오전 배를 이용하였다. 아이들뿐 아니라 동료들도 바닷바람에 안겨 수평선을 바라보고, 사진 찍으며 즐거운 시간을 보내는 동안 여객선은 어느덧 추자도에 이르렀다. 쾌청한 날씨였다. 추자도에서 몇몇이 내리고 또 몇몇의 손님이 배에 올랐다. 이제 곧 제주를 향해 배가 떠날듯 뱃고동이 기세 좋게 울렸다. 하지만 그러고도 배는 한참을 움직이려 하지 않았다. 출항 시간이 꽤 지났지만 누구도 왜 출발하지 않는지 묻지 않았다. 설명도 없었다. 다만 우린 흥겨움에 젖어 있었다. 그렇게 얼마간 지연된 후 여객선은 아무런 이상 없이 출항하게 되었다. 무슨 이유가 있었겠지만 그게 우리가 알아야 할 사항이라고 여기지 않았다. 우리는 다시 흥겨움에 빠져들었다. 여객선이 추자도 항을 빠져 나오고 10여 분 정도나 지났을까. 아, 파도! 그 파도가 배를 덮치는 것이었다. 너무나 갑작스런 상황 전개였다. 여객선이 크지 않다고는 하지만 오후에 출항하는 여객선에 비교해서 그렇다는 것이지 작은 배가 아니었다. 그런데 배 브릿지 위까지 파도가 넘어가는 것이었다. 갑작스런 사태에 모두는 그야말로 사색이 되었다. 아이들은 비명을 질렀고 우는 아이도 있었다. 나와 두어 분 동료를 뺀 나머지 교직원들은 선실에서 잠을 청해 자고 있었다. 아이들을 진정시키고 토악질한 내용물을 한쪽으로 쓸어 담고 하면서 이리 밀리고 저리 밀리는 흔들림에 속수무책, 두려움에 빠져들지 않을 수 없었다. 아이들과 동료들뿐 아니라 나머지 승객들도 어느 하나 구명조끼를 입고 있지 않았다. 선원들 가운데 어느 누구도 구명조끼 이야기를 꺼내지도 않았다. 배가 출발하면서 안내 방송과 조난 시 요령을 화면으로 잠시 보여 줄 뿐이었다. 그러나 그 화면을 보고 구명조끼를 꺼내 입으려는 승객은 아무도 없었다. 선원 가운데 누구 하나 이런 사태에 대해 설명하지 않았다. 추자도에서 탄 경찰복을 입은 중년의 사내마저 눈을 질끈 감은 채 흔들림에 내맡긴 상태였다. 아이들은 핸드폰으로 이런 상황을 부모들께 알렸다. 배가 곧 가라앉을 것 같다는, 가라앉고 있는 것 같다는 두려움을 호소했다. 섬 아이들이라 해도 산山채만한 파도를 언제 경험해 보았겠는가? 파도가 밀려올 때마다 아이들은 비명을 질렀다. 고개를 두 무릎 사이에 파묻고는 덜덜덜 떨고 있는 아이, 혹 파도에 휩쓸릴까 봐 선실 바깥으로 나오지 못하게 통제하는 교사들과 밖으로 나오려는 아이들 간의 사투死鬪 같은 실랑이, 그야말로 아우성, 아비규환이었다. 우리가 탄 배는 이리 흔들리고 저리 흔들리며 파도 속을 뚫고 아주

서서히 나아갔다. 나는 지나가는 선원을 붙잡고 '어떠냐?'고 물었으나, 안심하라는 말만 되풀이할 뿐 이런 상황에 놓이게 된 저간의 사정은 전혀 발설하지 않았다. 일엽편주—葉片舟라 했던가. 대자연의 요동 앞에 놓인 그야말로 일엽편주였다.

내 머리속에 퍼뜩 '학교 하나가 사라져 버리는 것 아닌가?' 하는 생각이 엄습했다. 이 순간, 내가 할 수 있는 거라고는 아무것도 없었다. 아이들을 진정시키고 동요하지 않도록 다독이며 아이들이 넘기는 배설물을 받아 내는 것뿐이었다. 선장에게 항의할 수 없는 지경에 이른 터였다. 애초 일기예보를 듣고 출발과 지연을 결정했어야 했다. 또한 이런 상황이 돌발했을 때 대처할 수 있는 사전 교육을 선장에게 요구하지도 않았던 것이다. 둔탁한 쇠망치로 뒤통수를 얻어맞은 듯 멍해졌다. 나는 다시 덮쳐오는 파도를 응시했다. 훅 허공에 올랐다가 훅 떨어지는 진공 상태를 느꼈다. '이렇게 가는가?'라는 생각이 밀려왔다. 아이들의 비명과 절규가 도처에 넘쳐났다. 아이들도 내가 무언가를 할 수 있으리라 여기지 않는 듯했다. 지금 이 지경에 이르러 내가 할 수 있는 건 그저 울면서 떨고 있는 아이들을 감싸 안아 주는 것 말고는 달리 할 게 없었다. 전 교직원이 나서서 아이들과 함께 떨면서 겉으로는 냉정함을 유지하려 애를 썼다. 그렇게, 그렇게, 우리가 탄 배는 이리 흔들리고 저리 흔들리며 파도 속을 뚫고 나아갔다, 시나브로. 그때, 누군가 외쳤다. 제주항이 보인다고.

이 여객선의 경우 추자도와 제주 간 운항 시간은 대략 1시간 정도라 했다. 무려 2시간 30분 정도를 소요하여 제주항에 도착할 정도로 험난한 항해였다. 제주항에 정박해서야 선장의 설명을 들을 수 있었다. 제주 먼 바다에 풍랑주의보가 떨어졌는데 추자도에서 완도항으로 다시 돌아가는 도중에 가까운 바다에도 주의보가 발효될 상황이었단다. 그렇다고 추자도에 100여 명 넘는 인원이 잠자고 먹을 수 있는 숙식 시설 또한 없는 곳인지라 인솔자 누구와 상의해도 우왕좌왕하거나 회항하자는 의견일 게 뻔할 뻔 자였다고 생각했단다. 여행사와는 상의하지 않았지만 여러 가지 문제가 발생될 게 분명한 국면에서 '가자'는 결단을 내렸다는 것이었다. 늘 다니는 항로이기에 선장으로서 자신감도 있었다고 했다. 선장이 약간 미안한 기색을 띠며 가녀스럽게 웃음을 흘리는 것이었다.

나는 그의 면상을 후려치고 싶은 마음을 억제하느라 애썼다. 나는 그의 웃음을 외면했다. 여객선 난간을 잡고 제주항의 바닷물을 내려다 봤다. 흐릿했다. 눈물이 나오려는 걸 꾹 참았다. '당신의 판단 잘못으로 자칫 학교 하나가 사라질 뻔하지 않았소', 하는 포악을 건네는 걸로 끝맺음하지 않을 수 없었다. 바닷물 속에 모두 수장되지 않고 무사히 제주 땅에 발을 딛게 된 것도 딴은 선장의 노련한 운항 덕이기도 하였다. 그리고 3일 뒤엔 다른 배로 즐겁게 귀교, 귀가하였다.

명사십리를 거니는 아침이면 마음이 한결 가벼워지는 걸 느낀다. 참 싱그럽다. 길고 긴 모래밭 여기에서 저기까지 걷고 난 뒤 출근하곤 한다. 아침 운동 겸 걷기 명상 시간이기도 하다. 비가 오거나 전날 과음 등으로 해서 거르게 되는 날이면 섭섭한 마음이 솟기까지 한다. 또한 학교에서 허둥대기도 할 정도이다. 어쨌거나 이런 상큼함을 다시 맛볼 수 있도록 허락한 자연의 절대 존재에게 고개 숙인다. 여객선이 파도에 파묻히는 그 순간에도 나는 끝내 기도하지 않았었다.

오늘 아침, 명사십리를 걷다가 하늘을 올려다보며 새삼 기도한다.

감사, 감사하외다!

학교가 먼저 달라져야

이곳 신지도의 일기예보는 제주도와 같다. 하늘은 맑고 먼 바다에까지 바람 잔잔히 불 것이라는 게 아침 예보였다. 좋은 날이다. 학교도 그렇다. 아이들 역시 화창한 날처럼 유쾌한 하루가 되리라 여긴다. 우리 아이들은 오늘 분주하다. 뭘 지지고 볶느라 기름내가 코끝을 건든다. 학교 전체에 요리 냄새가 진동한다. 교실에서, 운동장 조례대를 덮고 있는 넝쿨나무 그늘 아래에서 아이들 웃음이 시끌벅적하다.

아이들만 아니라 담임 선생님도 바쁘다. 점잖은 체하느라 교무실에 앉아 있는 비담임 교사 중 어느 분 또한 '크아, 냄새 죽인다.'는 표정 역력하다. 코끝을 킁킁거리며, 냄새로 보아 '그 요리'인 게 틀림없다고 마치 스무고개 하듯 입방아 찧기도 한다. 어느 동료는 3학년 교실에 다녀와서는 벌써부터 입맛을 다시고 있다.

그도 그럴 만하다. 아이들 가운데엔 이곳 섬의 음식 문화가 그대로 드러나는 요리를 들고 나왔는데, 그게 사실은 술안주에 다름 아닌 때문이다. 아주 색다른 요리를 선보이겠다고 야심만만하게 준비해 온 아이들도 있다. 대부분 평범한 요리를 출품작으로 내놓고 있다.

1학년 가운데 새롬, 규원, 슬아, 상훈, 선영, 권영이 한 조를 이룬 모둠에서는 면피자를 선보인다고 한다. 3학년의 어느 모둠은 이름부터 알 수 없는 요리이다. 꼴로레아 깐따비아 레뚜르 뽀드락이라는 요상하고 맹랑한 퓨전 요리라 한다. 흥미롭다. 각 반에서 요리왕 모둠을 뽑기 위한 요리 경연대회가 열리는 것이다. 밀가루 반죽을 얼굴에 잔뜩 묻힌 아이들 웃는 모습이 보기에 참 예쁘다.

학생 모두가 참여하고 있다. 학급의 모둠별로 참가 신청을 받아 요리 경연대회를 여는 까닭이다. 학교에서 달마다 열리는 작은 축제 가운데 이 달에 열리는 활동이다. 올 들어 세 번째 하는 아이들 행사다. 이름하여 '월별 학생문화 발표회'. 3월에는 모둠별 학급 환경 꾸미기를 했다. 4월에는 노래 가사 바꿔 부르기노가바였다.

아이들 놀고 있는 그 지점에다 멍석 깔아 주면 더 잘 놀 수 있지 않을까, 하는 마음으로 출발했다. 놀이 문화를 아이들 눈높이에 맞춰서 좀 더 재밌고 즐겁게 '지들끼리 맘대로 놀아라.', 하는 생각으로 시작하였다. 멍석은 깔아 주되 우리 교사들은 '죽이 되든 밥이 되든 느긋한 맘으로 지켜보자.'는 의도였다. 아직 정착되어 있지는 않다. 그나마 흥미는 유발시켜 놓은 단계라고 판단한다. 요즘 아이들 노는 건 교사들 세대와는 많이 다르다. 기성세대 눈으로 보면 어디 저게 싹수 있는 놀이인가? 하고 우선 종주먹으로 나무람부터 들이대는 게 일쑤일 게다. 하지만 아이들 나름으로는 얼마나 진지하고 재미나게 노는지 모른다. 나쁜 줄 알면서도 욕마저 놀이로 즐기는 듯하다. 이처럼 엄정한(?) 시각차를 조금이나마 줄이면서 아이들 놀고 떠들고 일어났다가 쓰러지고, 다시 일어서면서 학교생활을 할 수 있도록 판을 한 번 벌여 보자는 취지에서 마련한 자리이다.

노래 가사 바꿔 부르기는 그런 점에서 이 교육 활동을 정착시킬 수 있는 서막이었다. 총 7개팀 45명이 참가했다. 일본의 독도 망언으로 국민 감정이 복받쳐 있는 시기여서 대부분 독도와 관련한 내용의 노가바였다. 1·2·3학년 모두 합해 남학생 47명 가운데 14명이, 여학생 54명 가운데 31명이 참여하였다. 무엇보다 상품이 참 재미있었다. 으뜸상 1개 모둠에게 치킨너겟 3개, 피자 1판, 콜라 1.8ℓ가 주어졌다. 버금상 2개 모둠은 각 피자 1판과 콜라 1.8ℓ 그리고 딸림상은 3개 모둠이 받았는데 양념 치킨에 콜라를 곁들여 상품으로 주었다. 물론 학교 급식에선 햅쌀과 다양한 친환경 농산물을 제공하고 있다.

시상 후 난리가 났다. 참가한 모둠만 먹는 게 아닌 터였다. 전체 학생 수의 반 정도가 참여했으니 나눠 먹는 게 자연스런 모습이리라. 나눠 먹으면서도 누구는 좀 더 많이 먹으려고 혹은 입맛이라도 보려는 다툼이 곁들여진 것이다. 이 또한 놀이였다. 서로 다투면서 나눠 먹는 모습이 어른들의 약육강식과는 달랐다.

그동안 아이들에게 주는 상품이라는 게 대부분 도서 상품권이었다. 노가바 입상자에게 주는 상품 품목을 앞에서처럼 바꾸니 아이들 참여 열기가 한층 고조되었던 것이다. 아이들에게 익숙한 혹은 늘 먹고 싶었던 패스트푸드인 상품은 섬 아이들이 완도읍으로 나들이 가서 일부러 사먹지 않는 한 일 년에 단 한 차례도 맛보기 힘든 먹을거리였다.

이런 상품을 주자고 제안한 동료는 이 교육 행사를 주관하는 2학년 국어교사였다. 나이 40대 중반인, 아이들 속으로 아이들 눈높이에서 아이들을 만나는 동료이다. 사실 학교에서 아이들에게 주는 상품을 이처럼 바꾼다는 게 쉽지 않다. 특히 지역 정서상 학교가 갖는 위상과 지역민들의 인식이 아직 그걸 이해할 수 있을까, 하고 염려하지 않을 수 없었기 때문이다. '워매, 워매, 핵교가 무슨 먹자판으로 돌아 버릿능게비다.'고 하면서 '먼 남새시란 일이디야, 참말로.' 그렇듯 혀를 끌끌 차기 십상이라 여겼다. 그렇지만 기발한 생각이 아닐 수 없었다. 아이들을 이 활동에 유인하는 좋은 구실이 될 수 있기 때문이었다. 섬인지라 배달되지 않으니 맛볼 수조차 없었던 먹을거리를, 선생님이 차로 직접 가지고

와 한 달에 딱 한 번이라도 맛볼 수 있다니……. 바로 아이들 눈높이에서 만나고자 하는 시도였다.

바로 그 눈높이, 그 지점에서 아이들과 교감해야 된다. 때때로 아이들의 흥미로움과 결합하지 않으면 '느그들끼리 놀아.' 하는 속내로 등을 돌리고 만다. 이래서는 아이들을 놀이 속으로 끌어 들일 수 없다. 놂의 풍요로움 속으로 몰입시킬 수 없으며 놂의 문화를 진정으로 체득하게 하지 못한다. 아이들의 눈높이, 아이들의 짜고 매운 혹은 싱겁고 시디 신 간에 맞춰 아이들과 만나야만 한다. 지금의 우리 아이들, 얼마나 변해 있는지 학교 울타리 밖에 계시는 부모님들께서는 제대로 인식하고 있지 못하는 부분이 참 많다.

실로 문명사적 대변환의 중심에 아이들이 있다. 학교는 사실 아무리 강조하고 강조해도 재미있는 곳이 이제는 아니다. 학교의 전통적 기능인 지식 전수, 지식 계승, 지식 발전의 의미로써의 학교는 이미 그 기능을 상당 부분 상실당한 지 오래다. 지식 창고로써 그 기능이 최대에 달하고 있는 21세기의 컴퓨터는 거대한 학교 건물을 무색하게 만들어 버렸다. 아울러 재미를 느끼기로 말하면 학교는 지금 아이들이 지니고 다니는 휴대폰보다 훨씬 충족시켜 주지 못한다. CD 플레이어나 MP3로 듣다가 휴대폰이 일반화되면서 섬 아이들도 핸드폰은 선망의 물품이 되었다. 휴대폰에는 음악, 미술, 게임, 인터넷, 영화 등 모든 게 다 들어 있다. 손안에 쏘옥 들어오는 그 작은 기계가 학교가 주는 흥미를 훨씬 능가하는 재미를 준다. 재미와 지식을 얻기 위한 기능적 측면에서 본다면 아이들은 굳이 학교에 나오지 않아도 되는 상황에 이른 것이다. 오늘날 아이들이 학교에 나오는 건 여전히 그 위세를 약화시키고 있지 않은 계층 상승의 통과의례로써 가지는 그 위험한 기능성을 외면할 수 없는 까닭이다. 전인적 사고와 사회적 자아를 구축하는 데에 그 위상이 아직은 엄존해 있기 때문이다.

성장 과정에서 마땅히 통과해야 할 학교가 재미를 왜 주지 못하는 것일까? 아이들이 변했기 때문이다. 학교와 학교를 구성하는 여러 존재들은 여전히 제자리걸음을 하거나 오히려 뒷걸음질치고 있는 탓이다. 아이들은 '몸감성으로 말해요.' 하는데, 학교는 여전히 '이성적 체계로 무장한' 교과서에다가 '이성적으로만 아이들을 대하려는' 교사가 '이성적 판단'만이 오늘날에도 인류에게 있어 가장 유효하고 보편적인 삶의 방식이라고 고집스레 교육하고 있다. 당연하고 마땅하게도 교사들과 아이들 사이에서 문명적, 문명사적 충돌이 일어나지 않을 수 없다.

아이들의 변화와 그 조짐이 이제 아름답게 혹은 시나브로 서서히 제대로 가고 있구나 하는 예 하나를 들고자 한다. 얼마 전, 아이들이 내게 독촉장을 보냈다. 우리 학교 도서관 운영진들이 도서 대출과 관련하여 반납을 독려하기 위해 만들어서 나에게 제일 먼저 보냈다고 한다. 반납 기일을 내가 그만 넘긴 탓이었다.

독촉장

교장 선생님 한상준

귀하는 반납 기일인 6일을 넘겼습니다. 2일 내로 책을 반납하지 않으면 담당자의 이름으로 당신을 용서하지 않겠습니다.
『현산어보를 찾아서 1, 2, 3』

정의의 도서 관리 담당자들

참 사납다. 꽤 두꺼운 낱낱의 책을 세 권이나 빌렸기 때문에 좀 더 기일이 필요했지만 얼른 돌려 주었다. 나는 흐뭇함을 느꼈다. 이를 두고 우리 아이들이 이제 제대로 문화를 인식하는 시각을 갖는구나, 하는 느낌을 갖게 된 나의 생각이 지나친 것일까?

장을 펼쳐놓고 지켜보면 아이들 노는 게 이렇듯 다르다. '지들끼리 싸우고 웃고 떠들고 넘어지면서도' 나중에는 일어나 제대로 된 길로 간다. 그렇다. 이런 아이들 올곧게 만나기 위해서는 학교가 먼저 변해야 한다.
그래야만 산다.

냉혹한 근평 제도

어이쿠, 근무평정이하 근평 시기가 왔다. 대한민국 모든 교장들은 이때 존재감을 느끼기도 할 것이고 역으로 지상 최대의 고민을 하게 되는 시절일 것이다. 어느 학교나 승진하고자 하는 동료가 있다. 승진 희망자 중 경쟁자가 없는 경우는 그나마 시끄럽지 않게 지나갈 수 있으나, 그렇지 않으면 아주 어려운 상황에 직면하게 된다.

복잡한 승진 규정이나 가산점 등에 대해서는 거론하지도 않으려다. 근평을 관장하는 교감, 교장으로 일한 기간이 짧지 않았으니 적지 않은 우여곡절을 겪었다. 그런 가운데 딱 하나, 내가 겪은 근평과 관련한 참으로 아픈 경황을 끄집어내서 근평의 인간적이지 않은, 따뜻함이라고는 찾아보기 어려운 냉혹한 모습을 다시 한 번 더듬어 보려고 한다.

일 년 중 가장 절박하지 않은 해프닝으로 만들 수는 없는가에 방점을 찍되 이를 어떻게 온기가 묻어나는 제도로 바꿀 수 있는가 혹은 바꿔야 하는가에 초점을 맞추고자 한다. 실질적으로는 어렵다는 게 결론이다. 하지만 썩 괜찮은(?) 교장이 있는 어느 학교에서만이라도 구성원들의 중지를 모아 현행 제도 아래서나마 바꿔 보려는 의지만큼은 찾아보자는 것이다. 근평 제도를 아무리 다양한 방법으로 개선한 방안이 제시되고 현재 시행하고 있다지만 교장의 결정이 가장 큰 변수이기 때문이다. 교장이 근평에 대해 어떤 생각을 지니고 있는가에 따라 구성원들로부터 그나마 외면당하지는 않는 '1등 수'를 누군가 거머쥘 수 있는 까닭이다.

기억해 내고 싶지 않은 실례 하나는 섬 학교에서 교장으로 일하던 때이다. 다음 학년도가 이른바 무주공산無主空山인지라 전보내신 서류를 내는 시기에 문의가 많았다. 무주공산이란 승진하려는 대상자들 사이에 근평에 따른 순위 다툼할 상대가 없다는 의미로 쓰이는 사자성어다. 인사권역 전체에서 이런 자리를 찾으려 해당자들은 무던 애쓴다. 누가 간다더라, 하는 입소문 미리 내서 다른 분에게 기회를 넘겨 주지 않으려는 전략을 쓰기도 한다. 그런저런 단계를 거쳐 교감 승진 서류를 내려는 두 분이 전근 왔다. 서로 교무부장 자리를 원했다. '1등 수'는 대개 교무부장에게 주어진다. 관례화되어 있는 까닭에 승진 서류를 제출할 시기에는 반드시 교무부장을 맡으려 한다. 자질과 능력보다는 당해 연도 승진 서류를 제출하면 승진에 따른 연수 지명을 받을 수 있는 점수를 획득하고 있는 동료에게 주는 게 일반적 경향이기도 하다. 또한 교장은 그러한 동료를 교무부장에 앉히려 인사 자문위원회에 요구하기도 한다. 사표 방지 심리가 작용하는 것이기도 하리라.

둘의 점수를 따졌더니 ‘갑’이 미세하게나마 우세했다. ‘을’은 학생부장을 맡게 되었다. ‘갑’과 ‘을’, 둘 다 좋은 분이었다. 특히 학생부장인 ‘을’은 체벌을 삼가고 아이들을 따뜻하게 대해 주는 동료였다. 동료들 사이에서도 늘 배려하고 함께 일하는 분이었다. 어느 날 교무부장인 ‘갑’에게서 암이 발견되었다. 곧 바로 수술을 받았다. 다행히 초기였다. 동료들에게 미안해하면서 빨리 학교로 다시 돌아가 일하겠다고 하는 마음을 내비쳤다. 건강이 우선이니 휴직하고라도 건강 챙기라는 당부를 여러 동료들이 ‘갑’에게 건네곤 하였다. 그렇게 1학기 여름방학을 맞을 즈음이었다. ‘을’이 교장실로 찾아왔다. ‘갑’이 아직 병원에 있는 때였다. 현재 ‘갑’의 상태로 봐서 2학기에는 역할을 해내기에 어렵지 않겠느냐, 그러니, 나에게 교무를 달라, 는 것이었다. 너무나 놀랐다. 그 동안 ‘을’에게서 전혀 발견하지 못한 냉혹함을 보게 된 때문이었다. 현재 아파서 병원에 있는 동료를 제치고 자신에게 ‘1등 수’ 받을 기회를 넘겨 달라는 주문은 참 놀랍고도 당혹스런 모습이었다. ‘을’이 결코 그런 분이 아니란 걸 알고 있었다. 본인도 얼마나 여러모로 어렵고 딱하고 급박한 처지였으면 이러겠는가, 하는 생각을 갖지 않을 수 없었다.

　이처럼 결코 훈훈하지 않은 근평 제도를 없앨 수 없다면 무력화하거나 최소한 비정한 자화상을 그리도록 내모는 상황까지 가지 않도록 하는 방안을 찾아봐야겠다는 생각을 더욱 절실히 갖게 되었다. '을'은 다음 해, 다른 학교로 옮겨 갔다. '갑'이 그처럼 위중한 상태임에도 불구하고 휴직하지 않고 근무했기 때문이다. '1등 수'라는 이 '비련의 창'을 가슴에 꽂지 않으면 안 되는 절박함은 현재 겪고 있는 건강 상태보다 더 앞서는 문제로 '갑'의 뇌리에 형상화되어 있었던 것이다. 그럼에도 다시 또 한 번 고백컨대, 나는 그 후로도 따뜻함이 묻어나는 근평 제도로 바꿔 내지 못했다. 너무나 첨예하게 대립되는 경우를 줄곧 여러 차례 겪으면서 대상자가 상처받지 않고, 아파하지 않고 이 '비련의 창'을 맞도록 하지 못했다. 다만 온기가 묻어나는 근평 제도로 바꾸기 위한 몇 가지의 시도는 해 보았다. 여기서 한 가지 덧붙이자면, 근평 제도 자체를 사장화 혹은 희화화할 수는 없다는 점이다. 승진 제도를 누구에게나 만족할 수 있도록 바꾼다고 하더라도 경우의 수는 줄어들지언정 해소될 사안은 아니라고 판단한다. '내부형 공모제'든 '교장 선출 보직제'를 시행하든, 근평 제도가 전면적으로 무력화되지는 않을 것이니 현행의 승진 제도와 인사 규정 하에서 염두에 둘 수 있는 생각을 나눠 보고자 한다. 또한 교육청 단위에서 논의할 사항이 아니라 단위 학교에서 해낼 수 있는 범위로 한정하고자 한다. 교육청 단위로까지 논의가 확산되면 감당하기 어려운 난제가 쌓이고 쌓인다. 해결될 가망이 더욱 없을 뿐더러 단위 학교에서 세울 현실적 대안조차 없는 까닭이다.

우선 근평 내용에 대한 구성원들 사이의 합의를 끌어내는 게 첫 번째라고 본다. 교육청에서 주어지는 '근무성적 평정 사항'을 구성원들이 동의할 수 있는 내용으로 바꿔 내는 작업을 해내는 것이다. 근평 제도에 대한 긍정적 인식을 끌어내고자 하는 일련의 작업이다. 평정 사항을 계수화가 가능한 조항들로 세목 세목 작성하여 구성원들 하나하나가 동의할 수 있도록 하는 과정을 거치는 것이다. 현임교 상황과 구성원들 의지가 집약되면 된다. 쉽진 않겠지만 진정성을 가지고 진행하면 가능하리라 본다. 이에 대한 논의를 주도할 수 있는 협의체를 구성하거나 인사 자문위원회를 통해 이끌어 갈 수 있을 것이다. 두 번째는 본인 요구에 의해서만 공개할 수 있는 순위를 '수'와 '양'에 대해서는 공식적으로 공표할 수 있어야 한다는 것이다. 혼란과 갈등이 야기될 수 있겠으나 궁극적으로는 근평에 대한 교장의 절대 권한을 축소하는 효과를 지니는 것이라 본다. 해당자(들)에 대한 객관적인 자료와 구성원들이 동의할 수 있는 수준의 교육 활동이 낱낱이 드러나게 된다. 현재도 본인에게만은 공개가 가능하게 되어 있긴 하나, 대부분의 교사가 교장에게 반기를 드는 태도로 여겨지는 탓에 꺼리고 있어 일반적이지 않다. 이 문제는 첫 번째 단계를 거치게 되면 문제점은 그만큼 드러나지 않는다고 본다. 세 번째는 일정 정도 시행하고 있기도 하지만 좀 더 나아가, 자신이 원하는 근평 점수를 명시하여 제출하되 이에 대한 명분 있는 설명과 근거 자료를 덧붙이도록 한다. 이를 바탕으로 교감과 교장은 근평 작업을 하되 본인 희망대로 이뤄지기 어려운 상황일 시에는 사전 협의하도록 하는 방안을 강구하여야 한다고 본다. 그럼에도 조정이 되지 않으면 교감과 교장은 이러한 사항을 인사 자문위원회에 회부하여 조정한다.

이런 세 가지 방법론이 해결책은 아니다. 다만, 근평이 좀 더 유연하고 조화로운 일종의 조직 문화로 여기게 됨으로써 근평과 관련하여 벌어지는 여러 상충점들을 보완하게 되고 또한 신뢰를 회복할 수 있지 않을까 생각해 본다. 더불어 교장의 근평에 대한 인식 전환을 통해 학교생활이 좀 더 활발해질 수 있으리라 여긴다.

근평의 객관성과 투명성 확보를 통해 구성원들에게 확신을 주는 것이 교장의 존재감을 더욱 공고히 확인하는 지름길임을 인식할 필요가 있다.

2006학년도 교직원 겨울방학 연수 때였다. 내가 남난희 선생을 초빙해서 이야기를 들어 보자고 했다. 학교마다 다르긴 하지만, 교직원 연수라는 게 대부분 위로 출장 의미를 지닌 1박 2일의 휴가 개념으로 이뤄진다. 술 연수로 대체되는 편이다. 그러니 외부강사를 불러 강의를 듣자는 제의 자체가 다소 생뚱맞게 느껴질 이유가 충분했다. 지금은 연수답게 이뤄지는 게 보편화되어 있지만, 그때는 그랬다. 연수 발제안을 나눠 주긴 하되, 읽어 보거나 알아서 처리하도록 한다. 정해진 곳을 가고 오는 동안 술잔이 넘쳐나는 게 일반적인 모습이었다. 그런데 내가 느닷없는 제안을 한 것이다. 더군다나 교직원들 가운데 '남난희'가 누군지 아는 교직원은 아무도 없었다. 별 이상한 사람을 초빙하려 한다는 눈치였다. 교직원 연수에 뜬금없이 여성 산악인이라니…….

나 역시 남난희 선생을 만나 본 적이 없다. 알지 못했다. 그 분
이 쓴 『하얀 능선에 서면』1990년, 수문출판사이라는 책을 통해서 이름
석 자 알고 있을 뿐이었다. 그 책은 내가 오래전에 읽었지만 머릿
속에 아주 깊게 각인되어 있었다. 백두대간이라는 말이 세상에 널
리 알려지기도 전에 백두대간을 76일 동안이나 눈 덮인 겨울에 여
성 혼자서 이른바 동계단독冬季單獨 산행을 하였다는 것이고, 그 과
정을 생생하게 기록한 책이었다.

　내가 조금 일찍 산엘 다녔던 터라 우연하게 알게 된 그 책을 흥
미롭게 읽었다. 내가 산에 다니기 시작하려고 마음먹은 게 중학교
2학년 때였으니, 1969년이다. 1970년 겨울에 중학교 3학년 국
어 선생님과 몇몇 친구들이 전북 완주군에 있는 대둔산에 갔던 기
억이 지금도 생생하다. 산에 가려고 등짐을 메고 가는 산행객이
있으면 버스 터미널까지 쫄래쫄래 따라가서는 그가 어느 산에 가
려고 어느 행선지 버스를 타는가, 보고 다니기도 했던 어린 날의
기억이 난다. 어렸을 적, 그런 열망으로 해서 산에 대한 그리움이
늘 있던 터에 특별히 산서山書를 읽게 되었다. 그리고 남 선생 팬
이 되었다. 얼굴 한 번 본 적이 없는 그 분의 팬이 되어 버린 것이
다. 하여, 십 수년이 지난 후에도 그 이름을 기억하고 있었다. 그
리고 그 분을 만난 뒤 두 번째 저서인 『낮은 산이 낫다』2004년, 학고
재를 읽고 더욱이나 강추 팬이 되었다.

애초부터 남난희 선생을 초빙하려 한 건 아니었다. 겨울 연수를 지리산 화엄사 인근 한화 콘도에서 갖기로 예약되어 있었다. 당시 산야초로 여러 가지 차를 만들어 마시고 있다는 책이 유명세를 타고 있었는데, 그 저자가 마침 지리산에 산다기에 그 분을 모시려고, 그분 연락처를 알고 있을 거라고 여긴 지리산 자락에 살고 있는 이원규 시인에게 연락을 했다. 그런데 그런 이유라고 한다면 남난희 선생을 초빙하면 어떨까 싶다는, 지금 바로 제 옆에 계신다는 이원규 시인 말을 듣고 나는 그만 너무 기뻐 그 자리에서 남 선생과 통화를 하면서 꼭 모시고 싶다고, 내가 남 선생의 『하얀 능선에 서면』을 읽고 팬이 되었다고, 한 말씀해 주시라고 매달렸다. 왜냐하면 남 선생은 교직원 연수에서 강의를 해 달라는 부탁을 듣고 더욱이나 선생님들 앞에서는 '할 말이 없어, 할 수 없다.'고 요지부동인 것이었다. 겨우겨우, 어찌어찌 승낙해 주었고 모시게 되었다.

그런 과정에 대해 동료 교직원들에게는 설명하지 못했다. 다만 학교 바깥에서 뭔가 일가―家를 이룬 분의 이야기를 통해 학교 안의 우리를 성찰할 수 있는 기회를 갖자고 했다. 딴은 교사들은 학교 안에서는 참 대단한 분들이지만 학교 바깥 사회생활에선 순수하다는 평을 듣곤 한다. 어떤 편견이나 역량을 말하려는 게 아니다. 교과서 바깥으로의 여행이나 학교 바깥에서 벌어지는 또 다른 세계에 대한 접근이 상대적으로 용이하지 않은 탓에 우리끼리

한 번 그런 기회를 갖자는 의도였다. 교과서에만 의존해서 아이들과 만나는 안주 의식 혹은 평이함에서 벗어나 보자 했다. 아이들을 좀 더 진취적으로 이끌기 위해 타인의 삶을 들어 둘 필요가 절실하다며 한 번 들어나 보자, 하였다.

표현이 거칠더라도 용서하시길 빌면서 남 선생의 첫 인상을 적고자 한다. 남성과䉺 인상을 주는 덩치가 아주 큰 분이었다. 머리는 짧게 깎은 여성이었다. 교직원들 역시 희뜩머룩해졌다. 뭐야, 하는 눈치가 역력했다. 여성 산악인이라고는 했지만 여성스럽다는 건 물론 아니었다. 다만 여성적이지 않을까 하는 속내를 가진 탓이었으리라. 조금 서먹서먹한 채 인사를 나누고 강의가 시작되었다. 교직원 숫자가 많지 않아 책상을 치우고 의자에 빙 둘러 앉아 강의를 들었다. 남 선생은 자신이 살아온 삶을 이야기해 주었다. 그런데 강의가 시작된 지 얼마 뒤였다. 남 선생이 퍽퍽 우는 것이었다. 정말, 서럽게 우는 모습이라니……. 덩치 큰 여성분이 강의하러 와서는 복받치듯 우는 모습을 보며 우리들은 잠시 어안이 벙벙해졌다. 특히 남 선생을 잘 아시는 분은 아마 그 장면을 머릿속에 그리면서 펑펑 웃으실 것이시라, 여긴다.

당신의 인생 역정을 되짚으면서 울컥 올라오는 서러움을 어쩌지 못하였던가 보다. 한때 잘 나가던 세계적인 여성 산악인이었던 시절과 그 뒤안으로 비껴선 지금 모습에서 비감 어린 자신을 불현

듯 만났던 모양이다. 지리산 대성골 들목, 화개에 정착한 뒤에도 여전히 뒤따라 다니는 지난 삶의 편린들에 붙들려 평온함을 유지하기가 쉽지 않았던가 보다. 그렇게, 시작했다. 그러하던 강의는 시나브로 차분해지고 조리 있게 이어졌다. 내공 깊은 격정의 삶을 들으며 우리는 가슴으로 전해지는 짜릿한 전류를 느끼기에 충분하였다. 저렇게 살아온 인생도 있나니, 내 인생의 초라함이여, 하는 마음속 동요를, 파문을 도닥이지 않을 수 없었다.

높고 넓고 커다란 히말라야만 찾던 사람이 지리산을 느리게 다니면서 거머쥐게 된 낮아서 더욱 높아진 삶. 된장 담그고 야생차 만들어 마시며 아들과 더불어 살면서 더욱 풍요로워진 삶에 대한 역설. 더 가지려는 욕망 때문에 잃어버린, 놓쳐 버린 삶의 진정성.

남 선생 말씀은 신산스러운 삶에서 얻어 낸 작으면서 큰, 낮으면서 높은 너무나 소중한 공명의 말씀이었다. 아프지만 참으로 아름답게 닿았다. 도전과 좌절 속에서 평정을 얻은 사람의 아늑함이 모두에게 격류처럼 흘렀다. 감동을 주었다. 퍽퍽 울던 남 선생도 펑펑 웃으며 이야기를 끝맺었다. 누군가는 흠칫 눈물을 훔치는 게 보였다. 눈물은 그래서 공유의 힘이기도 하다. 대목 대목에서 아이들이 들어도 좋을 말씀을 해 주었다. 바로 그런 부분 이야기를 우리 섬 아이들에게 들려 주면 좋겠다는 제안을 어느 동료가 즉석에서 했다. 그렇게 말씀을 아름답게 잘하시면서도 여전히 할 말이 없어 할 수 없다고 거절하는 것이었다. 끝내 신지중학교에 오시지 않았다.

개학하여 아이들에게 어느 동료가 방학 중에 있었던 남 선생 초빙 강연에 관한 이야기를 했나 보다. 그러면서 농담으로 '남난희를 알아?' 하고 물었고 그 말에 아이들이 모른다고 대답했는데, 교무실에서 이 말이 회자되기 시작했다. 개그 한 대목처럼 '남난희를 알아?' 하는 물음체의 말이 웃음을 머금은 채 오르내렸다. 하지만 어느 누구도 그게 개그 수준에 멈춘 이야기가 아니라는 걸 알고 있었다. '남난희를 알아?' 하는 건, 그 분의 치열한 삶의 모습을 한편으론 닮아갈 수 있다면 좋겠다는, 다들 나름대로 느끼는 시시각각의 확인이었다. 남 선생과 함께 긴긴 겨울밤을 새우며 이야기 나눴던 시간을 다시 끄집어내 회억에 젖곤 하였다.

'남난희를 알아?' 하는 이 말은 외부강사를 초빙하여 듣자는, 들려 주자는 의미를 부대 상황처럼 떠올리도록 하였다. 그때 나랑 더불어 일했던 그 동료들은 아이들과 함께 '교과서 밖으로의 여행'을 위한 힘찬 걸음을 내딛고 있으리라 믿고 있다.

만족스런 80점

주말에 나왔다가 섬 근무지로 다시 복귀할 때는 마음과 몸이 뒤따르지 않는다. 가족들과 떨어져 한 주일 혹은 두 주일을 또 섬에서 살아야 하는 까닭이다. 더 먼 섬 학교 근무자는 한 달 이상 집에 가지 못하는 경우도 있다. 특히 태풍이 잦은 절기에는, 이상하리만치 주말이면 불어닥치는 거센 바람에 여객선 운항이 중단되는 연유로 아예 섬에서 나가지 못하는 상황도 없지 않은 것이다.

이럴 때면, 낙담하기도 한다. 서운함이 참으로 큰 탓이다. 유·무선 연락만으로는 해결할 수 없는 일이 벌어질 때엔 더욱 그렇다. 혹은 육지에서 못다 한 일 놔두고 가자니 발길 돌려지지 않는 적도 많다. 어제 만난 연인의 아름다운 잔영을 가슴 속에 아무리 담아간다한들 앞에 두고, 내내 보고 싶은 마음 떨쳐 버리지 못할지니.

하지만 섬에 일단 들어가면 다른 생각 내려놓으며 즐겁게 보내게 된다는 걸 섬에서 근무해 본 교직원이면 모두 안다. 섬 생활 2년이 지난 연배 지긋한 동료들은 한편으론, 섬 생활이 더 편하다 말하기도 한다. 물론 얼굴에 불편함을 띠고 배에 오르는 후배 동료들 도닥이느라 그러는 줄 모르는 바 아니다. 어느 때는 그런 선배 동료의 모습으로 하루 빨리 탈바꿈하길 바라는 속내를 후배 동료들이 내비치는 경우 역시 없지 않다.

　섬에 있는 학교는 대부분 작다. 교직원 수도 10여 명 안팎인 학교가 대부분이다. 고등학교는 같은 학급 수라도 정원 배정 비율이 달라 초·중학교보다 더 많은 인원이 배치되기도 한다. 그럼에도 거기서 거기다. 분교는 더 작다. 두셋 혹은 서넛의 교직원이 고작인 학교도 적지 않다. 학생 수 역시 마찬가지이다.

　어쨌거나 섬 도선장에 딱 발을 딛는 순간 딴 세계에 진입했음을 감지하게 된다. 육지에서 겪은 고만고만한 일들은 뇌리에서 어디론가 사라져 버린다. 신기하리만치 까마득히 잊어버리고 섬 풍경에 대롱대롱 매달리게 되는 것이다. 일요일 오후면 대부분 들어가게 되는 섬 학교 여건 상, 들어온 저녁부터 옹기종기 모여 이야기꽃 피운다. 옆방 김 선생이 싸가지고 온 맛있는 모싯잎 떡을 먹게 되면서 이 떡을 가져오게 된 시시콜콜한 사연 또한 듣게 된다. 섬에서 쉽게 맛볼 수 없는 안줏거리 바리바리 싸들고 간 정 선생은 애초에 섬에서 생활하는 터여서 뭍으로 나갈 일 없는 교직원 집에

가 술잔 나누기도 한다. 이래저래 흔쾌해진다. 학교 분위기 따라 즐거움은 배가되기도 한다. 그 반대 경우가 없는 건 아니다. 드러내기 어려운 세상과의 불화가 왜 없겠으며 사람들 사이에서 벌어지는 온갖 다툼 또한 비껴 있지 않기도 하다. 하여, 어울림을 스스로 자제하는 동료가 없는 건 아니다. 그런 모습 또한 그런 모습으로 존중하면서 살아간다.

섬 학교 교직원들은 학교 울타리 안에서 대부분 기거한다. 옹기종기 붙어 있거나 다닥다닥 나란히 줄 맞춰 지어진 관사에서 산다. 규모와 모양이 거의 같아 생활하는 방식도 특별히 다르지 않다. 일과를 마친 뒤에도 학교 주위를 벗어나지 않고 오롯이 모여 지낸다. 몇몇이 모여 술추렴하거나 각자의 생활이 이어진다. 남자 교사들은 운동하며 지내는 편이다. 여자 교사들은 독서를 주로 하는 경향이다. 하지만 누군가의 선동으로 모임 갖자면 대부분 의기투합하여 어떤 방식으로든 함께 한다. 그리고 그런 일이 잦다. 잦은 만큼, 친밀해지고 돈독해진다.

섬 생활이란 우선 외롭다. 가족들과 더불어 생활하는 분들이 없진 않으나 대부분은 외톨이 살림이다. 섬 문화 또한 단조롭다. 대부분 도시 생활에 익숙해 있는 교직원들에게 즐길 만한 문화적 요소가 별반 없다. 그나마 문화적 동질성을 유지할 수 있는 학교 구성원들 사이에 어울림이 잦을 수밖에 없다. 그런 환경이 자연스레 주어지게 된다. 그러한 분위기가 순기능으로 작용을 하기도 하지만 한편으론 반대의 장면을 목격하게도 된다. 잦은 어울림은 부적절한 상황을 유발할 수 있는 경우가 전혀 없지 않기 때문이다. 어이쿠, 이야기가 빗나갔다. 섬 생활의 즐거움을 말하려다 굳이 들먹일 필요가 없는 부분을 건드리고 말았다. 다시 돌아가야겠다.

사실, 나는 교사로서 섬 생활이 처음이다. 교생 실습을 섬 학교에서 했지만 정작 섬 학교로 발령받지 못했다. 섬마을 선생 된다고 미리 섬 생활 익혀야 한다며 찾아간 섬 학교_{당시 전북 부안의 위도중학교}에서 한 교생 실습이었다. 실습 4주간은 참 어리벙벙하면서도 교직에 대해 여러 생각을 하게 해 준 색다름이었다. 섬 학교에 가면 아이들과 이렇게 저렇게 어울려야지 하면서 선배 교사들의 모습을 나름 이리저리 재단할 수 있는 참 소중한 경험이었다.

교장이 되어 찾아간 섬 학교는 그때, 그 교생 시절 감성으로 만날 수는 없었다. 그럼에도 섬 아이들에게 어떤 교육을, 섬 아이들을 위한 어떤 교육 활동을 해야 하는가에 대한 해답을 교생 실습 때에 느꼈던 감성으로 되돌려 헤아리려고 하였다. 교육적인 배려와 관심을 다시 새기는 데에 그 때, 그 시절이 새록새록 떠오르는 탓이었다.

갇혀 살고 있다는 의식을 내던질 수 있게끔 해야겠다는 생각이었다. 뭍으로 자주 나갈 수 있는 여건을 찾아보자는 내심이었다.

바깥세상과 통로가 결코 닫혀 있지 않다는 걸 아이들과 더불어 열어가기 위해 노력을 기울여야겠다는 방침을 나름, 세웠다. 광주에서 벌어지는 '인체의 신비전'에 학년별로 다녀왔다. 다행스럽게도 학교에 45인승 통학 버스가 배치되어 있었다. 또한 인근 초등학교에는 통학 차량이 두 대나 있었다. 뭍으로 나가는 학년별 행사가 계획되어 있는 날이면 아침 등교시간에만 초등학교 통학 차량을 중학생도 함께 이용할 수 있도록 초등학교 교장과 협의, 협력, 해결토록 하였다. 초등학교 행사 시 필요한 경우에 또는 중학교 행사 시 필요한 경우에 서로 협조하기로 했다. 아이들을 데리고 체험학습을 뭍으로 나간다고 했을 때, 학부모들의 반응 또한 적극적이었다. 이웃 학교와 더불어 야영 수련회를 개최한다고 할 때도 학부모들 호응은 뜨거웠다. 시인, 소설가들을 초청하여 문학 강의를 했을 적에는 참여한 시인, 소설가들이 너무도 흐뭇하게 대접해 주는 바람에 잊을 수 없다, 하였다. 대학의 레크레이션 학과 학생들과 교수가 아이들과 어울려 노는 모습이 참 보기에 좋았다. 교직원들만의 연수 시 산악인 남난희 선생을 초빙하여 들은 강의는 교직원들에게 감동을 주었다. '학교 숲 가꾸기 국민 운동 본부'와 유한 킴벌리에서 추진하는 공모에 두 번에 걸쳐 응모하여 '학교 숲 가꾸기' 학교로 선정되기도 했다. 열악한 교육 환경 개선 사업 일환이자 학교 문화 활성화 방안으로 추진한 체육관 유치를 위해 완도군 11개 읍면 지역의 체육관 건립 실태를 파악하여 체육관 건립에 필요한 설명회를 개최하는 등 교사, 학생, 학부모와 더불어 일했다.

섬 학교 근무 2년 동안, 섬 아이들에게서 느끼고 섬 지역 학부모들에게서 요구받은 건 공부만 가르치라는 게 아니었다. 아이들에게 많은 걸 보여 주고 체험하게 해 달라는 주문이었다. 예산 편성과 교육과정 운영의 효율성을 찾아서 얼마든지 그렇게 할 수 있는 여건이라 판단했다.

학교는 결국 지역 사회의 교육적 요구와 학교 구성원들의 협의 속에서 시대정신을 반영해 나가는 조직이다. 그런 점에서 나의 2년에 걸친 섬 학교에서의 근무는 100점 만점에 80점 정도라 자평한다. 혹 그 이상을 주시겠다한들 감당하기 어려우니 사양!

지리산 종주 산행에서 만난 산 사나이

오늘, 술판은 밤샌다, 알간!

나, 난타할래!

교권 침해라니?

교장이 싫어할 텐데요?

정보 쪽에서 알면……

화양연가華陽戀歌를 꿈꾸며

화양연가를 꿈꾸다

여수화양고등학교 시절 | 2006. 9. 1~2009. 8. 31

지리산 종주 산행에서 만난 산 사나이

지리산 종주 산행 2/3 지점에 있는 촛대봉은 세석산장 바로 위에 있다. 거기서 장터목산장까지는 약 2.7km. 보통 1시간 30분에서 2시간 정도 걸리는데, 세석산장에서 든든하게 점심을 먹고 오르더라도 쉽지 않은 길이다. 그 촛대봉을, 지리산 종주 산행을 하는 중에 두 번씩이나 다녀온 애가 있다. 팔월 초순, 그것도 초행길 고교생이 해낸 야간 산행이었다.

학생들과 함께 지리산 종주 산행을 가면 종종 인솔 책임을 진 동료들이 더 허덕이곤 한다. 목적지에 먼저 도착한 아이들이 뒤처진 인솔 교사의 배낭을 메러 다시 되돌아오는 경우가 늘 있다. 학생들 중에는 아주 잽싼 산 사나이들이 그렇게 있다. 2007학년도 산행에서도 그런 학생이 있었다. 김동준이라는 고3 학생. 그 아이의 모습이 지금도 눈앞에 어른거린다.

동준이는 1학기 전문대학 수시 전형에 합격한 애이다. 성적이 저 뒤쪽에 있는 아이였다. 아침부터 저녁까지 엎드려 자는 게 학교생활 전부인 아이였다. 하지만 1학기에 있었던 '5 · 18 기념 10km 단축 마라톤대회'에서 추종을 전혀 불허한 1등을 차지한 아이이기도 하다.

그 아이 담임 선생님 왈, "샘, 마라톤에서 1등 하면 제 소원을 들어주실 랍니까?" 하고 묻더란다. 담임 선생님은 "암만, 그러마." 했고, 아이는 어김없이 1등을 했다. "샘, 1등했습다. 소원 들어 주십쇼?"라고 하길래, 소원이 뭐냐고 물으니, 아이 가라사대, "조퇴해 주세요." 하더란다. 우린 입이 찢어져라 웃었다. 아이의 애교심 결여(?)를 질타하면서 다시 박장대소했다. 비록 수시 1학기에 합격했다손, 고3인데도 종주 산행에 나선 건 산에 다녀오면 여름방학 자율학습을 빼 주겠다고 한 담임 선생님의 권유였다, 한다.

산행 시작부터 여학생 하나가 산을 타지 못했다. 세 발짝 옮기고 쉬고, 두 발짝 옮기고 쉬고를 반복했다. 의지만 앞섰지 산에 오르는 데는 아주 서툰 아이였다. 그 아이 배낭을 릴레이식으로 짊어지고 오를 수밖에 없었다. 결국 동료 한 분이 그 아이를 끌다시피 시나브로, 겨우겨우 산행을 이어갔다. 성삼재에서 출발하여 벽소령산장까지 가는 16km 조금 넘는 산행이었으니, 첫날부터 그 여자 아이에겐 고된 정도가 아니었을 것이다. 참으로 힘들게 벽소령산장에 도착했다. 여자 아이들이 그렇듯이, 그런 가운데서도 세면과 화장을 거르지 않았다.

다음 날은 일찍 출발하여 세석산장에서 점심을 먹고 장터목산장에 등짐을 내려놓는 일정이었다. 그 여학생은 다른 아이들이 점심을 먹고 출발할 무렵에서야 세석산장에 도착했다. 일행들은, 그 여학생이 늦은 점심을 먹고 천천히 출발할 것이라 생각하고 서둘러 산행에 나섰다. 세석산장에서부터 어느 아이가 촛대봉에 그 여학생의 배낭을 가져다 놓으면 다른 아이가 연계하여 가져가게끔 되어 있었다. 그런데 그만 그게 이어지지 않았다. 어느 남학생이 촛대봉 어디에 가져다 놓기는 했는데, 인수인계가 되지 않은 것이었다. 배낭을 촛대봉에 남겨놓은 채 힘들어 하는 그 아이까지 장터목산장에 도착하였다.

다른 아이들이 3시에서 4시 무렵에 도착한 데 비해 그 여학생은 거의 두 시간 가까이 지나서야 휘청거리며 장터목산장에 도착했다. 겨우 목숨 부지(?)해 온 그 여학생, 자신의 배낭을 찾았으나 없는 게 아닌가. 씻지도, 닦지도, 옷을 바꿔 입지도 못하고 발만 동동 구를 뿐이었다.

애초의 계획대로 하자면 그 배낭을 다시 찾으러 갈 수 없는 상황이었다. 다음 날 새벽 3시경에 출발하여 천왕봉에서 일출을 보고 중산리로 내려가는 코스였기 때문이었다. 당장 가지러 가지 않으면 안 되는 상황이었다. 동료들은 지쳐 있었다. 속수무책이었다. 배낭을 잃어버린 그 여학생은 난감해 하며 교사들의 결단만 지켜보고 있을 따름이었다. 어떻게 해 달라는 요청도 못하고 안절부절 발만 구를 뿐이었다. 미안하고 죄스런 마음 때문이었을 게 분명했다. 나름 속이 깊은 아이였다.

동료 중 어느 누구도 의견을 내지 않았다. 나 역시 파김치 상태였다. 그렇다고 배낭을 버리고 갈 순 없었다. 결단을 내렸다. 3학년 동준이와 1학년 가운데 산을 잘 타는 아이, 둘을 불렀다. 특공대라 지칭했다. 아이 둘은 마다하지 않고 흔쾌히 다녀오겠다고 했다. 물 한 병과 헤드 랜턴을 주며 촛대봉에 다시 다녀오라 보냈다.

장터목산장에서의 출발 시간이 6시 무렵이었다. 8월 초, 여름 산이라 해도 6시 30분이면 어둠이 쌓이기 시작하지 않는가. 아이들을 보내 놓고 동료들은 밥도 먹지 못하고, 어릿어릿 허둥대고, 엉큼성큼 괜스레 산장 안에 들락거리고, 멈칫멈칫 서로 눈길 피하며, '내'가 가지 않고 '아이들'을 위험의 구렁으로 보낸 속내를 감추느라 끔벅끔벅 우물쭈물 허공에다 눈빛 보내놓고, 오늘따라 저 별은 왜 그리 '나'만 내려다보는지 모르겠다는 얼토당토 않는 투로, 모두들 속이 상한 듯 쪽 팔려 서로 외면한 채 기다리고, 기다렸다. 나 역시 마찬가지였다. 나를 포함해 교사 중 어느 누구도 동행하지 않은 점이 매우 언짢았다. 그런데 그렇게 결정하지 않을 수 없었다. 이런 경우, 지쳐 있는 교사들의 낙오 위험성이 더 큰 상황임을 그 동안의 산행을 통해 알 수 있었기 때문이다. 아이들

의 산행이 초행이긴 했지만 낮에 지나온 길이었고 야간 산행이었
지만, 지리산 종주의 주능선이 그나마 다른 길로 빠지지 않도록 안
내되어 있어, 속으론 해낼 수 있으리라 믿었다. 더구나 이틀간의 산
행을 지켜본 바, 날렵하고 호흡이 긴 아이들이었다.

　물론 나 또한 자책의 시간을 흘려보내고 있었다. 그렇게 1시간
정도 지났을까. 핸드폰이 울렸다. 제대로 알아듣지도 못하고 끊
겼다. 오르락내리락하면서 가거나 오고 있구나, 하는 생각만이
부끄러운 가슴을 더욱 짓눌렀다. 담배를 몇 대나 펴댔는지 모른
다. 기다리고 기다릴 뿐이었다. 헤드 랜턴 불빛이 보였다. 아, 우
리 아이들이었다. 아이들이 헐떡거리며 드디어 모습을 드러내는
게 아닌가! 딱 2시간 만이었다.

　그야말로 날아서 온 것이었다. 축지법을 쓰지 않았으면 이리 빠
르게 올 수 없는 거리, 그런 조건이었다. 왔다가 다시 또 다녀온
산길이지 않은가. 아이들은 그렇게 배낭을 가지고 온 것이었다.
나는 그만 찔끔 눈물이 나오려는 걸 꾸욱 참았다. 3학년 아이에게
만 소주 한 잔 부어 줬다. 대단한 산 사나이를 발견하게 된 순간이
었다.

　여기서 그치면 그저 그런 이야기에 지나지 않을 수 있으리라.
이 아이에 대한 이야기의 절정이 남아 있다. 개봉박두…… 내막은
이렇다.

이른바 영상 졸업식이라 명명된 그해 졸업식은 학생회장만 단상에 올라와 졸업장을 전달하도록 짜여졌다. 너무 밋밋하다고 느낀 나는 다섯 명의 아이를 단상으로 오르게 하여 졸업장을 직접 전달하기로 했다. 학생회장, 산 사나이, 1학기 수시에 합격한 뒤 학교에 나오다 말다 나왔다가 도망가기를 밥 먹 듯하면서 저녁에는 술집에서 알바를 한다는, 연락도 잘 되지 않는다는 여학생담임 선생님이 출석을 인정해 주는 여러 경로를 어렵사리 찾아 겨우 졸업시키는 아이, 풍물반 일등 상쇠를 맡아 열심히 활동해 온 아이, 그리고 성적 최우수 학생……. 이렇게 다섯 명을 단상으로 불렀다. 그 중 산 사나이에게 졸업장을 주면서 몇 마디 건넸다.

"동준아, 너는 내가 지금까지 학교에서 만난 최고의 산 사나이였다. 대학에 갔으니 산악부에 들어가라. 그리고 히말라야, 에베레스트에 가거라. 그러면 명예와 부富도 더불어 따를 것이다."

조금은 흰소리로 들릴 수 있으리라는 불안한 예감과 함께 건넨 말이었다. 예상은 빗나가지 않았다. 졸업식 끝난 3일 뒤, 그 아이가 '앞으로 산에 가면 성을 갈아버리겠다.'고 했다는 말을 전해 들었다. 몇몇 동료와 함께 또한 파안대소하였다. 하지만 씁쓸했다. 그리고는 마음까지 상했다. 아쉬움이 컸다. 그 아이는 산에 가야 하는데, 하는 기대감을 놓고 싶지 않은 이유였다. 그러나 나는 다시 마음을 다졌다. 그 아이는 산에 반드시 갈 것이라 믿고 싶었다. 교실에서 꼴찌인 아이가 산에서 일등인 자신을 발견했기 때문

이다. '내가 가장 잘할 수 있는 것이 등반'이란 걸 깨달은 그 아이
는 어느 날 자신의 역량을 발휘할 곳을 찾게 될 것이라, 믿고 싶은
터였다.

2012학년도, 한국 교원대에서 교장 자격 연수 강의를 몇 차례
하게 되었다. 나는 이 아이와 겪은 지리산 종주 산행 체험을 들려
주며, '학교가 아이들에게 할 수 있는 일이란 무엇인가?' 하는 물
음을 예비 교장 선생님들에게 던졌다.

"김동준, 이 아이가 앞으로 산에 갈지, 안 갈지 우린 모릅니
다. 이 아이는 고등학교 시절 공부는 늘 꼴찌였지만 산에서는 누
구도 자신을 앞서가는 친구가 없었다는 걸 체험으로 알게 되었습
니다. 자신이 잘할 수 있는 걸 발견한 것입니다. 이 아이에게 산
에 갈 수 있는 기회를 학교가 제공하지 않았더라면, 이 아이는 자
신이 산에서 1등인 경우를 발견하지 못했을 것입니다. 지리산 종
주 산행 체험은 이 아이로 하여금 자신의 능력을 깨닫게 되는 계
기가 되었다고 할 수 있습니다. 학교는 결국 아이들에게 이런 체
험의 기회를 자주 주어야 합니다. 우리의 현실에서 가정이 이런
기회를 원활히 제공할 수 없습니다. 지자체 역시 담당할 몫이라
고 여기지 않고 있습니다. 이런 상황에서 학교가 할 수밖에 없습
니다."

　이 아이가 언젠가 히말라야 8,000m급 14좌를 완등했다는 소식 접하기를 참으로 나는 고대하고 있다. 아니, 아니다. 이 아이가 어느 날, 여자 친구와 더불어 산에 가면서 무거운 짐 다 들어주며 자신이 겪었던 고등학교 시절, 지리산 종주 산행을 추억해내는 것만으로도 학교의 역할은 어느 정도 해냈다고 여기련다.

오늘, 슬픔은 밥샌다, 얼거!

자발적인 모임은 막힘없이 잘 굴러간다. 교장이 나서서 이래라 저래라 하는 교육 활동은 늘 어디만큼 가다가, 아니면 처음부터 멈칫거리거나 멈추고 만다. 에둘러 표현하지 않으련다. 교장이 하라면 우선 틀고 본다. 이유가 분분하다. 하지 않는다, 않으려 한다. 그런데 멍석 깔아 주고 스스로 하게끔 뒷받침하면 정말 잘 굴러간다.

화양고에 2006년 9월 1자로 부임한 나는 10월 초에 가칭 '화양고등학교 2007학년도 교육계획 수립을 위한 연구 모임TF팀' 구성을 제안했다. 사전에 작업을 좀 했다. 교육과정을 잘 알고 있는 동료에게 먼저 제안했다. 좌와 우, 위와 아래를 잘 아우르는 동료였다. 눈여겨 봐뒀다가 그에게 제안의 필요성을 설명했다. 교감 선생님과도 협의하기 전이었다.

알다시피 학교 교육계획서라는 게 전년도 방학 중에 교무부장이나 연구부장 혼자서 전년도 교육계획서를 그대로 베끼거나 통계수치 몇 자 수정하여 표지에 약간의 변화를 주어 발간해 온 게 지금까지의 관례이지 않은가. 인쇄소에서 막 나온 따끈따끈한 교육계획서라 할지라도 곧바로 책꽂이에 꽂혀 일년 내내 햇볕 한 번 보지 못하는 신세로 전락하고 마는 게 학교 교육계획서를 대접하는 오래된 풍경이다. 학교에서 일 년 동안 실행되는 모든 교육 활동의 철학과 실천력을 담고 있는 교육계획서가 엮어지자마자 사장되어 버리는 오래된 관행을 타파해 보고자 한 의도였다. 더 나아가 구성원들이 교육 실천력을 극대화하기 위한 참여의 추구였고, 한 방편이었다.

'TF팀 교사들이 학교를 접수했다고 여기시고 내년도 교육계획을 세워 달라.' 주문하였다. 연구비 내지는 연구협의회비를 지금이라도 세우겠다는 약속도 했다. 2007학년도에 학교를 옮기지 않을 20에서 30호봉 사이의 젊은 교사들을 중심으로 하되 남·녀 비율과 교과목 안배를 통해 교사 정원수 20%인 1/5 정도의 동료들이 참여했으면 좋겠다고 했다. 특히 간과해서 안 될 부분은 논의를 주도해 가되, 논제에서 막힘이 없도록 이끌어 가야 한다는 점이었다. 나는 그 점을 아주 간곡하게 요청했다. 다만 현재 교과 교육과정만큼은 내년도 시행을 위해 좀 시급히 조정해 주길 바란다고 전제했다. 그 수준의 관여 이외에는 하지 않겠다고 다짐했다.

그가 쾌히 승낙했다. 그런 뒤에야 교감 선생님과 TF팀 구성에 관해 협의하고, 공식화 과정을 거쳐 상설 모임으로 구성하게 되었다.

예산도 넉넉하게 세웠다. 행정실에서 불편함을 조금 드러냈지만 내가 쓸데없는 소리 말라고, 아주 긴요히 요구되는 예산이라고 묵살하듯 눌러 버렸다. 모임이 있으면 법인 카드를 드릴 테니 죽이 되든 밥이 되든 다 쓰시라, 했다. 정말 잘 굴러갔다.

대한민국 인문계 고등학교 풍경을 조금이라도 그릴 수 있는 분이라면 이게 얼토당토않는 그림이라는 걸 쉽게 알 것이다. 이른바 입시 명문고이건 입시에 관한 한 바닥권인 시골 면 단위에 있는 인문계 고교건 하루 일과가 거의 다르지 않다. 이를테면 아침부터 밤까지 대학 입시 관련 교과 수업 외에는 어떤 색다른 교육 활동도 이뤄지지 않는다. 그 속에서 더구나 입시 수업에만 매달리고 있어도 저녁이면 파김치가 되는 교사들이 자신들의 휴식 시간을 쪼개고 휴일을 투자하면서까지 교육계획서 작성을 위한 연구 활동을 한다는 게 결코 가능하지 않은 현실인 것이다.

그런데 너무도 잘 굴러갔다. 물 묻은 바가지에 깨 붙듯 서로 참여하겠다는 의지를 보여 줬다. 또한 팀원들 서로 합심해서 착착 논의를 진행해 나가는 것이었다. 요청했던 한 가지 즉, 교과목 배정에 따른 시수 조정 문제도 해결해 냈다. 정말 어려우리라 생각했다. 자기 교과 시수 확보를 위해서는 양보하지 않으려 무던 애를 쓰되 같은 교과 안에서는 1시간도 더 하지 않으려 하는 게 교사들의 일반적인 모습이다. 그런데 딱 한 달 만에 조정해 낸 것이다. 물론 다음 해 상황이어서 그나마 교과협의회를 통과했을 것이었겠지만, 그렇다 해도 지극히 고무적인 일이었다.

요청 자체가 무리라는 판단을 하지 않은 건 아니나 바로 잡지 않으면 또한 안 되는 문제점으로 파악했던 것이다. 아무리 수시로 95% 이상 대학 진학을 한다 해도 일반계 고교 정체성에 맞게 인문계반, 자연계반의 수업 시수를 조정해 달라는 주문이었다. 수시 입학이 대부분의 입시 형태인 까닭에 그처럼 편성할 수도 있었다고는 하지만 그런다 해도 아닌 건 아니었다. 인문계 2학년에 과탐 과목인 물리, 화학, 생물, 지구과학이 모두 편성되어 있다거나, 자연계에 사회 교과 시수가 과학 과목보다 상대적으로 많이 배정되어 있었다. 일률적인 시수 분배를 전제로 한 시간 안배였다. 아이들 우선이 아니라 교사만을 앞에 세운 교과 교육과정 편성이었다.

어려우리라는 예상을 뒤엎고 한 달 만에 조정해 낸 것을 보고 놀라지 않을 수 없었다. 필요성이나 당위성을 절감하고는 있었다고는 하였다. 하지만 누구도 나서서 이 문제에 대한 시정을 요구하지도 요구하려고 하지도 않았다는 것이다. 사실은 아이들에게 미안한 마음이 없는 건 아니었는데 곪을 대로 곪아 있던 걸 학교가 요청한다고 하니까 앓던 이 빼듯 선뜻 응해 준 것이라, 했다. 그래도 그렇지, 이건 너무 황홀한 상황이었다.

  이런 분위기로 협의체가 굴러갔다. 일과 중 시간을 쪼개 만나고, '야자' 끝나고 술집에서 만나고, 급기야 어느 주말에 자체 연수를 간다는 것이었다. 놀란 건 정작 나였다. 세워 준 예산을 다 쓸 작정을 했나, 하면서 터무니없는 웃음을 머금기도 하였다.

  주말을 반납하면서까지 자발적으로 교육과정의 전반적 흐름을 이해하기 위한 연수 계획을 세워 실행하겠다는 말을 듣고 나는 그만 놀라 자빠질 뻔했다. 팀원들이 교육과정에 대해 이해도를 높이자는 요구가 강하게 제기되었단다. 그러기 위해서는 1박 2일 연수가 필요하다는 데에 공감했다는 것이었다.

  연수를 위해 인근의 자연 휴양림으로 떠났다. 나와 교감 선생님, 동료 부장 두 분이 위문을 위해 연수장을 찾지 않을 수 없었다. 술과 안줏감을 바리바리 싸들고 온 참이었다. 우리가 도착하자 연수팀장인 허 선생이 잠깐 나와서 건네길 '너무 진지하게 논의 중이다. 지금, 그런 분위기를 중간에 끊을 수 없다. 조금만 기다려 달라. 내가 상황을 봐서 위문 팀을 맞이하겠다.'고 했다. 그런데 한 시간 반이 지났는데도 아무런 기척이 없는 것이었다. 한 시간 반 정도 휴양림 벤치에서 무료하게 기다리고 있었다.

  "몇 시야? 얼마나 지났어?"

교감 선생님이 약간 퉁명스런 말투로 혼잣말을 내뱉었다. 교무 부장도 좀 지나치다 싶은지, 연신 시계를 보면서 뇌까렸다.

"아무리 그렇다고, 한 시간 삼십 분 넘게 교장, 교감 선생님을 바깥에 세워 두다니, 이건 좀 지나치네요. 내가 들어가 봐야겠습니다."

나 역시 짜증이 일지 않은 건 아니었다. 방 안의 논의 팀 동정을 얼핏 살폈다. 안에서는 여전히 토론에 열중했다. 바깥에서 기다리고 있는 사람들에 대해서는 안중에 없는 듯했다. 나는 교무부장의 움직임을 저어했다.

"아니, 그러지 마세요. 조금 더 기다려 봅시다, 그려. 아무렴, 열공한다는 데 우리가 방해가 되어서야 쓰겠습니까만……. 성질이 좀 날라 하긴 하네요, 하하."

"하이고, 교장 선생님은 넉살도 좋으요. 나 같으면 그냥 돌아가자고 허겠습니다만."

사실 그랬다. 좀 지나치다 싶은 역정이 솟고라지지 않는 건 아니었다. 하지만 나는 달리 생각하고 있었다. 이건 시험지였다. 교장의 진정성을 확인하기 위한 약간 엉성한, 그렇다고 결코 치졸한 행위와는 차원이 다른 일종의 시험지일 수 있다고, 나는 직감했다.

'우리는 휴일까지 반납하며 논의하고 있다. 당신은 우리의 논의에서 우선 순위의 위치에 있지 않다. 우리가 현재 논의하고 있는 협의 사항에 대해 당신이 들어주건 그러지 않건, 우리의 논의 체계와 논제에 대해 우리는 이제 엄정하게 안착했다. 적어도 당신이 우리에게 믿음을 주기 위해서라면, 이 논의에 대한 진지함을 확인해야 하고 더불어 그 정도 불편함은 참아야 한다.'는 무언의 시위이고 시험일 수 있다고 나는 판단했다. 그리고 이런 시험 문제를 내자고 제안한 팀원이 누구일까, 하는 짐작도 할 수 있었다. 누구보다 내가 아끼는 후배일 것이라, 여겼다.

배도 고프고 술도 고팠지만 방문 팀 또한 잘 참았다. 마침내 논의 팀들이 논의를 끝내고 약간 미안한 기색으로 우리를 맞았다. 세 시간을 밖에서 기다린 뒤였다. 화도 나고 뚜껑 열리기 직전까지 갔지만 돌아가지 않고 기다린 게 보람이듯 팀원들은 아주 활기찼다. 술잔이 몇 순배 돌고 술 연수로 분위기가 전환되었다. 분위기가 고조되는 그 길목에서 내가 한 마디, 호기롭게 거들고 나섰다.

"야, 씨! 나도 왕년엔 숱하게 밤샜다. 니들, 밤샐 줄 았았는데, 벌써 끝냈냐. 오늘, 술판은 밤샌다, 알간!"

술판이 벌어진 세 시간 뒤, 나는 술에 취해 그만 나자빠진 상태에 돌입했단다.

교장은 인내하는 자리이다. 나는 기다리는 데 참을성이 결여된 자는 교장으로서 어느 한편, 부족함을 지닌 자라고 믿고 있다. 술에 취할 줄 알아야 하는 자이어야 한다는 부분에 대해서도 나는 동의한다. 취하지 않고 술자리에서 끝까지 명료한 자세를 유지하는 자는 결국 애정이 부족한 자라는 믿음을 가지고 있다. 함께 어깨 겯고 나아가려는 의지 결여자라고 여긴다. 오늘의 동료들은 특히 어떤 교직 단체에서 주도적으로 활동하고 있는 동료들이 많은 학교에서는 더욱이나 함께 하려는 인식의 독려를 자신에게 갈구하지 않으면 안 된다고 생각한다. 교육이 갈망하는 시대정신을 익히 알면서 또한 구성원들을 위한 감성적 표출을 제대로 할 줄 아는 교장이 절실히 요망된다.

　　수학여행지를 결정하는 방식이 바뀌었다. 학생 의사와 학부모 의견까지 수렴하여 결정하라는, 권고 아닌 권고 이상의 공문을 교육청으로부터 받았다. 수학여행과 관련한 말썽의 소지를 줄이자는 게 의도이겠지만 딴은 좋은 권유이다. 수학여행과 관련한 관행을 뿌리 뽑는 건 사실 쉽지 않다. 워낙 큰 예산이 투입되는 교육 활동인 까닭이지만 학교 직영이 그만큼 어려운 탓이기도 하다. 대개는 직영으로 위장한 위탁으로 운영되는 게 관례이다. 우선 여행업계나 관광버스 운행 업체가 제시하듯 수학여행비를 명확하고 세세하게 산출해 낼 수 있는 경험이 교사들에게는 태부족하다. 또한 그런 능력을 키울만한 현실적 여건이 교사들에게 주어지지도 않을 뿐더러 교사들이 그런 능력을 굳이 키워야 할 필요를 요청받지도 않는다. 더구나 1,000만 원 이상의 수학여행 경비가 소요되는 관광버스 임차 시에는 행정실에서 반드시 공개 입찰을 통해야 하는데, 공개 입찰에서 응찰과 낙찰이 잘 이뤄지지 않으면 예정된 교육과정대로 교육 활동이 진행되기 어려운 상황에 직면하게 된다. 실제 그런 예가 종종 일어나기도 한다. 아무튼 교사들이 사전 답사를 가고, 계약 부서인 행정실에서 차량 계약과 여타 계약 사항을 추진한다지만 노정되는 문제와 한계가 참으로 많다. 그러다 보니 이런저런 잡음을 예상하여 위탁 여행을 실시하는 경우가 태반이다.

어쨌거나 관행을 없애는 데에 교장 역할은 매우 크다. 여행사나 관광회사로부터 은밀히 주어지는 관행적인 떡값을 거부하는 건 아예 논외다. 당연하기 때문이다. 지금은 많이 개선되어 그런 일 없다고도 한다. 그걸 주지 말고 그에 상응하는 혜택을 아이들에게 주라, 요청을 하지만 그렇게 실행되지 않는다. 여행사가 생색을 낸다고 하지만 학교나, 학생들에게 실익이 없는 경우가 많다.

여러 어려움을 감내하면서라도 여행 경비를 줄이고 수학여행을 보다 옹골차게 꾸미려 실질적인 직영 체제를 해 볼 수 있다. 이 경우는 학년부장 의지가 굳세어야 한다. 교장이 아무리 직영을 해 보고자 해도 학년부장이 함께 맞장구쳐 주지 않으면 공염불에 지나지 않고, 학년부장이 의욕적으로 직영 운영을 하고자 해도 이를 바라보는 교장의 시각이 제대로 박혀 있지 않으면 의심과 의문으로 점철되기 십상이다. 거기에 지역 관광 업계의 거센 반발은 교장으로서 감내하기 쉽지 않을 만큼 도전적이다. 가장 힘든 아킬레스건을 들고 나온다. 지역 사회와의 관계를 고려하지 않을 수 없다는 점과 수학여행 중 어떤 문제가 발생하거나 인명 사고 발생 시 수습 과정에서의 어려움을 자신들이 어느 정도 대신해 줄 수 있다는, 강압성 압력을 들이밀기도 한다. 교장 입장에서 지역 경제 활성화라는 측면은 마냥 외면할 수 없는 사안이기도 하다. 또한 문제 발생 시 대처 능력을 염두에 두지 않을 수 없다. 안전사고 문제는 모든 교육 활동의 협의와 결정 단계에서 최우선적 고려 사항이 아닐 수 없다. 이 문제가 언제나 발목을 잡는다. 하지만 대부분의 경우 좋은 교육 활동이라 한다면, 간장 맛을 보기 위해선 간장을 담가야 한다는 생각으로 실행에 옮긴다. 구더기 생길 걸 미리 예상하고 겁부터 갖게 된다면 모든 교육 활동을 포기해야 한다. 이 부분은 교장 입장에서 어떤 교육 활동을 결정하는데에 결코 후순위로 밀어 놓을 수 없는 사항이어서 결정을 어렵게 하는 게 사실이다. 하지만 바로 이 대목이 흔들려서는 안 되는 중요한 승부처이기도 하다. 예상되는 어려움이 있다 하더라도 꼭 실행해야 하는 교육 활동이라면 해야 한다. 하겠다, 하고 마음 다지게 되면 다음부터는 어떤 어려움이 예상되더라도 그 예감을 능동적 직감으로 바꿔 낼 의욕을 갖게 된다는 점이다.

이야기를 본래 의도로 돌아가 보자. 학생들 의견, 학부모들 생각, 학년실의 속내 등을 종합하여 수학여행지를 결정하게 된다. 지역에 따라 다르긴 하나, 어느 학교나 가장 선호하는 지역이 제주도인 것 같다. 화양고에서도 2007학년도 수학여행지 설문 조사서를 만들어 내부 결재를 요청했는데, 설문지 내용이 제주도를 전제하고 작성된 듯했다. 갈 때는 비행기로, 올 때는 배로 온다는 게 눈에 띄었다. 대부분의 고등학교가 1학년 때 수학여행을 가니 비행기를 처음 타 보는 1학년 아이들 대부분이 당연히 거기에 방점을 찍는다. 설문지를 가져온 학년부장에게 어느 곳을 염두에 두고 있는지 물었다. 제주도라 했다. 나는 들입다, 서울로 가자고 요구했다. 학년부장이 뜨악했다. 이 부분에서는 나의 생각대로 밀고 나가야 한다는 판단을 다졌다. 전투 태세를 갖췄다.

"제주도? 좋지요. 볼 곳, 느낄 곳이 참 많고, 먹을거리 좋고, 아이들 어디로 튈 수 없기도 하고요. 하지만, 관광지잖아요. 고1의 뒤통수를 때릴 만한 자극제는 없잖아요. 담임 선생님들 편하잖아요. 비행기 타고 간다니까, 당연히 아이들은 좋아라, 하겠지요. 이 설문지 의도는 다분히 제주도를 미리 점 찍어 놓고 하는 거잖아요."

내가 평소답지 않게 단도직입적으로 밀어부쳤다. 1학년 학년부장도 만만치 않게 대응했다.

"의도성, 전혀 없습니다. 실제로 그렇게 하는 여행 경롭니다. 관광 여행이라는 견해신데, 테마형입니다. 보시면 알겠지만, 대학교 탐방도 있고요, 영화 박물관 관람을 통해 직업 체험도 하고, 또 제주도 민속 박물관은 산 역사 교실이 될 것입니다.”

“제주 지역 소재 대학에 진학을 희망하는 학생이 우리 학교에 몇이나 있습니까? 지금까지 몇이나 갔습니까? 그리고 내가 의도적이라고 하는 건, 서울·경기 지역을 돌면서 에버랜드를 빼고 묻는 이유가 다분히 그렇게 느껴진다는 것입니다.”

“중학교 때 대부분 갔다 왔다고 합니다. 또 간다는 건 낭비라는 생각 때문에 그랬지, 그것 또한 의도적이지 않습니다.”

“아이들에게 다시 갈 것인가, 말 것인가, 묻기라도 해야지 않을까요? 아이들이 역시 초·중학교 때 가 봤을 한국 민속촌은 들어가 있는데, 서울·경기 지역으로 가면서 에버랜드를 뺀 걸 두고 의도적이지 않다고 하는 건, 설득력이 적다고 봅니다.”

“한국 민속촌은 바로 그 지역에 숙박지가 있어서 넣은 것입니다.”

“에버랜드 안에도 숙박 시설이 있지요.”

“거기를 잡으려면, 애당초 작년에 예약을 했어야 하는데, 지금은 가능하지 않지요, 당연히.”

거기까지여야 한다. 나는 더 대응하지 않았다. 그리고 그게 사실이기도 하였다. 하지만 이런 정도까지의 대화를 통해서 학년부장에게 나의 의중이 강하게 전달되었다고 보았다. 거기까지여야 한다는 게 판단이고, 직감이다. 딴은 1학년 학년부장은 아끼는 후배였다. 내 의중을 전달하기 위한 공략이었고, 후배 동료도 그 걸 파악하지 못할 사람 아니었다.

"다시 설문지 작성해서 결재 올릴라요. 서울로 꼭 갈라는 의도 가 대체 무시기요?"

"제주도는 아이들이 커서 결혼 기념일에 가는 낭만지로 놔 두 세. 고1, 여기 시골 애들에게 서울, 보여 주세. 말馬은 제주도로 보내고 사람은 서울로 보내라는 옛말을 따르고자 한 게 아니네. 관점에 따라 다르겠지만, 나는 아이들에게 문화 영역을 보여 주고 싶은 거야, 보여 줘야 한다고 여기네. 서울 가서, 연극도 보여 주 고, 미술관도 보여 주세. 음악회도 갈 수 있으면 가 보세. 미술관 에 가 본 녀석이라야, 애인 데리고 미술관에도 갈 것 아닌가? 더 불어, 유수한 대학도 가 보세. 인사동, 대학로, 청계천에 있는 전 태일 동상도 보여 주세나."

세상을 바라보는 시각이 나와 크게 다르지 않았다. 그가 동의하 는 것이었다. 그리고 정지 작업을 통해 서울·경기 지역을 수학여 행지로 정하게 되었다. 학교 운영 위원회를 통해 서울·경기 지역 으로 가게 된 배경을 설명했다. 학부모들 역시 좋아라, 한다고 하 였다.

서울·경기 지역으로 출발했고, 아이들은 대학로에서 연극을 보게 되었다. 함께 간 나 또한 정통 〈난타〉를 처음 관람했다. 나 를 포함한 이른바 촌놈들이 '신기해, 재밌어.'라고 하였다. 이런

게 연극인가에 대해, 이렇게도 연극이 되는가에 대해 신기해, 했다. 무대와 도구와 분장 등등에 대해 놀라워, 했다. 극의 진행과 대사, 배우들의 손짓과 발짓에 대해 재밌어, 했다. 두 시간 정도를 웃음꽃 피우며 봤다.

극장을 나오면서, 어느 아이가 나를 쳐다보며 혼잣말처럼 읊는 것이었다.

"나, 난타할래!"

그 아이가 지금 연극을 하고 있거나 배우 수업을 받고 있는지는 모른다. 만약 연극을 하거나 하려 하고 있다면, 그 아이에겐 고1 때의 수학여행이 인생의 전환점이 된 것이다. 설령 연극을 하지 않더라도 고1 때 본 연극이 계기가 되어 연극 보러 극장에 갈 것이라 여긴다. 혹은 그럴 마음의 기회를 제공한 덧셈의 수학여행이 될 수도 있을 것이다.

교권 침해라니?

인문계 고교에서는 1학년부터 3학년까지 모의고사를 거의 달마다 본다. 3학년의 경우는 1, 2학년보다 몇 차례 더 본다. 시도 교육청 주관 모의고사와 입시 학원 출제 모의고사를 통해 아이들 학력 수준, 즉 몇 등급에 해당하는가를 파악하기 위해서다. 학력 수준이 전반적으로 낮은 학교의 경우, 모의고사 본다 한들 아이들 대부분은 긴장하지도 않는다. 내신 성적에 반영되지 않으면 아이들은 여타 시험을 등한시하는 편이다. 그럼에도 모의고사를 꼬박꼬박 본다. 효용성을 따져 볼 대목이지만, 그나마 안 보면 학교에서 입시 지도를 제대로 하지 않고 있다는 핀잔을 학부모로부터 듣기도 한다. 학부모들은 다른 고교와 비교하길 꽤 좋아하는 경향이 짙다.

잘 알다시피 모의고사 성적은 수학과 영어에서 판가름 난다. 우

리 아이들 수학과 영어 실력은 밑바닥 수준이다. 고1 아이에게 중
1 수준 수학을 보습해 줘야 할 정도다. 성적이 괜찮다고 하는 아
이들도 그 수준에서 조금 상회한다. 수학 교사들의 고충이 여간
아닌 걸 안다. 그럼에도 1, 2학년 아이들 가운데 지금부터라도 수
학을 집중적으로 지도하면 성적을 끌어올릴 수 있는 아이들이 없
진 않다. 그런 이유로 모의고사를 본 뒤 상위 그룹에 속하는 몇 아
이를 교장실로 불렀다. 과목별 성적 분포를 보면서 아이 한 명,
한 명에게 수학 공부를 어떻게 하고 있으며 앞으로 어떻게 했으면
좋겠냐고 물었다. 어느 아이는 주말 과외를 받고 있다고 하고 어
느 아이는 방과 후 심화반 수업의 비심화 수업, 즉 난이도가 낮다
고 지적하기도 하였다. 다른 아이는 수학 심화반 수업을 따라가지
못하겠다고 호소하기도 했다. 내신 성적 5% 이내에 드는 아이였
다. 유독 수학에서 고전하고 있는 아이다. 아이들이 특별 수업 혹
은 특별 지도를 해 줬으면 좋겠다는 의견을 대체적으로 내놨다.
내가 유도한 측면이 있음을 물론 부인하지 않겠다.

　그리고 난 뒤 수학과 선생님들 모두를 교장실에서 뵙자고 했다.
모의고사 성적 가운데 수학 과목의 낮은 점수와 이에 따른 대책을
협의하자고 제안했다. 다섯 분 수학 교사들 가운데 네 분이 전교
조 조합원이었다. 열정적으로 가르치고 열심히 아이들 만나는 젊
은 교사들이다. 그런데 네 분 조합원이 이러저러한 이유를 들어

협의하자는 제안 자체를 반대하는 눈치였다. 지금도 최대 시수로 수업하고 있으며, 입학 당시 아이들의 수학 실력과 견주건대 현재 꾸준히 향상하고 있다는, 미리 준비된 듯한 항변이었다. 이야기가 자꾸 반복되었다. 아무래도 내가 단도직입적으로 요망 사항을 제시해야 할 것 같았다. 1, 2학년 가운데 성적 우수 학생을 몇 명 선정하여 아침 자율학습 시간이나 야자 시간에 따로 특별 지도를 해 줬으면 좋겠다고 말씀드렸다. 충분하지는 않지만 상응하는 만큼의 보상을 하겠다는 사족도 곁들였다. 물론 무리라는 걸 내가 모르지 않는다. 정규 수업과 방과 후 수업, 창의적 체험 활동 지도 거기에다 심화반까지 일주일에 25시간 이상을 맡고 있는 까닭에 쉽지 않으리란 예상은 하고 있었다. 아침저녁에 이뤄지는 자율학습은 담임 선생님들의 지도가 필요했으며 수학 교사들 대부분 담임을 맡고 있기도 하였다. 하지만 1, 2학년인 지금 끌어올려 놓지 않으면 수학에서 수능 상위 등급에 진입하기가 요원한 까닭에 적극적으로 요청하지 않을 수 없었다. 수학과 동료들이 누구보다 잘 알고 있는 대목이기도 했다. 나의 제안에 대해 누구도 쉬이 수락하려 들지 않았다. 그나마 공부시키자는 데에 막무가내로 마다 할 순 없었던지 수학 교사들끼리 숙의해서 전달하겠다고 하고는 교장실을 나갔다.

다음 날이었다. 출장으로 인해 타 지역에 가 있는데 전교조 학교분회 분회장에게서 전화가 왔다. 학교에 다시 들어오느냐는 확인이었다. 무슨 이야기인진 모르나 오후에 들어가니 가서 이야기 나누자고 했다. 오후에 나눈 이야기인즉, 수학 선생들에게 특별 지도를 요구하는 건 교권 침해라는 것이었다. 그 말을 듣고 나는 그만 시쳇말로 뚜껑이 열려 버렸다. 다른 말로도 얼마든지 거부 의사를 전달할 수 있었을 텐데, 그것도 분회장이 나서서 교권 침해라니?

분회장은 내가 한 제안을 철회하라고 했다. 교장은 제안이라고 하지만 교사들은 강요로 받아들이게 되어 있다는 것이었다. 신혼인 D 선생은 사모님이 임신해서 그렇지 않아도 힘들다더라, R 선생은 늘 늦은 퇴근으로 해서 가정생활까지 포기해야 할 판이라는데, 그럴 수는 없지 않느냐? 하는 등의 이유도 곁들였다. 나는 이 단계에서 좀 단호해져야 한다는 판단을 했다. 제안이지 강제하지 않았다, 계속 협의해 나가자고 한 건 수학 선생들이다, 수당 지급을 하겠다고 했다, 그들의 시수를 모르지 않는 바 무턱대고 제안하지 않았다, 수학을 힘들어 하는 아이들을 어떻게든 끌어올려 줘야 한다, 이건 교장 직무 범위 안에 있다, 교권 침해라는 말 함부로 사용하지 마라, 철회하라, 했다.

이틀 동안 힘겨루기가 진행되었다. 나는 제안을 철회하지 않았고 분회장은 교권 침해라는 표현을 철회하지 않았다. 수학 교사들은 이틀 동안, 아무런 반응을 내보이지 않았다. 다음 교직원 모임

때 교권 침해라고 한 발언을 반박하는 내용으로 A4 용지 넉 장 분량을 준비해 뒀다. 한판 붙고자 했다. 반박 근거들을 조목조목 찾아 출력해 놨다. 그렇게 벼르고 있는 사이 삼일 째에 수학 교사 가운데 대표가 나에게 왔다. 멘토 학습으로 대체하겠다는 의견을 피력했다. 특별 지도 방식 중 내가 요구한 수업 형태는 진행하기 어렵다, 수학과 다섯이 학년별 상위 그룹 학생 몇 명을 뽑아 수시로 멘토 학습을 하겠다, 이 이상의 형태는 현실적으로 할 수 없으니, 그 선에서 받아들이라는 것이었다. 수용의 가부를 묻는데 내가 즉답을 피했다. 그리고 다른 이야기는 서로 들먹이지 않았다. 제안, 강제, 분회장, 교권 침해 등등의 단어가 떠올랐지만 그 부분에 대해서는 입도 벙긋하지 않았다. 다음 교직원 모임 때, 반박하겠다는 내심이 앞섰다. 그런데 자기모순에 빠지게 되었다. 멘토 학습으로 대체하겠다는 수학 교사들 제안 역시 역제안인 만큼 이에 대해 아무런 답변 없이 교권 침해라는 발언에 대해서만 반박하는 건 내 입장만 고려한 처사였다. 전체 구성원들로부터 호응을 얻을 수 없으리라는 판단이 들었다. 더불어 수학 교사들이 제시한 멘토 학습이, 이러저러한 여건을 살펴보면, 실질적인 방안일 수도 있겠다는 생각 역시 갖게 되었다. 전체 모임 있기 전, 수학과 대표 교사를 다시 뵙자고 했다. 멘토 학습 진행 방식에 대해 묻고, 들었다. 진정성이 엿보였다. 현실적으로 이해할 수밖에 없는 효과적인 방안이라 여겨졌다. 곧바로 좋다, 했다. 그리고 분회장에게 이

번 일에 대해 일단락된 걸로 하자, 했다.

  이렇게 사안을 매듭짓고 난 뒤 곰곰이 생각했다. 교권 침해 범위는 어디까지인가, 하는 건 중요하지 않았다. 좀 더 구체적이고 가능한 방안을 제시하고 설득해 내지 못한 나의 부족함에 대해 자책했다. 학교 경영에서 어느 사안의 필요성을 교장과 교사들이 먼저 공감하고, 가능성 있는 대안을 몇 가지 제시하여 교사들이 검토하게 하는 것이 교사들의 주체적 참여에 도움이 되고 갈등을 줄일 수 있는 한 방안이라는 깨달음을 얻었다. 바로 이 지점이 경영 능력을 확인하는 길목이다. 딴은 학습비가 많이 들지 않아 다행이라 여겼다.

교장이 싫어할 텐데요?

여수시 화정면에 백야도라는 섬이 있다. 지금은 연륙되어 자동차가 드나드는 곳이다. 그곳에 최병수라는 화가가 살고 있다. 1987년, 6·10 민주화 항쟁 당시 최루탄에 맞아 쓰러진 연세대 이한열 학생을 안고 있는 걸개그림, 〈한열이를 살려 내라〉라는 큰 그림 그린 화가라면 아, 그 사람, 하고 알 것이다. 환경 설치 미술가라고도 부른다. 그런 사람이 내가 일하고 있는 화양면 인근에 살고 있다는 걸 누구에겐가 들었다. 뵙고 싶었다. 세 번째 찾아가서야 만났다. 내가 성격이 좀 언죽번죽하지 못해 처음 만나는 사람 앞에서는 말도 제대로 못하는 편이어서 모르는 사람을 먼저 찾아나서는 경우가 좀체 드문데, 어찌해서 세 번이나 찾아가게 되었는지는 나도 잘 모르겠다. 굳이 짚어 보면 묘한 끌림이 작용하였지 않았나, 생각한다.

화양고에서 아이들 가르치는 사람이라 했더니, 최 선생이 반갑

게 맞아 주었다. 누추하고 허름한 집이었다. 사내 혼자 사는 냄새
가 물씬 났다. 화식은 거의 하지 않고 주로 생식을 한다면서 유기
농 발효차와 생협 떡을 내놓았다.

세 시간 넘게 최 선생이 하는 이런저런 이야기를 들었다. 그는
민주화에 대한 생각, 지구 온난화의 심각성과 이와 관련한 그림
작업, 리오회의환경과 개발에 관한 UN회의에서 한 얼음 펭귄 퍼포먼스
와 외국 언론에 소개된 내용, 미술운동가 혹은 미술 운동 단체들
의 당파성과 도덕성 문제, 이른바 관제官製화가가 된 내력, 현재
건강 상태 등에 관해 거의 쉬지 않고 이야기했다. 현학적이라는
인상을 받았다. 특히 위암에 걸려 수술을 했는데 지금까지 항암
치료를 받지 않고 생식으로만 회복 중이라고 말할 때에는 어투마
저 비장했다. 자신의 몸에 대한 자신감이 지극했다.

그는 할 말이 참으로 많은 사람이었다. 자신과 자신의 그림 이
야기를 쉼 없이 이어갔다. 맺힌 게 깊은 사람은 하고 싶은 말이 참
많다. 나도 속으로 곪은 게 많아서 안다. 나도 곪은 이야기를 할
때는 말이 많다. 그의 이야기는 여기에서 저기로 다시 저기에서
여기로 경계 없이 옮겨 가곤 하였다. 컴퓨터 그래픽으로 작업한
새로운 그림들을 설명했다. 그의 그림을 몇 편 미리 보고 갔지만,
그의 그림 작업은 나를 매우 흥분시켰다. 그의 작업에 대한 열정
과 독특하며 메마르지 않고 넘쳐나는 상상력은 나를 매료시키고
말았다. 그가 시도하는 작업이 매우 흥미롭게 닿았다. 그의 설명

은 간결하면서도 흡인력을 강하게 느끼도록 했다. 그의 주장은 때론 지나치다 싶은 생각이 들지 않은 건 아니었지만, 실천하는 자에게서 볼 수 있는 냉철함을 엿볼 수 있었다. 달착지근한 어떤 미혹에 빠져들듯 세 시간여가 휘익 지나갔다. 그와 헤어지면서 내가 부탁했다.

"오늘 제게 한 이 이야기를 우리 아이들에게 해 줄 수 없겠습니까?"

그가, 정색하고 말했다.

"교장이 싫어할 텐데요?"

내가 교장이라고 말하지 않았었다. 그런 따위가 끼어들어 혹 서먹해져서는 결코 아니 될 소중한 처음의 만남이었다. 세상의 바르지 못한 여러 모순에 대해 결기 어린 포효하며 사시는 분들에겐 특히 상대방 직함이 쓸모 있는 것이라 여기지 않는 경우도 적지 않다.

"그건, 제가 어찌어찌 해 보겠습니다. 해 주십시오."

거듭 부탁했다. 하게 된다면, 쾌히 하겠노라고 그가 말했다. 그러면서 또 덧붙이는 것이었다. 지구 온난화의 심각성은 너무도 절박한데 세계의 좌편향이든 우편향이든 모든 정치가들은 이를 절대 우선의 문제로 보고 있지 않다, 환경 시계는 곧 지구 멸망을 가리키는 12시를 향해 돌진하고 있는데 세상의 외면은 너무너무 두렵다, 촉박하더라도 미래의 환경 운동가들을 길러 내는 데에 힘을 쏟아야겠다, 해서 학생들을 대상으로 한 교육 필요성을 절감하고 있다, 그런 만큼 학교에서 하는 강의를 하고 싶었다, 는 속내를 드러내는 것이었다.

그가 또 곁들였다. 마침 그런 차에, 익산의 이일여고에 초청 강연을 갔다. 그때의 감격을 잊지 못한다고 하였다. 들으니, 그 학교 선생들이 참으로 세심하게 준비한 걸 알 수 있었다. 교장 선생님에게 강사의 프로필을 낱낱이 말하지 않고 그냥 환경 운동 하는 분이라고만 했고, 그렇게 아이들 앞에 소개했으며 그렇게 강의를 시작하게 되었단다. 그런데 강의 끝나고 교장이 더 좋아해서 이후, 친분을 쌓았다는 것이었다. 아이들에게는 《목수, 화가에게 말 걸다》2006년, 현문서가라는 그와 관련한 책을 사서 읽게 하고 질문 또한 미리 준비하게 하였으며, 강의가 끝난 뒤엔 책 사인회까지 열어 주었다는 것이었다. 은근히 그런 강의가 될 수 있었으면 좋겠다는 표현이기도 했다. 이일여고처럼 세밀한 부분까지 준비하긴 쉽진 않으나 최 선생이 하고자 하는 강의 내용과 범위를 축소할 필요 없이 해 주시라, 부탁했다. 또한 요청하시면 할 수 있는 준비, 성심을 다하겠다고 했다.

'쉽지 않을 텐데……' 하는 눈빛으로 그가 나를 배웅했다.

강의는 일정에 따라 순조롭게 진행되었다. 최 선생의 요청으로 이것저것 준비하는 동료들이 더 신명난 듯했다. 체육관 옆 벽에

작살 맞은 고래가 수많은 작은 생명체들을 등에 업고 지구를 떠나는 걸개그림을 붙이고자 했으나 누구도 할 수 없어 최 선생이 전날 와서 걸었다. 대형 스크린을 달아야 했다. 컴퓨터 그래픽으로 작업한 그림을 좀 더 선명하게 보기 위해서였다. 광목을 사다가 꿰매 달았다. 얼음 펭귄 깍기 위한 얼음 또한 최 선생이 애용하곤 하는 얼음집에 주문하여 배달해 주도록 하였다. 도서관에서는 최 선생 관련 책을 구입하여 읽도록 하였다. 또한 질문지를 미리 작성토록 하였다. 최 선생 관련 책을 구입하여 사인을 받게 하기에는 어려움이 뒤따랐기에 노트에 사인을 받도록 하였다. 인증샷 위한 사진 찍기에도 시간을 할애하도록 하였다. 지구 온난화 문제나 여타의 사회 현상에 대해 막힘없이 말씀해 달라, 했던 처음의 요청을 유효하게 지키고자 했다.

익산 이일여고처럼 세심하게 준비하지는 못했지만 강의는 무리 없이 잘 이뤄졌다. 물론 아이들까지 신명을 내는 것 같진 않았다. 신기해 하기는 했다. 얼음 펭귄 깎는 과정은 수능 앞둔 3학년 교실에서도 운동장 쪽 창을 통해 관심 있게 보기도 하였다. 녹고 있는 지구 환경 나침반 위에서 아이들은 환호하기도 했다. 그게 아이들이다. 아이들이라는 게 한 쪽 눈은 감고 다른 한 쪽 눈은 비긋이 뜬 채 보기도 하지 않는가? 아이들이라는 게 한 쪽 귀로 듣고 한 쪽 귀로 흘려 버리곤 하지 않는가? 그럼에도 아이들에겐 각인되어 있을 것이다. 언젠가 보고 들은 걸 상기 끄집어내 기억할 것이라 믿는다. 졸업 후 저희들끼리 모여 이야기 나눌 때 그때, 그 시절의 기억을 끄집어 낼 것이다. 그 나이 무렵에 만나게 되는 환경문제에 대해 논쟁할 것이다. 나는 그렇게 믿고 있다. 이런 게 교육이지 않는가.

강의를 마치고 교장실에서 담소를 나누며,

"'교장이 싫어.' 해서 흡족하게 준비하진 못했습니다."

농담 주고받으며, 그와 함께 웃었다.

허허허!

정보 쪽에서 알면……

"이런 거, 정보 쪽에서 알면…….."

그가 책을 죽 훑어보다 말고, 내게 툭 내뱉는 것이었다.

'정보 쪽'은 아마 도 교육청 출입 정보 관련 기관이거나 뭐, 그런 계통을 지칭하는 것이라 어렵지 않게 직감할 수 있었다. '3. 계기 및 체험 학습 계획' 난의 '다. 추진 내용' 부분을 그가 보고 있었다.

"문제될 게 있나요?"

겉으로는 태연한 척했지만, 긴장감이 엄습했다. 그는 도 교육청 장학관으로 교육청의 대표적인 이론가였다. 교육감의 지방 교육 정책을 입안하는 데에 실력을 인정받고 있는 분이었다.

'갑자기 무슨 정보 쪽 이야기야?'

의아스럽겠지만 내용인즉, 이렇다.

그와 내가 어느 토론회의 패널로 참가하는 자리였다. 자주 만날 수 없는 분이기도 해서 나는 학교에서 발간한 《학생 문화 활동 사례집》을 자랑스레 건넸다. 사례집 여기저기를 흥미롭게 넘겨보던 그가 계기 교육 차원에서 기획한 '6·15 남북 공동선언' 기념 행사를 보고는 '정보 쪽' 이야기를 하는 것이었다.

바야흐로, 남북 관계의 시계 방향이 거꾸로 치닫고 있던 때였다. 새로운 정부가 들어서고 앞선 정부의 대북 관계를 청산하느라 더욱이나 일로매진하던 시절이었으니, 그 말을 들은 나는 겉으로는 허허, 하고 웃어 넘겼지만 옭죄는 기분으로 으스스 한기를 느낄 정도였다. 염려가 되어 내게 건넨 말이었을 것이다. 하지만, 그의 말투가 염려스럽다기보다는 왜 이런 행사를 하느냐?, 하는 심중을 담고 있는 듯 내게 전달되었기에, 혹은 말썽의 소지가 있는 행사를 꾸리고 있는 나의 생각에 대해 별로 동의하고 싶지 않다는 느낌으로 닿았기에 나는 상급 청에서 일하는 사람의 통일의식 혹은 대북 인식이 여기까지인 모양이구나, 하고 여겼다. 사실, '통일'이라는 단어가 들어가는 행사 또는 남북 관계에 대해 거론하는 것 자체를 극히 백안시하던 정권 초기였다. 나 역시 1학기에 있었던 '5·18' 행사나 '6·15' 행사를 자기 검열 속에서 지켜보았었다.

'5·18 기념 단축 마라톤' 행사 때였다. 학교 체육 대회와 겸해서 계기 교육 차원에서 단축 마라톤 행사를 기획하여 10km, 6km 단축 마라톤과 3km 정도의 걷기로 나눠서 아이들 모두가 참여하도록 했다. 아이들 가운데 몇몇이 묻는 것이었다.

"'5·18'이 뭐지요?"

"유인물 나눠 준 것 아침에 봤지?"

넘어갔다.

"근데, 우리가 왜 뛰어야 해요?"

"기념해서 기억하라고."

또 넘어갔다.

"뛰다 쓰러지면 학교서 책임져요?"

"……"

말문을 닫았다.

행사를 진행하는 도우미 아이들 말고는 고3 아이들까지 모두 참가하라고 하니, 불만이 많았다. 아이들에게 이런 행사가 무슨 의미가 있나? 하는 회의감이 들지 않은 것도 아니다. 하지만 아이들은 스스로 깨닫게 되리라 믿었다. 아이들에게 남는 건 '5·18' 때 뛰었다는 기억이다. 이것이 '계기契機'이다.

교과서에만 의존하는 학교 교육에서 벗어나야 한다. 교과서로만 가르치는 교육의 한계가 너무도 분명하기 때문이다. 그럼에도 학교는 교과서 밖으로의 교육 여로를 개척하려 들지 않는다. 학교 울타리 안, 교실 안, 교과서 안으로만 교육 행위를 한정하고 속박하려는 오늘의 학교 교육으로는 공교육을 살릴 수 없다.

현재 모든 초·중·고교가 계기 교육과 체험 학습을 할 수 있도록 한 재량 시간, 창체 활동 시간을 어느 정도 확보하고 있다. 하지만 이에 대해 진력盡力을 투입하지 않는다. 활동 내용에 대한 개발 의지도 특별히 눈에 띄지 않는다. 사실은, 교사들이 창체 시간을 제대로 활용할 수 있는 지도 역량이 부족하다는 점이다. 특히 문화적 컨텐츠를 키울 수 있는 연수 자체가 없거나 혹은 연수 기회도 갖지 않는다.

물론, 계기 교육과 체험 활동은 창체 시간 운영과는 좀 다른 인식의 문제이다. '5·18'과 '6·15'에 대한 인식이 거꾸로 되어 있으면 그와 같은 계기 교육은 하지 않는 게 나으리라. '학생의 날' 행사를 하면서 학생들이 중심체가 되어 행사를 꾸릴 수 있도록 여건을 마련해 주지 않는다면 이는 그 날의 의의를 새길 수 없을 것이다. '6·15' 행사를 통해서 우리 음악 교과서에도 찾기 어려운 노래가 되어 버린 '우리의 소원'을 함께 부르며 평화 통일에 대한 염원을 갖거나 혹은 그런 생각을 해 보도록 기회를 제공하는 것은 학교가 해내야 할 소중한 가치이다.

그런데, 나도 그만 다음 학교에선 자기 검열로 자빠지고 말았다. 그가 내게 건넨,

"이런 거, 정보 쪽에서 알면……."

그의 수사修辭적 표현이었을 테지만, 동료 누구에게도 행사를 기획하라, 할 수 있는 분위기가 아니었다. '5·18'과 관련한 단축 마라톤 행사는 체육 대회를 겸해 지속하였다. 하지만 '6·15'

라는, 평화 통일을 바라는 계기 교육은 사회 현실이 더욱 엄혹해지면서 이어 가질 못했다. 자기 검열이라는 불온한 덫에 유폐되고 말았다.

부끄럽다.

화양연가 華陽戀歌 를 꿈꾸며

함께 일했던 동료들과 헤어진 뒤에도 모임을 만들어 정례적으로 만나는 경우가 있다. 끈끈하고 견고하게 서로를 격려하며 살았다는 표증일 것이다. 내게도 그런 모임이 있다. 이름하여 '화양연가華陽戀歌'는 그 중 하나이다. 일했던 학교가 여수시 화양면華陽面에 소재해 있는 연유로 그렇게 부른다. 물론 홍콩을 배경으로 한 왕가위 감독의 영화, '화양연화花陽年華'를 떠올리며 지은 이름이다. 영화 제목 '화양연화花陽年華'는 '인생에서 가장 아름답고 행복한 순간'을 의미한다. 화양고에서 일했던 3년의 세월이 내겐 그런 의미를 담고 있다. 그곳에서 일하고 있을 당시에도 누군가는 화양연가華陽戀歌를 자주 불렀다. 서로를 북돋우는 모습을 종종 엿볼 수 있었던 것이다. 그래서 그랬던지, 내가 모임의 이름을 그렇게 부르자 했을 때, 누구도 토 달지 않았다.

'화양연화花陽年華'는 2000년 프랑스와 홍콩에서 처음 상영된, 우리나라에도 잘 알려진 양조위와 장만옥이 주연한 영화다. 영상미가 한껏 돋보이는 아련한 사랑 이야기다. 영화는 끝내, 이루려 하지 않아, 이룰 수 없었던 사랑을 그린다. 이뤄지지 않은 사랑은 아프다. 하여 '화양연화花陽年華'라는 제목이 무색하다 싶다. 이루려 하지 않아서, 이뤄질 수 없었던 사랑이 어찌 가장 아름다운 인생의 한 순간일 수 있겠는가? 그런데 감독은 거기, 그 지점에 삶의 미묘한 아름다움이 있다고 앵글을 통해 전달하고자 한다. 영화는 지나치지 않을 만큼의 화려함 속에 물씬 묻어 있는 외로움을 바탕으로 깔고 있다. 한쪽은 다가가지만 다른 한편의 소극성으로 해서 이내, 주저하며 물러서는 둘의 관계는 영화가 끝날 때까지 관통하는 이미지이다.

아닌 게 아니라, 교장과 교사 간 관계도 이렇다고 볼 수 있다. 어느 한쪽이 다가가면 다른 한쪽이 그보다 더 멀리 저쪽에 가 있는 모습, 그게 교장과 교사의 관계이지 않을까? 교장과 교사가 함께 의기투합하여 어깨 겯고 나가는 그림은 쉽게 그려지지 않는 일상이다. 교장인 '나'는 이뤄 보려고 했으나, 교사인 '너'는 이루고 싶은 소망과 실천력을 보여 주지 않았지 않느냐, 하는 의혹을 가지도록 하니까. 역으로 교사인 '나'는 아름다운 교육 덕목을 실천하고자 하는데, 교장인 '너'는 안전사고니, 이념적 편향성이니 혹은 예산 타령이나 하면서 허용할 수 없다고 외면해 왔으니까. 많은 학교에서 벌어지는 갈등 양상이다. 이런 까닭에 교장인 내가 먼저 나서서 모임을 만들자고 제안을 했을 때, 염려스런 마음이 없었던 건 아니었다. 함에도 어렵지 않게 만들어졌다. 이름도 내가 지었고, 이에 대해 동의해 줬다. 아무려나 화양花陽이나 화양華陽은 크게 다른 의미를 지니고 있지 않다. 둘 다 꽃빛을 뜻한다. 더불어, 우리 모임 명칭 뒤에 연가戀歌를 붙인 건, 그리움이 전제되거나 바닥에 그러한 마음이 깔려 있음에랴. 그때, 그 시절에 대한 추억과 그리움이 마음속에 개켜져 있으며, 앞으로도 그 시절의 모습처럼 살 수 있기를 염원하는 속내를 드러낸다고 볼 수도 있다.

  며칠 전, 모임의 중간 연령에 해당하는 까닭에 앞과 뒤를 받쳐 주는 J 선생에게서 전화가 왔다. 방학 하면 다들 바쁘니까, 방학 전에 모임을 가지면 어떻겠느냐는 의사를 묻는 전화였다. 그 모임에 참여하는 구성원 중엔 교장으로 나간 동료도 있고, 장학사로 간 동료도 있다. 또한 승진하기 위해 방학 중에 연수를 받는 경우가 생기는 까닭에 그러하자는 것이었다. 그러자고 했다.

  나는 그 전화를 받고 난 뒤, 곰곰 생각에 젖었다. 화양고에 근무했던 때가 2006년 9월 1일부터 3년 동안이었으니, 그리 오래 전은 아니다. 그 사이, 승진한 동료가 있고 이제 승진에 따른 채비를 거의 갖춘 동료도 여럿이다. 다음 모임에서 내가 묻고자 하는 건, 바로 이 지점이다. 지금까지 모임을 이뤄 만나고, 만나서 여전히 당시의 모습을 떠올리고, 현재 자신의 교육 활동을 반추하며 앞으로 어떻게 복무할 것인가에 대해 살갑게 이야기 나누는 그 바탕에 무엇이 있는가, 묻고 싶어진다.

'화양연가華陽戀歌'의 마음은 여전히 현재 진행형인가?

학교 숲을 상상하다

광양고등학교 시절 | 2009. 9. 1～2012. 8. 31

학교 숲의 상상력

학교 숲에 그늘이 지기 시작했다. 작년 여름부터 시작하여 약 2개월에 걸쳐 땅 고르고 흙 더 채우고, 거기에다 식재하고, 잔디 덮는 학교 숲 가꾸기 공사를 마쳤다. 그리고 한 해가 지났다. 느티나무, 먼나무, 벚나무, 배롱나무 등에서 새 이파리가 나고 조금씩 생기를 찾더니 이내 잎이 제법 무성해졌다. 학교의 다른 공사 터를 다지느라 옮겨 심으며 한껏 가지치기한 은행나무도 가지를 새롭게 뻗고 있었다. 동백나무 역시 옮겨 심었는데, 이른 봄에 드문드문 꽃을 피우기도 하였다. 새로 옮긴 나무들이라 아직 몸살을 앓고 있는 게 분명했다. 새봄 맞아 싹을 틔우고 가지를 키우며 꽃을 피우는 모양새가 참 눈물겹게 닿았다. 해서, 나는 짬짬이 시간 나는 대로 학교 숲을 거닐면서 심어 놓은 나무들 상태를 살피곤 하였다. 그날도 점심 식사를 마치고 학교 숲을 거닐고 있을 때였다. 학교에서 제일 선배이신 곧 정년을 앞둔 선배 선생님 역시

학교 숲을 거닐다가 나와 마주치자, 고생한다는 덕담과 더불어 내
게 건넨 말씀이다. 다시 한 번 뇌까려 본다.

"꽃 한 송이에서 일궈 낸 상상력이 책 100권에서 얻은 지식보다
낫다."

당신의 삶에서 얻어진 잠언인지 혹 누군가의 명언인지는 잘 모
르겠다. 참으로 공감이 가는 말씀이었다. 고마웠다. 그동안 학교
숲을 가꾸면서 쏟은 나름의 공력, 열정에 대한 화답처럼 여긴 때
문이었다. 비록 그 선배님이 나를 위해 준비해 둔 말씀은 아니었
다 할지라도 나는 그렇게 생각하고 싶었다. 광역 단위 지자체에서
실시한다는 학교 숲 가꾸기 공모에 관한 공문을 보고 거기에 응하
자고 독려한 나의 마음이, 그 당시에는 선배님의 그 말씀의 헤아
림에까지 미치지는 못하였지만, 듣고 보니 학교 숲의 의미가 그처
럼 깊이 있게 함축되어 있는 듯 여겨지는 것이었다.

교감, 교장으로 일했던 세 학교에서 '학교 숲 가꾸기 국민운동
본부'^{이하 학본부}와 유한 킴벌리가 공동으로 추진하는 학교 숲 가꾸
기 사업 공모에 응한 적이 있다. 한 학교에서 2년째 응모해서 학
교 숲 가꾸기 학교로 선정되기도 했던 경험 또한 있었다. 학교 숲
가꾸기 사업에 관해 나름의 내공이 쌓여 있는 편이었다. 마침 학
교 운동장 확장 공사가 마무리되면서 꽤 넓은 공터가 생겼는데 저

기에 어떻게 나무 심을 방도가 없을까, 고민하고 있던 중이었다. 학교 숲 가꾸기 사업의 일환으로 지자체에서 공모한다는 공문을 그 무렵 접하였다. 학교 숲 가꾸기에 관한 한 거의 백지 상태에 있던 몇몇 동료를 독려하여 공모에 응했다. 전남 22개 시·군 가운데 네 학교가 뽑힌 바, 우리 학교가 그 중 한 학교로 선정되어 마련하게 된 학교 숲이었다.

사실 나는 학교 숲이라고까지 말하기엔 그렇지만과 관련하여 좋은 기억을 가지고 있지 않다. 초임 교사 시절, 농업 계열 출신 교장과 2년을 함께 근무한 적이 있는데, 그의 교장으로서의 품위와 인상은 제일 하급 수준으로 지금도 기억하고 있다. 그런 그가 학교에서 하는 일 가운데 하나가 운동장 끝자락에 서 있는 나무를 이리저리 옮기는 일이었다. 멀쩡한 나무를 여기에서 저기로, 저기에서 이리로 옮기는 것이었다. 선배 교사들도 그런 모습을 보고 돈공금 빼먹는 구실로 삼는 것이라며 쑤군거리곤 하였다. 나의 고교 시절에도 아직 역사가 깊지 않은 학교여서 그런지 나무를 심고 가꾸는 일에 꽤 공력을 들였던 걸로 기억한다. 하지만 나는 그 나무숲이나 그늘에서 이야기 나누고, 뛰놀던 기억이 떠오르지 않는다. 그 나무 뒤에 숨어 담배를 피웠던 기억만 떠오른다. 아무튼 학생 때에도, 초임 교사 시절에도 학교 숲은 내게 어떤 특별한 의미로 다가오지 않았다. 더욱이나 그 교장을 한심한 모습으로 기억하고 있는 것이었다. 그러다 교감 시절의 어느 날, 학본부의 공문을 보고 또한 학교 숲에 대한 필요성과 유효성을 설명하는 자료를 보고 그 래, 그럴 수 있겠다, 싶어 공모에 응하게 된 계기로 해서 나는 학 교 숲의 공공재적 의미와 필요성을 절감한 옹호론자가 되었다. 대 학은 넓은 부지에 대부분 공원화되어 있지만 초등학교는 그렇지 않은 게 현실이다. 어디가 더 필요한가? 어디가 더 정서적으로 잘 가꿔진 정원이 요구되는가? 커 가는 아이들의 정서를 위한 학교 숲은 정작 대학보다 초·중·고교에서 더 절실하다 할 것이다. 모 든 초·중·고교가 어려우면 신설하는 학교만이라도 반드시 공원 화해야 한다는 주장을 펼치기 시작했다. 나의 주장에 대해 귀 기 울이는 사람은 적었다. 내가 주장을 펼칠 수 있는 마땅한 장이 있 는 것도 아니었으며 글을 통해서 한두 마디 건네는 정도였으니까. 나의 주장이 갖는 호소력은 여전히 거기에 멈춰 있지만 사회적 기 업이 펼치는 적극적인 노력에 힘입어 학교 숲에 대한 인식은 상당 히 제고되어 있다.

  아무튼 그런 과정을 거쳐 학교 숲을 가꾸는 데에 필요한 나무를 심고 옮기는 데만 6,000여만 원이 투입되었다. 지자체에서 발주 하여 낙찰 차액까지 투자해 주었다. 거기에, 도 교육청에 예산을 요청하여 산책 길을 만들고, 원두막을 세우고, 의자를 놓고, 가로 등을 켰다. 또한 숲속 농구장을 조성하고 야외 헬스 기구까지 설 치했다. 점심식사 후와 야자 시작 전, 저녁식사를 마친 아이들이 농구장에서 땀을 쏟는 모습은 보기에 참 좋았다. 농구장은 쉴 틈 없이 활용되었다. 아이들은 추운 겨울에도 웃통을 벗거나 러닝셔 츠만 입고 농구를 즐겼다. 헬스 기구는 생각만큼 많이 애용하지 않는 것 같았지만 서서히 이용하는 아이들이 늘고 있었다. 원두막 에서 누워 자거나 엎드려 담소 나누는 풍경 자주 보게 된다. 산책 길에서는 나와 마주치는 학생보다 동료들이 더 많았다. 돌 벤치 에 앉아서 MP3로 음악을 듣거나 핸드폰 게임을 하는 아이는 늘 있다.

딴은 많은 아이들과 동료들이 이용하는 까닭에 여유롭고 넉넉 한 마음으로 나무와 말을 나누고, 벗들과 속삭이는 모습, 홀로 책 을 읽거나 벤치에 누워 하늘을 올려다보는 풍경을 만나기엔 쉽지 않기도 하다. 그러나 새들이 와서 노는 모양을 본 아이들은 새의 노래 소리를 듣고 새와 더욱 가까워진 마음을 깨달을 수 있을 것 이다. 새봄, 나뭇가지에서 돋는 새싹을 보는 것만으로도 아이들 은 자기도 모르는 사이 새로운 눈[眼目]을 가지게 될 것이다. 금목 서에 핀 꽃을 보고 혹은 그 진한 향기를 맡으면서 교정과 학교 숲 에서 금목서와 만나는 시간을 가지게 될 것이다. 몇 년 뒤, 벚꽃 피면 그 나무 밑에서 아이들은 꽃비 맞으며 고운 시간을 가지게 되고 추후, 꽃비의 추억을 더듬어 낼 것이다. 더 나아가 나무에게 말을 걸고, 새들과 함께 흥겹게 노래하는 아이들도 볼 수 있으리 라. 학교 숲에 있는 모든 자연물들과 하나가 되고 상상력을 통해

자신의 사유를 깊고 넓히는 아이들이 생기게 될 것이라는 기대를
한껏 거머쥔다.

　숲은, 학교 숲은 상상력의 보고이다.
　나는 오늘도 학교 숲을 거닐며, 상상력에 빠져 있는 아이를, 그
런 아이들을 만나고 싶어 안달이다. 꽃 한 송이에서 일궈 낸 상상
력이 책 100권에서 얻은 지식보다 낫다고, 나도 여기게 되었다.
상상력은 자신을 아름답고, 싱그러우며, 옹골지게 키워 내는 동
력이다.

학생부장 소고小考

학생 인권과 학생 복지에 대한 관심이 높다. 6개 시도에서 이른바 진보 교육감이 지방 교육 행정을 맡게 되면서 이런 관심들이 새롭게 확장되었다고 본다. 학생들의 인권과 복지에 관한 주장이 그전에도 제기되지 않은 건 아니다. 학생 인권은 인간과 생명에 대한 존중이요, 학생 복지는 인간적인 삶에 대해 학교가 할 수 있는 아니, 해야 하는 최소한의 배려이다. 이런 사상적 근거를 통해 어느 교직 단체에서 학생 인권과 학생 복지에 대해 줄기차게 주창해 왔지만 외면당하곤 했다. 혹은 학생 인권이나 복지에 긍정적 사고를 하는 교장에 의해 얼마만큼 실현되는 경우 또한 없지 않았다.

학생 인권과 복지에 관한 교육 실천은 일차적으로 모든 교사들에게 있다. 아이들 하나하나가 대상이다. 학교 구성원 모두가 학생 인권과 복지를 위해 심혈을 기울여야 한다. 교사들 개개인의 실천 덕목 이외의 담당 부서는 흔히 말하는 학생부다. 학생부에 대한 명칭은 많이 바뀌었고 다양하다. 학생 지도과, 학생 지도부, 학생 생활 지도부, 학교생활부, 학생 자치부, 학생 복지부……. 명칭은 내용을 담보한다. 그동안의 학생부는 상벌과 계도 위주의 교육 활동을 해온 부서였다. 학교에서 발생하는 모든 학생 문제의 중심에서 지도하고 징계를 해온 부서다. 아이들은 학생부로 불려 가는 걸 끔찍하게 여길 만큼 싫어한다. 대부분의 경우 끌어안기보다는 나무라고 학교 밖으로 밀어내는 모습을 보여 준 탓이다. 지도라는 명목으로 행해지는 가해의 모습이다. 이제 명칭이 학생 복지부에까지 이르러 있다. 그러나 학교 현장은 여전히 인권과 복지를 우선하는 모습에 있어 현저히 부족하거나 괴리되어 있다. 구호만 앞서고 행동은 동반되지 않는 경우가 참으로 많다. 또한 학생 인권과 복지에 관한 인식과 실천력을 지닌 학생부장을 선임하기가 결코 쉽지 않다. 삼고초려를 해도 쉽지 않은 교직에서의 3D 업무에 속한다.

아이들 행동 양식과 즐기는 문화 행태가 날로 바뀌고 있는 현실이 그 밑바닥에 깔려 있다. 학생부장은 적어도 아이들의 행동과 문화를 이해하고 수용하려는 문화적 확장성과 포용력이 전제되어야 한다. 그렇지 않으면 맡기 어려운 부서가 학생부이고 학생부장 자리이다. 문명사적 대변환의 시대를 수용하는 시대정신이 학생부장에게 필요충분조건으로 요구된다고 나는 여기고 있다. 그런 인식에서 출발하는 학생부장은 없었다. 딴은 없는 건 아니다. 아이들에게 애정을 지닌 교사면 변모된 행동 양식과 즐기는 문화 행태에 대해 기본적으론 이해하는 교사이다. 거기서 출발하려는 의지를 우선 갖고자 하지 않으려는 게 문제이다. 세대 간의 문화적 격차가 너무 빠르게 벌어지고 있는 탓에 아이들에게 애정을 지닌 교사라 해도 우선 힘드니까 모면하거나 외면하고 싶은 심경일 것이다. 더불어 사회 변화 양상이 교사들에게 우호적이지 않다. 체벌에 관해서는 법원 판결 역시 무거운 편이다. 이런 상황에서 아이들과 늘 험악한 관계를 지니게 될 공산이 큰 학생부장을 맡으려 하지 않는 건 당연하기도 하다. 어느 학교에서는 학생부장을 맡을 경우, 아이들에 의한 고의적인 차량 파손에 대해서 학교가 변상 조치하겠다는 전제를 달기도 한다는 풍문을 듣기도 했다.

학생부장은 이래저래 참으로 어려운 업무를 맡는 자리이다. 내가 일하는 학교에서는 학생부를 학생 자치 생활부로 이름지었다. 줄여서 '자생부'라 불렀다. 그런데 이게 입에 익지 않아 때때로 학생부로 지칭하곤 해서 일부러 후다닥 고쳐 부르곤 했다. 자생부 안에 있는 선도부(원)의 명칭 또한 생활부(원)로 바꿨다. 이 역시 늘 혼동하기도 했다. 그만큼 쉽지 않은 학교 변화의 일면이리라.

학교 변화를 이끌어 낼 수 있는 몇 부서가 있다. 나는 그 중 자생부와 학생 문화부가 최우선이라고 봤다. 학생 문화부는 학교 안 팎에서 벌어지는 아이들의 문화 활동 전반을 담당하는 부서로 신설했다. 자생부에 속해 있는 학생회 일도 학생 문화부로 넘기고자 했다. 그러나 그렇게 되면 자생부에서 아이들과 함께 진행하거나 이끌어 가는 교육 활동이 너무 위축될 수 있어서 그대로 자생부 일로 놔두기로 했다.

그동안 학생 인권과 복지를 생각하는 학생부장을 선임한 적이 없다. 그 자리를 맡아 주길 바람에도 어느 누구 나서지 않는 것이었다. 신신당부해서 맡았다 하더라도 나하고 인식 차이를 지닌 탓에 관계가 서로 좋지 않은 상태로 헤어지기도 하였다. S 교사는 아이들 열심히 가르치고 아이들에 대한 장악력도 있고 또한 지역 출신 교사여서 자생부 일에 그나마 맞겠다 싶어 부탁했고, 그 동료도 승낙해 주었다. 그러면서 자생부의 변화가 요구된다, 징계와 징벌을 우선하는 지도가 아니라 이제는 복지의 개념을 도입해서 자생부가 움직였으면 좋겠다, 지도 과정에서 체벌은 하지 않았으면 좋겠다고 말씀 드렸다. 그런데 그렇게 움직이지 않는 것이었다.

학교 행사가 있는 어느 날이었다. 학교 운영위원들과 학부모들이 참석한 행사 마무리 중에 음식을 나누고 있던 때였다. 1층 복도에서 한 아이가 아주 고통스런 신음을 내뱉는 것이었다. 학생부장이 아이의 잘못을 매로 다스리고 있는 중이었다. 거듭되는 비명에 어느 운영위원이 나서려는 걸 내가 먼저 달려가 학생부장에게 매질을 금해 달라고 요청하였다. 그런데 그는 잠시 매질을 멈추는 듯하다 제자리로 돌아와 앉은 새 또 다시 매질을 하는 것이었고, 급기야 학교 운영위원이 나서서 판이 커졌다. 운영위원은 다음 회의 때 운영위에 참석시켜 경위를 따지겠다고 출석을 요청하였다. 하지만 내가 그 자리에서 단호히 거절했다. 내가 알아서 처리하겠다고 했다. 감정이 상했던지 그 운영위원은 직을 걸고 참석시켜 따지겠다고 하고, 나는 운영위 직능의 범위를 넘어선 부분이라며 학교장에게 일임해 줄 것을 요청했다. 그러나 기어코 운영위에서 다루겠다고 맞서는 바람에 관계가 다소 험악해졌는데, 이게 꽤 오랜 시간 동안 이어졌다. 추후 원만하게 처리하였다.

그런 뒤, 내가 구성원들과 협의를 거치지 않고 일방적으로 "체벌을 없애겠다. 다만 선생님께 폭언하거나 폭행하거나 하는 경우에는 경위는 알아보겠지만, 반드시 전학시키거나 퇴학 처리하겠다."고 아이들 앞에 공언해 버렸다. 그런데 그 동료는 여전히 체벌 옹호론자였다. 대부분의 동료들은 호응해 줬지만 그는 태도를 바꾸지 않았다. 나도 불만을 가지고 있었다. 그런 차에 그 동료가 "교장 선생님은 나 보고 변하라고 하는데, 나는 변할 것이 하나도 없다."라고 어느 날 무슨 일로 해서 아이들 전체가 모인 자리에서 그렇게 말하는 게 아닌가? 나는 그 말을 듣고 그만 폭발하

고 말았다. 내 방으로 그 동료를 불렀고 한바탕 소동을 치루기도
했다.

　학생 복지부란 명칭으로 바뀐 게 얼마 되지 않았다. 하지만 그
러려니 하고 넘어가기엔 간과할 수 없는 문제이다. 교사들의 학생
인권과 학생 복지에 대한 개념 정립 자체가 우선되어야 한다고 본
다. 변화의 추동은 쉽지 않다고 하더라도 변화의 추세에 따른 사
유는 해야 한다고 여기는 것이다.

　격랑의 청소년기를 살아가고 있는 오늘의 아이들은 어디에도
갇혀 있고 싶지 않은 그야말로 질풍노도의 세대이다. 그런 아이
들에게서 촉발되는 상상력은 느닷없고 생뚱맞기까지 하다. 당연
하다. 거침없는 상상력을 발휘해 내는 감성의 소유자이기 때문이
다. 그런 아이들을 낡고 오래된 사고로 무장되어 있는 학생부의
인식으로 징벌과 몰아내기에 급급한 지도를 해서는 안 된다. 아이
들의 상상력을 일찍 고갈시켜 버리는 지름길이다. 아이들의 상상
력이 교과서를 통해서 촉발되지 않듯 아이들의 창조성은 인권과
복지에서 유발되는 감성임을 알아야 한다. 21세기 아이들을 만나
는 오늘의 교사들이 자각해야 할 주요한 덕목이라고 믿고 있다.
21세기의 교육 비전은 학생 인권과 복지의 나래를 펴는 일이다.

텃밭 가꾸기와 삼겹살 파티

학교 숲을 가꾸고 난 뒤, 아왜나무 울타리 밑으로 좁지만 길쭉한 빈터가 생겼다. 긴 학교 경계 울타리 중 푸성귀를 심을 수 있는 밭이 폭 1m, 길이 150여m는 족히 마련된 것이다. 놀리기 아까워 뭐라도 심고 싶었다. 시설 관리 주무관님과 함께 그곳에다 배추 50포기짜리 세 모종을 심고 나중에 고구마도 조금 심었다. 그런데 배추를 뽑을 무렵 제안을 받았다. 학교 숲 산책길을 걷던 어느 아이가 배추 상태를 보고 있던 나에게, 그 배추로 김장을 해서 노인당에 보내 드리면 좋겠다는 의견을 내는 것이었다. 아, 좋은 생각이라며 공감했다. 기뻤다. 학교 텃밭에서 기른 푸성귀를 보고 생각해 낸 아이의 제안이 참 아름답게 닿은 때문이다. 밭은 혹은 숲은 아이들의 고운 심성을 일궈 내는 터전이라는 느낌을 더욱 갖게 되었다. 일명 부장회의를 통해 아이의 의견에 대한 동의

를 구했다. 이어 학부모회 어머니들께 아이가 건넨 제안을 말씀
드렸다. 흔쾌히 그러겠다, 하였다. 학교 급식실에서 어머니들이
100여 폭의 김치를 담갔다. 김치를 담그면서, 학부모님들이 노인
정에 보내는 것보다 형편이 어려운 우리 학교 아이를 찾아서 전해
주는 게 낫지 않겠느냐는 논의를 하셨단다. 좋다고 하였다. 하여
담임 선생님들이 알려 준 명단을 가지고 그 아이들이 학교에 있는
낮 시간에 학부모님들이 직접 전달했다고 한다. 학교 텃밭에서 일
궈 낸 흐뭇하고 흥겨운 풍경이었다.

  아이들에게 텃밭을 제공하고 채소를 가꾸게 하면 참 좋겠다는
생각이 들었다. 채소를 직접 길러 보면서 여러 생각을 하게 된다
면 좋으리라 여겼다. 수확물을 누구에게 전달하는 등의 일을 전제
하지 않고, 작물을 스스로 길러 보는 노동을 통해서 얻어지는 여
러 생각이 떠오르리라 판단했다. 농촌에 관해서, 농민에 대해서,
농업과 관련해서 더불어 먹을거리, 환경 문제 등 이런저런 사유
를 해보는 계기가 될 수 있으리란 점에서 꼭 필요한 교육 행위라
여겼다. 해서 학교 숲과 주차장 사이의 정원에 심어져 있던 향나
무를 빨리 옮기기로 했다. 학교 숲을 조성해 준 지자체에서 남은
낙찰 차액으로 이식해 주겠다고 하였다. 운동장의 도로 쪽 경계
에 세운 철제로 된 담이 등교하는 아이들에게 차가움을 주고 있어
서 향나무를 그곳으로 옮기려던 차였다. 그렇게 생긴 공터에다 이
듬해 봄, 텃밭을 만들었다. 시설 관리 주무관님과 나 그리고 몇몇

동료들이 거름을 흩뿌리고 땅을 갈아엎어 모종이나 파종할 수 있
도록 조성했다.

그리고 아래와 같은 제안서를 쿨 메시저(cool messenger)를
통해 모든 교직원들께 보냈다. 제안에 대해 아이들의 호응을 적극
적으로 유도해 주길 바라는 간절한 마음을 담아서 말이다.

'학교 텃밭' 가꾸기 제안

1. 의미
    가. 여러 채소들을 가꾸면서 생산의 의미와 땀방울을 쏟고 일
        하는 노동의 소중함을 느낄 수 있으리라 봅니다.
    나. 농업·농촌의 중요성과 환경 문제 등에 대해 토론해 보고
        그 심각성을 알 수 있는 기회를 갖게 될 것이라 봅니다.
    다. 농부들의 어려운 삶에 대해 이해하고 성찰의 필요성을 깨
        닫게 되리라 봅니다.
    라. GMO(유전자 변형 종자)와 LMO(유전자 변형 씨앗에
        의한 생산품)에 의한 식탁, 식생활의 문제를 알고 이에 대
        해 논의해 볼 수 있을 것입니다.
2. 방법
    가. 원하는 학급에 대해서 우선 일정 정도의 터를 배분합니다.

나. 학급에서 필요로 하는 만큼 분배하고도 남으면 선생님들께 분배하여 일구셨으면 합니다.

다. 심을 작물은 반에서 협의를 거쳐 결정하는 게 좋을 듯합니다. 토질이 매우 좋은 편입니다. 심기에 좋은 씨앗이나 모종으로는 상추, 부추, 열무, 치커리, 들깨, 방앗잎, 오이, 방울토마토, 땅콩, 강낭콩…… 등등 아주 많으리라 봅니다.

라. 거름은 미리 뿌려 주겠습니다.

마. 호미나 괭이, 삽 등은 제공하겠으나 지주대 등은 학급에서 준비하면 좋겠습니다.

바. 텃밭 가꾸기 인원을 선발하여 가꾸되, 스펙 쌓고 포트폴리오 구성은 학생 스스로 하도록 하면 좋으리라 봅니다.

3. 쓰임

가. 소출된 생산품은 텃밭 가꾸기 학생들의 의견에 따라 소용되도록 하면 좋으리라 봅니다만, 이 점은 협의하여 결정할 수 있을 것입니다.

나. 급식실에서 반별로 소출된 채소를 학급 전체가 먹을 수 있도록 조치가 필요하면 협의할 수 있으리라 봅니다. 다만, 급식 순서 등은 고려되어야 할 것입니다.

다. 1학기에는 반에서 가꾸고 2학기에는 반에서 가꾸되 김장용 채소를 가꿔 학교 전체에서 쓸 수 있도록 합니다.

4. 예산 등 그 외

　　가. 소요되는 예산은 학급 운영비에서 충당하거나 혹 더 소요
　　　　가 된다면 학교 기능 관리비에서 제공토록 하겠습니다.

　　나. 소출된 채소를 가지고 반별 단합대회를 하는 경우, 예산
　　　　지원이 필요하면 하겠습니다.

이런 제안을 받은 학년실에서는 나름의 논의했다고 한다. 학년
별 구성원들 인식과 분위기가 달라 어느 학년은 모든 반에서, 어
느 학년은 몇 반만 신청하였다. 결과다.

1. 1학년 8개 반 중 4반, 2학년 7개 반 중 2반, 3학년은 8개 반
　　전체가 신청하였다.

2. 60여 분의 교직원 가운데 8분이 신청하였다. 여섯 분에게만
　　분양할 수 있었다.

3. 열무와 고추, 상추, 가지, 치커리, 오이, 방울토마토, 옥수
　　수, 땅콩 등의 씨앗과 모종을 주문하였다. 나중에 보니, 어디
　　서 구했는지 토란도 심고 어느 반 텃밭에는 하수오 모종도 심
　　어져 있었다. 담임 선생님이 심으셨으리라.

나 역시 아이들도 나름 바쁘다는 걸 모르진 않는다. 그런 틈에도 텃밭에 가끔 나와 싹이 돋고 자라는 걸 둘러보길 원했다. 풀도 매 주길 바랐다. 그게 그렇게 잘 이뤄지질 않았다. 꾸준히 밭을 돌보는 학급이 없는 건 아니었지만 많은 학급은 담임 선생님이 나서서 텃밭을 일구는 편이었다. 아쉬운 대목이었다. 우리 아이들이 학교에서 잠시의 짬을 내는 것도 쉽지 않다는 걸 혹은 노동을 해 본 적이 별로 없다는 걸 또는 일 자체를 싫어한다는 걸 새삼 깨달았다. 그렇다고 그걸 나무라기만 하면 교육이 이뤄지지 않기에 인정하면서 가야 했다. 더욱 힘차게 가야 했다.

어쨌거나, 아이들도 바쁘지만 채소들도 세상에 싹을 내민 만큼 바쁘게 커 갔다. 열무와 상추 등이 자라고 그 수확물로 학급별 혹은 학년별 단합대회를 열 경우, 학교에서 일정액을 지원하겠다는 의사를 다시 전달하였다. 그러자 3학년실에서 다음과 같은 제안을 해왔다.

학교 농장 운영에 따른 학생 만찬회 계획

1. 목적

    가. 농작물을 직접 재배하고 가꾸어 수확의 기쁨을 누리게 한다.

    나. 토지와 유기농의 중요성을 인식하게 한다.

다. 광양고등학교 학생으로서 보람과 긍지를 느끼게 한다.

라. 학생과 학생, 교사와 학생의 일체감을 강화한다.

2. 일시 : 2012. 5. 26(토) 12:00~14:00

3. 장소 : 학교 잔디밭

4. 참여자 : 3학년 학생 전원으로 하되, 학급별로 조를 편성하여
  운영한다.

5. 만찬 재료

  가. 돼지고기 : 학교 자율형 공립고 예산에서 충당하며 조별
    로 지급, 부족분은 학교 식당에서 구입

  나. 채소 : 학교 농장 재배 채소 활용, 부족분은 학교 식당에
    서 구입

  다. 버너, 부탄가스, 돗자리 : 각 학급 조별로 준비

  라. 밥, 된장, 고추, 마늘, 양파, 오이, 당근, 반찬 : 학교 식
    당에서 준비

6. 주의 사항

  가. 부탄가스를 안전하게 사용할 수 있도록 예방 교육을 실시
    한다.

  나. 화재 예방에 만전을 기한다.

  다. 식판, 수저, 젓가락 등 학교 식당 기자재 관리에 최선을
    다하도록 지도한다.

라. 과식하지 않도록 한다.

마. 쓰레기를 수거하여 깨끗한 상태를 유지하도록 한다.

7. 예산 산출

품명	수량	단가	금액	비고
돼지고기	255명 (1인당 200g)	2,900원	739,500원	

제안서를 받고 해당 부서와 협의하였다. 급식실에서 쉽지 않다는 의견을 적극 피력했다. 특히 고기를 굽는 건 급식실에서는 결코 할 수 없다는 것이었다. 대신, 삶은 고기를 쌈 싸먹도록 해 주겠다는 것이었다. 아이들은 삼겹살 파티를 열겠다며 적극 반대한다는 3학년 부장의 상황 전달이 있었고, 나는 어려움이 따르겠지만 아이들이 원하는 대로 해 보자고 급식실을 설득, 독려했다. 더하여, 고3 아이들 식욕으로 봐 200g은 부족하지 않나 해서 300g을 제공하기로 했다. 학교 예산에서 200g, 급식실에서 당일 부식비를 대체하여 100g을 제공하겠다고 했다. 그래도 부족하다고 여기는 아이들은 조에서 더 준비해 오는 걸로 의견을 모았다.

그리고 난 뒤 3학년 부장이 낸 계획서다.

삼겹살 파티 세부 계획

1. 장소

   - 3학년 1반 : 본관 뒤편 자전거 보관대 주변

   - 3학년 2반, 6반 : 본관 동편과 식당 사이 등나무 밑

   - 3학년 3반, 4반, 5반, 7반 : 본관 기준 농구장 오른쪽 잔디밭

   - 3학년 8반 : 본관 기준 농구장 왼쪽 잔디밭

2. 돼지고기

   - 개인별 300g을 제공한다. 200g은 자공고 예산에서, 100g은 우리 학교의 식당에서 구입한다. 돼지고기 납품은 검증된 기관에서 이상 유무를 확인한 후에 수령한다.

   - 팩 260매를 학년에서 구입하여 식당에 제공해서 식당에서 저울에 달아서 학생 개인별로 255개 포장해서 개인별로 배분한다.

3. 가스버너, 불판, 부탄가스

   - 가스버너 : 각 학급별 조별로 준비한다. 가스버너는 집에서 평상시 사용해서 이상이 없었던 것을 가져 오게 한다. 가스버너는 휴대용 직사각형으로 하며, 등산용 가스버너는 사용하지 않는다. 담임이 각 조의 가스버너의 이상 유무를 확인한다.

- 불판 : 각 조별로 준비하되, 암 발생을 유발하는 원료가 들어가는 불판을 사용하지 않도록 한다. 집에서 평상시 사용하였던 불판을 가져 온다.
- 부탄가스 : 각 학급 조별로 새것을 1개 준비한다. 관할 관청으로부터 품질 검증을 받은 제품만 사용하게 하고, 이를 담임이 확인한다.
- 사용 후 가스버너와 부탄가스, 불판은 가져온 학생이 깨끗하게 씻어서 집으로 가져간다.

4. 배식

- 밥 : 식당에서 준비하며, 식당에서 반별로 해당 장소에 큰 통에 밥을 담아 갖다 놓으면(밥이 들어 있는 통은 식당에서 준비하여 이동은 각 반의 학생이 담당한다.)각 개인별로 필요한 만큼 갖다 먹게 한다. 밥을 담는 용기는 식당에서 제공한 밥그릇을 이용한다. 밥그릇은 개인별로 1개씩 제공한다.
- 반찬 : 김치, 쌈장, 마늘, 파저리를 식당에서 준비하여 이를 반별로 배분하면, 반은 식당에서 제공해 준 식판을 사용하여 조별로 다시 배분한다. 이때 식판은 조별로 1개씩 제공한다.

5. 채소 : 상추, 무잎을 준비하며, 무잎은 학교에서 재배한 것을 사용하고, 상추는 식당에서 준비한다. 무잎은 담임의 지도

하에 학생들이 오전 10시에 직접 채취하게 한 후 식당에 가

져다 주고, 식당에서는 물에 깨끗하게 씻어 각 반별로 배분

하며 각 반은 조별로 다시 분배한다.

6. 나무젓가락

- 학년에서 일괄적으로 구입하여 개인별 2개의 젓가락을 제

공한다. 이를 위해 나무젓가락 520개를 구입하여 반별로,

조별로, 개인별로 배분한다.

7. 깔판

- 각 조별로 준비하며, 부족한 것은 학교 체육 대회 시 사용

했던 깔판을 사용한다. 사용 후 깔판은 깨끗하게 하여 가져

온 학생이 집으로 가져간다.

8. 삼겹살 구울 때 주의 사항

- 확실하게 익혀서 먹을 것. 서둘러 경쟁적으로 먹지 않도록

각별히 당부한다. 식중독 사고의 가장 중요한 원인이 되기

때문이다.

- 굽는 과정에서 나오는 기름이 땅으로 스며들지 않도록 기름

받침 컵을 반드시 두고 이를 수거하여 일괄적으로 잔밥통에

처리한다.

9. 학생 및 담임 교사 주의 사항

- 화재 예방에 만전을 기한다.

- 가스버너 사용 시 안전 유무를 확인한 후에 사용하고 과열
  되지 않도록 사용한다.
- 발생된 쓰레기는 완전하게 수거하여 버린다. 이를 위해 반
  별로 쓰레기 봉투 1개씩 준비한다.
- 식중독 등 음식물로 인한 문제가 발생하지 않도록 세심한
  지도를 한다. 특히 돼지고기 이상 유무와 제대로 익힌 후에
  먹을 수 있도록 강조한다.
- 음주를 하지 않도록 특별히 지도하며, 음주하였을 경우 반
  드시 징계 처리함을 주지시킨다.

10. 잔반 처리
- 기름과 남은 음식물을 버리기 위해 잔반통을 4개 준비한다.
- 쓰레기 처리를 위해 반별로 쓰레기 봉투 1개씩 준비한다.

11. 학교 기자재 관리
- 기자재 관리에 최선을 다하며, 사용 후 식판과 그릇은 각
  조별로 정확하게 수합하여 학교 식당에 반납한다. 이때 담
  임은 그 수량을 확인한다.

아주 미덥고 세세하게 세워진 계획이었다. 딱 한 가지 주문했
다. 아이들이 몰래 술을 담아 가지고 와서 마시는 일만큼은 없도
록 해 달라고 당부했다. 부탄가스를 사용하여 고기를 굽는 데 따

른 안전사고가 일어날 수 있었다. 아무려나, 큰 사고라면 마땅히 학교가 책임져야 할 사안이다. 다만 음주 후 그런 사고가 일어나면 학교로선 더욱이나 감당하기 어려운 상황에 처하지 않을 수 없다고 판단했다. 3학년 부장 선생님의 말씀에 따르면, 음주 적발 시 반드시 교칙에 따라 처벌하겠다고 공언했으며, 좋은 추억을 만들 수 있는 기회를 결국 망쳐 버리는 행동은 절대 삼가 달라는 부탁을 아이들에게 누누이 했다고 한다. 나는 불안하기도 했으나 한편, 그런 일탈을 해낼 아이가 없지 않으리라 고대(?)하기도 했다. 내가 중학교 3학년 가을 소풍 때, 군용 수통에다 막걸리를 담아가선 담임 선생님 몰래 친구들과 나눠 마신 적이 있기에 어쩌면 그런 일탈에 대한 동류의식을 기대했거나, 가지고 있는 탓이었으리라. 시중에서 판매하는 생수를 비우고 생수 병에다 소주를 담아오면 감쪽같이 모를 일이었다. 불행하게도(?) 그런 아이가 한 명도 없었다. 나는 3학년 아이들에게 '이런 재미없는 녀석들 같으니라고', 하는 속내를 겉으로는 드러내지 않았다.

아이들이 그늘 속 여기저기서 삼겹살을 굽고, 웃고, 떠들며 먹는 모습을 보면서 참 흐뭇하였다. 텃밭에서 얻은 채소의 일부이지만 자신들이 생산한 남새채소를 가지고 삼겹살을 싸먹는 게, 대부분 아이들이 처음 경험해 보는 모름지기 사건이기도 하였다. 기웃거리는 나에게 "교장 선생님, 고맙습니다." 하는 아이도 없지 않았다. '애들아, 삼겹살 싸먹을 수 있는 채소만이라도 자급자족할

수 있는 주말농장을 가꾸려는 마음이나마 가졌으면 좋겠다.'는 속
내는 전하지 못했다.

아이들이 상추에 싸 주는 삼겹살을 나도 배부르게 먹을 수 있
었다.
소주 한 잔 생각이 크, 났다.

대한민국의 인문계 고등학교 2학기는 학년 초만큼이나 바쁘다. 또 다른 긴장의 연속이다. 특히 내가 일했던 여수화양고나 광양고처럼 비평준화 지역 고교는 평준화된 도시 지역 인문계 고교보다 한 가지 더 큰 어려움이 앞에 놓여 있다. 신입생 모집 때문이다. 비평준화 지역이면서도 잘나가는, 이른바 입시 명문고이거나 명문 대안학교로 탈바꿈한 몇몇 고교를 빼고는 비평준화 지역 대부분 고교는 해마다 정원 미달 사태에 직면하게 된다. 정원을 채우거나 초과를 위해 심혈을 기울이지만 현실은 결코 녹록치 않다. 해서 학생 모집에 따른 묘안을 짜내느라 고심하게 된다. 중3 학부모님들 설득하느라 전화통에 매달려 있는 교감 선생님과 교무부장에게선 입에서 쓴 내가 날 정도이다. 면담을 희망하는 중3 학부모님을 만나느라 쏜살같이 면담 장소로 나가는 교감 선생님의 신발 뒤축이 닳아(?), 보기에 짠할 정도다. 또한 대학 1차 수시 모집 기간에 본격적으로 접어드는 시기인지라 고3 담임들은 극도로 긴장되어 있다. 1학기 수시 모집이 없어지게 되면서 더욱 집중되는 바람에 추천서 쓰느라, 자기 소개서 봐주느라, 그야말로 눈 뜨고 있는지, 코로 숨 쉬고 있는지 모를 지경이다. 전체 학력이 다소 낮아 정시 모집보다 수시 입학에 95% 이상의 수험생이 매달리게 되는 학교인 까닭에 고3 담임 선생님들의 살 빠지는 소리 듣곤 한다. 넋을 어디에다 두고 다니는지 모르게 아침나절에도 멍한 듯하여, 위로의 말일지라도 건네며 말을 붙이려 하지만 그마저도 쉽지 않을 때가 종종 있다. 함에도, 소수의 정시 대비 학생이나 수능 최저 등급 충족 학생을 위한 여러 형태의 변형된 수업을 수시로 요망하는 교장과 교감은 밤 10시 이후에까지 나날이 괴롭히는 꼬락서니……. 이래저래 구성원 모두 파김치가 된다. 인문계 고교에서 일해 온 교사들은 대개 인문계 고교로만 오가는 편이기에 다들 알아서 척척 하지만, 입시 지형이 바뀌면 그에 따른 새로운 형태의 입시 모형에 맞추느라 늘 진땀을 뺀다. 인문계 고교에서 차라리 제일 편하다고 자조하는 학년이 고3 담임이라며 자청하는 경우도 없지 않다. 농담을 하자면, 깡말라 버려 더 마를 게 없는 몸피를 지닌 교사들이 갈 데까지 가 보자는 심경으로 고3 담임을 자원하는지 모를 일이다. 어이쿠, 정작 하고자 하는 이야기를 꺼내는 서두가 너무 길었다.

이렇듯, 바늘구멍만큼도 틈 없이 바쁜 시기인 10월 중순에 광양고 3학년 담임인 조 선생님한테서 전화가 왔다. 내가 교사로 발령받아 그 학교를 떠난 뒤다. 다시 말해, 전임 교장한테 자랑(?)할 게 있어서 전화했다는 것이었다. 어느 아이가 한국농수산대학교에 합격했다는 소식이었다. 그 아이의 내신 등급으론 도무지 합격할 수 없으리라 예상했단다. 혹 내가 잘못 들었나 싶어, 어디요? 하고 다시 물었다.

한국농수산대학교는 널리 알려진 학교가 아니다. 광양고에서 일하는 동안 지원한 아이가 없었음에도, 나는 이 학교에 대해 조금 알고 있었다. 어쨌거나 그 바쁜 외중에 내게 그런 소식을 전하는 데에는 필시, 나의 어떤 일면 혹은 어떤 일과 관련한 그럴 만한 내막이 있을 것이라 여겼다. 이야기인즉, 학교 텃밭 가꾸기와 관련한 내용이었다. 불과 몇 달 전이니 생생했다.

조 선생님은 아마 시골 출신이었던지, 텃밭을 곧잘 일궜다. 또한 반 아이들도 자주 나와서 풀 뽑고 물을 주곤 하는 걸 볼 수 있었다. 텃밭을 가꾸는 14개 반 중에서 아이들이 텃밭에 자주 들락거리는 몇몇 반 중의 한 반이었다. 고3 학급에 대해서는 사실 그리 기대하지 않았다. 그런데 의외로 3학년 아이들이 짬짬이 텃밭에 나오곤 하였다. 텃밭에 가서 좀 쉬고 오거라 혹은 기분 전환하고 오너라, 하는 주문이었을 것이다. 순전히 담임 선생님들의 독려 결과라 여겼다. 아무튼 텃밭 크기로 봐서 너무 촘촘하게 심었다 싶을 만큼 여러 그루의 가지와 상추, 옥수수가 조 선생님네 학급 텃밭에서 자라고 있었다. 대나무로 가지의 지줏대를 만들어 세운 모양새가 보기에 또한 좋았다. 흔히 농약사에서 알미늄 지줏대를 사다 꽂는 데 비해 대나무로 만든 걸 보고, 시골 출신일 거라 짐작하였던 것이다. 그 정도로 공력을 들인 만큼 수확도 괜찮아 보였다. 가지 줄기가 크고, 굵게 자라 가지가 많이 열린 걸 볼 수 있었다.

바로 그 텃밭을 일구던 아이가 한국농수산대학교 수시 입학 전형에 합격했다는 것이었다. "아하, 그래요. 축하, 축하합니다." 딴은, 그 텃밭을 일구던 한 아이의 합격 소식이 내겐 좀 색다르게 닿았다. 학교 텃밭을 일구고자 했던 의중 가운데 하나 역시 아이들이 텃밭에서 풀 뽑고 물 주고, 기르며 거기서 푸성귀를 얻는 동안 이걸 포트폴리오화 해서 '자기 소개'를 할 수 있기를 바라는 심중 또한 없지 않았다. 농업 계열 학과 지원생을 위한 텃밭 가꾸기는 전혀 아니었지만, 텃밭 가꾸기에 참여한 학생은 자기 소개서에 노동의 즐거움을 적거나 혹은 면접을 대비하면서 농업 문제, 환경 문제에도 관심을 지녔다는 자신의 생각을, 거기에까지 이른 생각의 깊이를 보여 줄 수 있기를 희망 사항으로 품고 있었다. 그런 터에 비록 알려진 학교는 아니지만 특수 목적 대학인 한국농수산대학교에 학교 텃밭을 일구던 아이가 합격하였다니 새삼 찡하기도 했다. 그 아이는 농사를 짓겠다는 꿈을 안고 있어, 텃밭 가꾸기에 자발적으로 참여한 아이가 분명했다.

　한국농수산대학교는 경기도 화성에 있는 국립대학이다. 우루과이라운드(UR) 타결과 세계무역기구(WTO)체제로 국제 경제가 진입하게 되면서 특히, 한국 농업의 피폐화와 이로 인해서 농촌이 거덜날 위기에 몰리자 '농업 여건 변화를 슬기롭게 극복하고 우리 농업의 경쟁력을 높이기 위하여 농업 발전을 선도할 정예 인력의 육성'_{대학 '설립 배경' 참조}을 목적으로 1997년에 개교한 대학이다. 졸업 후 농사를 짓거나 수산 산업에 종사하겠다는 학생들만 선발한다.

　이 대학에 대해 굳이 이렇듯 설명을 곁들이는 건 내가 농업·농민 소설을 쓰는 작가인 까닭이다. 농업 문제, 농민 문제, 농촌 문제에 대해 천착하고 있는 작가로서 이 대학에 대해 이 글에서나마 알리는 건 소중하다는 생각 때문이다. 고3인 내 막내 아이에게도 이 대학 진학을 권유했다. 농업의 소중함도 이야기하고 대학 소개 글에서 다룬 졸업생들의 연간 소득에 대해서도 알려 줬다. 그런 차에, 전임 학교의 어느 아이가 전임지에서 있었던 텃밭 가꾸기를 바탕으로 한 포트폴리오가 아니었으면 내신 성적으로 볼 때 합격하기 어려웠을 거라는 분석을 하게 되었다는 설명을 듣고 참 흐뭇하지 않을 수 없었다. 학교 텃밭을 가꾸고 거기서 생산한 채소로 삼겹살 파티를 했다는 내용이 면접관과 심사자들에게 잘 보인 것 같다는 전언에 함박웃음 짓지 않을 수 없었다.

덧붙여 조 선생님이 언제 식사 대접하겠다며 전화를 끊었다. 수능 끝나고 조금 여유가 있을 듯하여 내가 먼저 연락을 하련다. 맛있는 점심, 내가 사 드릴까 한다. 농부가 될 그 아이를 부러워하면서 말이다.

가장 변혁적인 삶을 사는,
가장 생태적으로 사는,
21세기 가장 풍요롭게 살 농부로 살아가 주길 바라는 마음이다.
내 아이나,
그 아이가!

교장의 예산 요구

예산 편성권이 교장에게 위임된 지 오래 되었다. 학교 구성원들이 숙의하여 예산을 편성하라는 취지이다. 단위 학교의 예산 편성 내용을 들여다보면 그 학교 교육 활동의 지향성을 확인할 수 있다. 일면 학교 자율성이 그만큼 나아졌다고 볼 수 있다. 그런데 교장의 자율성에 그치고 있지 않나, 진단한다. 많은 학교 모습이 그렇다. 교사들 대부분이 예산 편성권을 공유하지 못하고 있다. 혹은 외면하고 있는 현상을 엿볼 수 있다.

교장에게 일차적 책임이 있다고 본다. '학교예산편성지침서'대로 이행하려는 의지를 좀 더 적극적으로 보여 주지 않는 교장 탓이라고 여기는 것이다. 학교 예산 편성위원회 혹은 다른 명칭으로라도 교사들이 참여한 협의체는 구성한다. 거기서 더 진전되지 않는 게 현실이다. 핑계, 있다. 해마다 12월 초·중순경이면 학교 예산 편성 관련 회의를 갖거나 관련 사항을 전달한다. 배정액이 얼마고 어떤 일정으로 어떻게 예산 편성위원회를 구성하여 협의를 갖겠다고 행정실 예산 담당자가 설명한다. 그리고 다음 학년도 예산 요구서를 받는다. 대부분 요구액이 배정액을 훨씬 넘는다. 행정실에서 모든 요구서를 정리하여 이른바 계수 조정위원회에 이를 넘긴다. 이게 1차 혹은 2차 회의다. 그러고 방학에 들어간다. 계수 조정을 위한 협의 일정은 잡지만 사뭇 바쁘다는 이유로 연기되거나 다른 방편을 찾는다. 교장, 교감, 행정실장, 교무부장 등이 알아서 하겠다 혹은 알아서 해 주십사 하는 관례가 일반적이다. 여기까지만 보면 그게 무슨 심각한 문제냐고 할 것이다.

통상 해오던 방식의 연장이라는 게 문제다. 그리고 그렇게 구성원들 머릿속에 인화되어 있다. 학교 교육 역시 투자 우선 순위가 있기 마련이다. 투입액의 적정성 또한 긴요히 요망된다. '내'가 맡고 있는 과목이나 부서의 교육 실천이 단위 학교 교육 목표에 도달하기 위해서는 마땅히 우선해서 얼마를 세우거나 적정하게 배정되어야 한다. 그런데 통상해 오던 방식의 편의성에 맡겨 버린다. 올해 책정된 수치만 약간 조정하고 마는 관성적 편성에 너무 익숙해져 있다.

교육 투자를 통하지 않고서 교육 효과를 높일 수 없는 시대에 이미 오래전에 진입했다는 것은 너무도 잘 알고 있다. 예산 편성과 쓰임, 결산을 학교 경영 영역으로 보고 교사들이 애당초 외면하는 경향은 어제오늘의 현상은 아니다. '그게 내 탓이냐?'며 핏대

올릴 수 있다. '교장, 교감, 행정실장, 당신들이 그렇게 해오지 않
았어?' 하면서 나서려 하지 않는다. 혹은 예산 요구가 일과 연계
되어 있으니 아예 외면하기도 한다. 그럼에도 예산 편성과 관련한
적극적 개입을 요망하지 않을 수 없다.

　　내가 요구한 예산은 물론 다 반영되지 않았다. 학생 문화와 더
불어 학교 문화가 좀 더 활짝 피어나길 바라는 예산 요구였다. 제
일 많이 깎이고 말았다. 공통 경비 우선 책정에 앞서 직접 교육비
를 먼저 세우려는 방편이기도 하였다. 예산 편성은 학교 색깔을
드러내는 물감이자, 경영관이 녹아 있는 캔버스다.

■ 2010학년도 교장 예산 반영(안)

연번	사업명	금액(원)	비고
1	교직원 동아리 지원	1,200,000	
2	청소원 인건비	1,200,000	일용급 상승분
3	학생의 날 상품 구입	850,000	
4	요리왕 상품비	500,000	
5	애송시 낭송대회 상품비	500,000	
6	학급 대항 UCC 경연대회	1,000,000	
7	건강 걷기, 단축 마라톤대회	1,000,000	
8	학교 스포츠클럽 대회 관련비	2,400,000	
9	학기별 학년 단위 체육 대회	4,800,000	(미니올림픽)
10	학급 운영비	1,500,000	20만 원*24학급
11	간부 수련회	900,000	
12	준거 집단 운영비	2,600,000	
13	학생 동아리 활동비	3,000,000	(31개 동아리)
14	학생 동아리 지원(보컬 등 상시 동아리)	2,300,000	
15	학생회 자치 활동비 (학생회장 선출 공영 선거 지원비 등)	3,000,000	
16	지리산 산행 체험 활동	1,600,000	
17	초청 강연 운영비	2,500,000	
18	국토 순례 및 체험 활동 지원비	2,000,000	
19	광양 아카데미(학생)	2,000,000	
20	광양 아카데미(학부모)	2,000,000	
21	2011 교육과정 개발 연구비 (교육계획 수립 위한 TF팀 운영비)	2,000,000	
22	교지 제작 활동비	500,000	식대 등
23	교과별 특색 사업	3,000,000	
24	독서 활동 관련(독후감 발표, 다독상, 독서 퍼즐, 독서 퀴즈, 독서 토론 등)	4,400,000	
25	학교 청소 용역비	8,000,000	
	계	53,250,000	

■ 2011학년도 교장 예산 반영(안)

연번	사업명	금액(원)	비고
1	교과 통합적 프로젝트(통합교과) 수업 모형 창출 연구비	5,000,000	
2	학교 축제 관련 예산 증액	5,000,000	
3	체험 학습 증액(예체능)	2,000,000	
	체험 학습 증액(자연과학)	2,000,000	수학, 기술 포함
	체험 학습 증액(외국어영역)	2,000,000	
	체험 학습 증액(인문과학)	2,000,000	
	체험 학습 증액(지역탐사)	2,000,000	국사, 지리 등
4	국토 순례 체험	5,000,000	
5	학생–학부모 축구대회(2회)	1,000,000	
	학생–학부모 봉사 활동(2회)	1,000,000	
	학생(교직원)–학부모 지역 산행(2회)	1,000,000	
6	학생, 교직원 동아리 활동비 증액	2,000,000	
7	수업 분석실 설치비	5,000,000	
8	이름표 제작	1,000,000	
9	교과별 특색 교육비 15교과 (국,영,수,사,과,음,미,체,기가,독,일,보건,독서,한문)×500,000	7,500,000	
10	계기 교육(5·15, 6·15, 11·3)	3,000,000	
계		46,250,000	

제 기억 속의 5·18

1980년, 교사 발령 첫 해, 어느 읍내 학교에서 오월을 맞았습니다. 20대 중반의 나이. 교사가 되면 이런 선생이 되어야지, 하며 결기에 차 있던 첫날부터 교장 선생님에게 이른바 쪼인트 까이는 나날의 연속이었습니다. 별명이 찜빠였습니다. 찜빠란 동네북이란 속어쯤으로 쓰이는 단어입니다. 교장 선생님에게 매일매일 혼나지 않으면 소화 불량 조짐을 화장실에서 찾기 일쑤였던 나날의 오월, 어느 날이었습니다. 읍내 방송에서는 폭도들이 읍내에 온다 하니, 모두 철저히 대비하라는 호령이 있었고, 나는 그들, 폭도들을 기다렸습니다. 폭도들을 부둥켜안고 울리라며, 속으로 켜켜이 분노를 움켜쥔 채 기다렸습니다. 밤 11시 가까이 되어 북을 두드리며 그들은 읍내로 진입해 왔습니다. 학교 숙직실에서 긴장 속에 기다리고 있다 내쳐 달려갔습니다. 그들은 대부분 두건을 쓰고, 몇몇은 총을 들고 있었습니다. 퍼뜩 폭도처럼 느껴져 어둔

담벼락 뒤에 몸을 숨기고 숨죽여, 두려움에 떨었습니다. 울었습니다. 내게 저장되어 있는 세뇌성 DNA의 표출……. 말 많으면 빨갱이랄지, 공산당은 머리에 뿔이 나 있다랄지 하는 집요한 강요에 물들어 있는 저의 민주주의에 대한 하, 간장 종지만한 그릇에 대해 최대 출력의 속력으로 나락하는 비겁함을 탓하며 눈물 흘렸습니다. 며칠 뒤, 그들이 다시 왔습니다. 폭도가 아닌 당시 군부의 정권 찬탈 음모에 대항하는 전사로 군민들의 환영 속에 두 대의 차에 분승해, 그들이 다시 왔습니다. 읍내에서 광주로 유학 간 학생들이 2박 3일 이상 걸어서 고향집에 와 들려 준 처참한 참상과 똑같은 이야기를 하며 그들 또한 울었습니다. 저는 그들을 따라 광주에 가려고 그들이 타고 온 차량 가운데 한 대에 올랐으나, 그 차는 고장으로 멈춰 서 있었습니다. 또 한 대의 차는 벌써 저만큼 앞서간 뒤였습니다. 그렇게 광주의 오월을 맞았습니다. 교사로서 아이들에게 민주주의를 이야기하던 나의 입이, 눈이, 귀가, 손과 발이, 가슴이 너무도 부자연스럽고 부끄러워, 호흡하기 어려운 상황에 빠져들었습니다. 교사이면서 장발을 고집하던 나는 머리를 박박 밀어버렸습니다. 지금도 그 사진을 가지고 있습니다. 참담했습니다. 열병을 앓았습니다.

　오월 전과 오월 후의 나의 교사로서의 삶이 달라졌습니다. 소위 쌈꾼 교사 혹은 벌떡 교사가 되었습니다. 가톨릭농민회 활동, YMCA중등교사협의회를 거쳐, 1986년 5 · 10 교육 민주화 선언 참여, 전교조 관련 해직될 때까지 이러저러한 교사 생활을 하다 오늘에 이르렀습니다.

5월 21일~22일 양일 간 우리 학교 40여 명의 학생들과 선생님 몇 분이 역사 캠프를 떠났습니다. '우리 근현대사 바로 알기'라는 주제를 표방했습니다. 대학 입학 사정관제에 대비한 인문학 관련학과 진학 예정자를 위한 스펙 쌓기 교육 활동이기도 했습니다. 동학혁명과 5·18의 현장으로 떠나는 아이들을 보내면서, 내게 "오늘의 '광주'는 무엇인가? 오늘의 '오월'은 내게 어떻게 용해되어 있는가? 5·18은 지금 내게 어떤 사유의 관점에서 작동되고 있는가?"를 물었습니다. 나의 사유의 주요한 원천이기도 했던 때문입니다.

자문에 대한 답은 생략하렵니다. 우리 아이들이 '동학'과 '오월 광주'를 어떻게 만나고 왔을지 궁금합니다. 입시를 위한 스펙 쌓기로만 느끼고 오진 않았는지 자못 염려스런 마음입니다. 오월의 봄, 이 글을 쓰고 있는 오늘은 비가 내리고 있습니다.

그날의 오월은 푸르렀지만, 핏빛으로 떠오릅니다.

학생회 선거 공영 예산 50만 원!

학생회장 선거는 아이들에게 매우 흥미로운 행사 중 하나다. 특히 고등학교에서는 리더십 전형의 입시 선발에도 영향을 미치는 까닭에 꽤 각별하다. 그렇다고 입시를 염두에 두고 입후보하는 경우가 대부분인 건 아니다. 아이들 중에는 정치적 성향이 있거나 정치에 꿈을 가진 아이가 선거판에 뛰어들기도 한다. 그렇다고 해마다 치열한 건 또한 아니다. 상대가 워낙 강세여서 애초에 포기하는 예가 없지 않다. 2011학년도 선거가 그랬다. 전 해인 2010년에는 3학년 회장과 2학년, 1학년 부회장으로 하는 러닝메이트(running-mate)로 선거를 실시했는데, 세 팀이 나왔다. 꽤 치열했다.

2010학년도에 치러진 선거 운동 과정을 유심히 지켜보았다. 부익부 빈익빈이라고까지 할 수는 없겠지만, 준비 과정이 소홀한 후보군이 없지 않았다. 피켓과 종이 벽보를 만들어 홍보하는 과정에서 서로 격차가 심한 걸 보았다. 후보자의 홍보 능력이 일차적인 문제겠지만 꼭 그런 것만은 아니었다. 얼마나 돈정성이라고까지 표현하기에는 지나친을 들였느냐, 그렇지 않느냐에 따라 홍보 효과가 판연히 달랐다. 어느 후보는 피켓도 맞춘 듯 반듯했고, 인쇄소에서 찍은 어깨띠를 두르고 있었다. 그런데 어느 후보는 흰 도화지에다 기호를 적어 홍보하고 어깨띠는 두르지도 않았다. 나는 그걸 보고 빈부의 차를 어렵지 않게 감지할 수 있었다. 어깨띠를 두른 후보 아이 어머니는 학교 활동도 두드러지면서 그만큼 넉넉한 편이었다. 외형적인 홍보물로 인한 판단이 혹여 인물의 판단까지에 영향을 미치게 한다면 이는 어른인 교사들이 용납해서는 안 될 처사라고 느끼지 않을 수 없었다.

다음 해인 2011학년도엔 학년 말에 실시하던 학생회장 선거를 1학기 말로 옮겼다. 고3이 되면 학생회 활동을 하기가 수월치 않은 게 현실이었다. 대학 입시를 앞둔 3학년의 학생회 활동은 본인 스스로 부담스러워 했다. 그래서 학생회 운영이 어차피 2학년 중심으로 이동하게 된다. 임기의 중복을 학생회 등 구성원들과 협의하여 해결한 뒤 2학년 학생을 회장, 1학년 학생을 부회장으로 한 러닝메이트로 7월 하순에 실시하였다.

7월 계획을 수립하면서 주관 부서를 통해 입후보할 만한 학생

동향을 파악했다. 두세 팀이 등록을 할 것이란 예상이었다. 2학년실에도 많은 학생들이 입후보할 수 있도록 독려와 격려를 아낌없이 해 줬으면 좋겠다는 생각을 전달하였다. 그러면서 작년 학생회장 선거 때 느꼈던 홍보물 격차를 설명했다. 올해는 학생회 예산 가운데 선거 공영제에 따른 예산으로 50만 원을 세웠음을 다시 한 번 강조하였다. 교사들은 그 의미를 다 알고 있겠지만 아이들은 혹 모를 수 있으니 선거 공영제에 따른 예산 50만 원을 책정한 사실도 곁들이면서 축제의 마음으로 선거가 치러질 수 있었으면 좋겠다는 취지의 입후보 독려와 절차 민주주의에 대한 충분한 설명을 요청했다. 그러나 2011학년도 학생회장 선거에는 딱 한 후보만이 입후보하였다. 공영제가 필요 없게 되어 버린 것이다. 아주 우월적인 위치에 있는 아이가 후보로 나오는 바람에 여타 아이들이 포기한 선거전이었다. 그래도 나와서 싸워 볼 요량을 내지 못한 아이들에 대해 안타까운 마음이었지만 어쩔 수 없었다.

이 과정에서 느끼게 된 아쉬운 점이 있다. 학생회장 선거를 바라보는 교사들의 관망 자세이다. 이것은 이 학교에서만 보고 확인한 게 아니다. 우선 학생회장 입후보 규정에 대한 생각이 의외로 고루하다. 징계 규정의 연속성 내지는 연좌성을 들 수 있다. 1학년 때에 받은 징계를 다음 학년에도 적용해서 입후보 자격 자체를 박탈한다. 사회의, 어른들의 피선거권 규정이 있지만 커 가는 아이들의 변화에 대해 너그럽지 못하다. 당해에 한해 규제하는 게 옳다. 성적 규정도 문제라고 본다. 전체 성적 순위 몇 % 이내 학생에게만 입후보 자격이 주어진다. 해당 학교 학생이면 누구에게나 똑같은 자격이 주어져야 한다. 이를 없애는 데, 혹은 아주 낮추는 데에 구성원 가운데 특히 교사들이 동의하지 않는다. 다음은 냉소다. '그래서 어떻다는 거야?' 혹은 '그래 봤자지…….'라고 하는 시선 돌림이 보편적이다. 그런 인식 수준에 머물러 있다. 또한 아이들이 내세우는 부푼 공약에 대해 현실적이지 못하다는 반응을 숨기지 않는다.

학교가 바뀌어야 한다고 아이들이 말한다. 교무회의 시 참여하여 학생들의 의견을 전달하겠다고 한다. 학교 운영위원회에도 어떤 자격으로든 참여해서 우리들의 요구가 반영될 수 있도록 노력하겠다는 공약을 내세운다. 꽤 당돌한 공약이기도 하다. 아이들이 보기에 이런 요구는 이제 정당하다고 느끼고 있다. 학생 인권과 학생 복지를 염두에 둔 학교 운영을 해야 한다고 아이들이 역설하고 있는 것이다. 이에 대해 외면하는 것은 교사만이 아니다. 대부분의 교장은 아예 거들떠보지도 않는다. 권한 침해이고 건방진 공약이라고 인식하고 있는 것이다. 그런 인식과 그런 교사와 학생과의 관계 설정은 이제 놓아야 한다.

2012학년도 학생회장 선거에 입후보한 두 아이 중, 위의 공약을 내세운 한 입후보자가 있었다. 그 아이가 당선되었다. 내가 임기 마치고 그 학교를 떠났기 때문에 그 아이의 공약을 실현시킬 수 있도록 하는 어떤 조처를 취할 수 있는 기회를 갖질 못했다. 그 아이의 외침이 허공에 뜬 공약이 되지 않기를 바라는 마음이다.

선거 공영제를 통한 학생회장 선거가 학생 문화의 단초로 자리 잡을 수 있어야 한다. 50만 원은 그렇게 하기 위한 최소한의 예산이었다. 아이들에게 널리 알릴 필요가 있는 예산이고 그걸 사용할 수 있도록 적극 유도하는 선거 문화가 창출되어야 한다. 요즘 학교는 대의 체제를 중시하는 학급회의 시간이 대부분 허용되지 않는다. 이런저런 체험 활동 시간이 확보되어 있지만 분할된 시간 배정과 준수 지침에 따라 전보다 더 악화된 대의 체제를 구축하고 말았다. 전도된 모습이다. 아이들에게 절차 민주주의에 대한 학습 기회를 학교가 꾸준히 제공해야 한다. 그렇지 않으면 정작 선거권을 가진 연령이 되어도 제대로 된 투표권 행사를 하지 못하게 될 것이다. 불행한 국가가 될 수 있지 않겠는가?

세우라! 써라! 선거 공영을 위한 예산, 50만 원!

학교 축제, 2% 부족감

　학생 축제인 '희양제'가 있었다. 오전부터 늦은 밤까지 하루 종일 열렸다. 광양의 옛 지명인 '희양晞陽'에 붙인 희양제 올해 주제는 '꿈·知·樂'이었다. 꿈지락, 꼼지락……. 꼼지락거린다는 활동성을 담아내는, 뛰고 노는 축제를 지향하겠다는 아이들 의지가 엿보였다. 얼마나 잘 놀까! 기대를 갖게 했다.

　정규 수업 시간에 축제를 위해 꼼지락거리려는 아이들과 이를 불허하는 동료들 사이의 만만치 않은 힘겨루기가 준비 기간 내내 팽팽했다. 야간 자율학습 시간에만 연습을 허용하기로 했기 때문이다. 꼼지락꼼지락 무언가를 일궈 내는 아이들의 연마 모습을 올해는 지켜보질 못했다. 축제 연습하는 동안에 이런저런 일로 야자 시간까지 남아 있던 적이 별로 없었던 탓이었다. 함에도 좀 더 돋보이는 행사가 되길 고대했다.

　염원, 딱 한 가지가 있었다. 아이들의 놀이가 TV 축소판만 아니었으면 좋겠다는 것이었다. 모방이 창조를 잉태한다는 건 오래된 명제이다. 문제는 그쯤에서 너무 흡족해 하고는 거기서 딱 멈춰 버리려는 경향이 짙은 때문이었다. 조금만 색다르게 하면 참 흐뭇하겠는데 아이들은 한사코 TV 프로그램의 모사, 모방을 최고로 치고 말뿐이었다. 그동안 이곳저곳의 학교 축제를 지켜보면서 갖게 된 고착화된 관전평이다. 잘하든 못하든 조금만 더 자신들의 색깔을 덧칠해서 무대에 올라갔으면 좋겠다는 바람을 주관하는 동료에게 긴요히 요청했다. 가르침이란 따지고 보면 응용의 힘을 길러 주는 의도적 행위이지 않은가. 그 의무를 외면하면 기실 학교 문 닫으라, 요구받을 텐데도 이를 꽤는 무시하고 가는 게 지금까지, 혹 앞으로도 얼마 동안 그러할 학교다.

축제 날에는 마치 연출자인 양 폼 잡고 무대를 종일 지켰다. 총 3부로 이뤄진 축제는 꽤 강행군이었다. 반별 발표, 동아리 활동 결산 등의 1, 2부를 마치고 저녁 시간에 이뤄지는 3부가 축제의 중심이다. 아이들은 여기에 집중한다. 끼 있는 아이들로 이뤄지는 무대다. 열광의 밤이 되길 바란다고 짤막하게 오프닝 멘트를 했다.

이날만큼은 금녀禁女의 구역인 남학교에 거리낌 없이 출입이 허용되는 탓에 여학생들도 적지 않게 눈에 띄었다. 찬조 출연하는 이웃 여고 모델부와 여중과 동광양쪽 어느 고등학교 댄스 팀이 있다 보니 그러기도 한 듯하다. 남자 친구 초대에 응하기도 한 것 같았다.

　정보화 시대에 걸맞게 갤럭시 탭으로 콘티를 읽으며 사회자가 쫄지 않고 진행해 나갔다. 랩에 맞춰 야광 막대를 흔들고 여학생 댄스 팀 출연에 무대 곁으로 우루루 몰려와 흥겨워하는 모습이 좋았음에도 어딘지 2% 부족하다는 느낌이었다. 한껏 빠져들었으면 좋겠건만, 하는 생각이 드는 것이었다. 아이들 엉덩이와 손과 발이 들썩들썩, 얼쑤덜쑤 덩달아 움직였으면 참 좋아 보이겠다는 마음이 솟고라졌다. 아이들은 발을 구르고 손을 흔들 줄 몰라 했다. 추임새가 크지도 않았다. 분위기 무르익어 가는 데도 공감 폭을 더 넓히려는 동작은 표출되지 않았다. 아쉬웠다.

　함께 노는 것! 이게 바로 창의創意다. 보는 것만으로는 향유자에 그치고 만다. 놀이에 덩달아 끼어야 한다. 춤추고, 노래 부르고, 추임새 넣고, 함성 지르고, 그래 겹고 겨워 감흥이 넘치는 축제, 그 속에 자신을 몰아넣고 즐기는 게 창의력이고 창조자이다.

　축제의 밤이 깊어 갈 즈음 아이들이 슬몃슬몃 일어나는 걸 보았다. 애늙은이인 줄 알았던 아이들이 발을 구르고 팔을 흔들며 소리를 지르는 것이었다. 그때서야 아이들이 보였다. 바로 이거야, 했다!

　정작, 나는 못 놀아 본 사람이었다. 바라만 볼 뿐이었다.

졸업식 날의 전화

김 군이 내게 전화를 했다. 오늘이 김 군 졸업식인 모양이다. 전화를 하면서 울먹였다. 내가 언제, 어느 학교로 간지도 몰랐단다. 선생님께 고맙다는 인사를 드리려 했는데 뵐 수 없어 섭섭하고 죄송스러워 전화했다고 한다. 김 군은 작년에 졸업해야 할 아이였다. 졸업하기도 전에 취업해 회사 다니다 졸업식에 참여했다 한다. 사회생활 잘하라, 격려해 주면서 서둘러 전화를 끊었다. 나도 울컥해져서였다.

김 군은 퇴학당한 아이다. 2학년 종업식 마치고 방학하여 집으로 돌아가면서, 핸드폰 돌려 주지 않는다고 담임 선생님의 얼굴을 주먹으로 친 아이였다. 바로 퇴학 처리하였다. 퇴학시킨 몇 개월 후 이듬해였다. 어느 아주머님이 학교로 나를 찾아왔다. 김 군을 돌보고 있다면서 조심스럽게 김 군을 복학시켜 줄 수 없느냐고 물었다. 김 군의 어머니는 김 군 어렸을 때 집을 나갔고, 아버지는 김 군을 방치하다시피 하여 아주머님이 먹여 주고, 재워 주고 있다는 것이었다. 어떤 연고도 없지만 교회 집사로서 김 군을 돌보게 되었다는 설명을 덧붙였다. 아이가 뉘우치고 있고 배움을 더 갖고자 한다며 간곡하게 부탁했다. 복학은 본인의 의사에 따라 가능할 수 있다는 전제 하에, 아이의 반성 여부와 2학년 때 담임 선생님의 용서 그리고 다른 샘들의 의견을 듣고 결정해야 할 사안이라 했다. 제발 부탁 드린다며 아이의 연락처를 남기고 돌아갔다.

나는 그 아이의 복학 문제를 1학기 내내 꺼내지 못했다. 김 군의 전년도 담임 선생님이 입은 충격이 쉽게 아물지 않았기 때문이다. 나 또한 김 군의 복학 문제는 좀 더 신중하게 생각해야 한다고 여겼다. 그렇지만, 아이가 원한다면 복학시켜야 한다고 믿고 있었다.

2학기에 접어들 무렵, 조심스럽게 김 군의 복학 문제를 거론했다. 듣고 있던 몇몇 샘들이 펄쩍 뛰었다. 당사자가 지금 학교에 있고, 그런 사안으로 해서 퇴학한 아이를 받아 주면 선례를 남기게 된다는 의견이었다. 자생부의 반대뿐 아니라 지난해 2학년실에서 함께 담임을 맡았던 선배 선생님 역시 머리를 내저었다.

"아이가 반성하고 있다. 진심이라면 용서해 줘야 하지 않겠는가? 그래서 우리가 교사이고, 어른 아닌가? 아이가 배우고자 한다는데 기회를 줘야 한다고 생각한다."고 주장했다. 대부분의 선생님들은 요지부동이었다. 김 군 복학 문제로 세 차례 회의를 가졌는데도 반대가 심했다. 그래, 내가 결단을 내렸다. 아이가 진심으로 2학년 때의 담임 선생님께 용서를 구하고, 또 담임 선생님의 의중을 들은 뒤 복학 처리하되, 3학년 진급과 동시에 직업 훈련원에 가는 걸 전제로 복학시키겠다고 결정했다. 그리고 제시한 과정을 거쳐 3학년에 진급하여 곧바로 직업 훈련원으로 보냈다. 인문계 고교 3학년생에게 직업 훈련원에 위탁시켜 직업 교육을 받게 한 뒤 취업하거나 혹은 대학 진학도 허용하는 제도가 있다. 출석은 일주일에 한 번, 대개는 토요일토요 휴무제가 된 이후에는 거의 유명무실해졌지만에 본적 학교에 나오게끔 되어 있는데, 김 군은 썩 재미있게 다니고 있는 듯했다. 가끔 내게 와서 출석 인사를 하고 가곤 하였다. 그리고 나는 그해 9월 1일 자로 학교를 옮기게 되었다.

그런 아이였다. 확인하긴 어려우나 머리는 염색하고 독특한 옷차림으로 졸업식에 참석했을 것이라, 짐작한다. 제 딴엔 꽤 멋을 부리는 아이였다. 출석 인사 하러 온 김 군은 여전히 꽤 요란한 겉모습이었다. 외형으로는 노는 아이 영락없어 보였다.

그런데 김 군의 속내를 들여다볼 수 없는 학교는 겉모습만 가지고 판단한다. 물론 복학의 결단을 한 나에게만 고마움을 느끼고 학교의 여타 관련된 사안만 준수하고 보이지 않는 생활은 나무랄 만한 여지가 많을 수 있겠다. 혹은 나에게만 좀 더 잘 보이려 했는지도 모른다. 그럼에도 아이에게 배움의 기회를 준 것에 대해 나는 특별한 느낌이 없다. 학교가 복무해야 할 마땅한 자세라 여기는 까닭이다.

울면서 내게 전화한 김 군 목소리에서 진정성을 느꼈다. 학교가 그 아이에게 해 준 건 졸업할 수 있도록 배려해 줬다는 점이다. 그 아이에게 졸업장의 의미는 그저 그런 의미로 닿는, 남다르지 않을 수 있다. 학교가 그렇다고 손상을 입은 것도 없다. 나는 김 군이 사회생활을 잘하리라 믿는다.

학교는 김 군 같은 아이들을 보듬어야 하는 최후의 장소이기도 하지만 동시에 그런 아이들을 내쫓는 징벌의 장소이기도 하다. 지금 학교의 또 하나 문제는 내쫓는 일에 더 열중하고 있다는 점이다. 내쳐야 할 아이라면 내쳐야 한다. 하지만, 돌아오겠다는 아이마저 돌아오지 못하게 막아서는 학교일 수 없다.

영원한 화두, 수업 혁신

학교를 바꾸는 혁신 작업 가운데 마지막 단계가 수업의 질적 변화라고 한다. 수업 혁신이 그만큼 어렵다는 반증일 것이다. 수업을 바꾸는 일은 교장의 여러 직무 중 제일 어려운 일이라고 평소에도 느끼고 있었다. 교사 각 개인의 철저한 의지와 역량을 결집해내야만 가능한 부문이라고 여겨 왔다. 교장으로 일하면서 수업 혁신을 위한 여건을 조성하고, 그 실천을 동료들과 함께 꼭 해 보고자 마음을 다지곤 하였다. 광양고에서 일하면서 앞세웠던 제일의 경영 목표가 수업력 제고였다. 거기에 맞는 예산 편성을 통해 여건 마련에 힘을 쏟았다. 동료들 스스로 수업 혁신을 꾀할 수 있으면 좋겠다는 내심을 자주 표출하기도 했다. 교과별 특색 교육 사업비, 교과 통합적 프로젝트통합교과 수업 모형 창출 연구비 등의 명목으로 적지 않은 예산을 세웠다. 또한 자기 수업 진단을 위한 최첨단 수업 분석실을 마련하고자 하여, 이에 필요한 재원을

도 교육청에 요청해서 확보하였다. 부산시 교육청 주관 교과 교실 기자재 구축을 위한 e-Learning 박람회를 둘러보고 기자재를 비교, 선정하여 수업 분석실 설치를 완료하기도 했다.

　서두르지 않고 연차적인 계획 속에 진행하고자 하였다. 2010학년도 교직원 워크숍에는 서울 신현고에 재직하고 있던 장인혜 선생님을 초빙하여 '교과 통합 프로젝트 수업 프로그램 개발'이라는 강연을 듣고 의견을 나눴다. 우리 학교에서도 해 보자는 의지를 드러내기도 하였다. 논의만 무성했지 다음 해에 이뤄진 건 없었다. 2011학년도에는 예산도 더 늘려서 몇 차례 강의를 듣고 실천할 수 있는 여건 마련을 위해 모시기 어려운 강사를 초빙하고자 했다. 배움의 공동체 연구회 대표이신 손우정 교수 초청 강연을 기획하여 여섯 차례 정도 교육을 실시하고, 이에 따른 연구 모임이라도 꾸릴 수 있었으면 하는 바람을 가졌다. 그런데 여러 여건상 두 차례 강연을 듣고 말았다. 논의 또한 더 진척되지 않았다. 그 외에도 학부모와 함께하는 교직원 연수로 '두뇌 기반 학습^{학습} 사이클 이론의 이해와 활용'이라는 제목으로 비상 교육연구소 박재원 소장 강의도 소중했다.

　결국 마음속에 두고 있던 대로 수업력 제고를 위한 제대로 된 어떤 활동도 실행에 옮기지 못했다. 우선 수업력 제고에 필요한 여건을 마련하는 데에 좀 더 세밀한 진단과 협의 및 합의를 이루려는 자세를 나나 동료들이 갖지 못한 데에 원인이 있다. 변명하자면 늘 시간에 쫓기는 일의 연속에서 헤어나질 못했다. 인문계 고교에서 일하는 동료들 역시 생각은 두텁게 지니고 있다손 해도 이를 실행하기 위한 몸과 마음의 짬을 낼 수 없는 게 현실이기도 하다. 그러기 때문에 소단위 모임을 이뤄, 현실과 상황을 점검하고 인정하는 가운데 연구하는 자세를 갖췄어야 했다. 공식 모임인 교과협의회를 통하거나 혹은 기왕에 활동하고 있는 다음 학년도 교육계획 수립을 위한 TF팀을 통해 구체적인 안을 이끌어 내지 못한 게 또 하나의 원인이기도 했다. 구성원들의 이해와 공통분모를 도출하기 위한 좀 더 구체화된 과정을 진행시키지 못한 것이다. 어렵다, 어려울 것이다, 고민만 했지 실제적인 활동을 해낼 수 있도록 견인하지 못했다. 수업력 제고를 위한 구체적인 상象을 가지지 못한 내 부족의 탓이라 여긴다.

사실 어떤 부문에 있어서는 교장의 결단이 요구되기도 한다. 수업력 제고 분야에 있어서는 한편으론 그런 경향성이 필요했다고도 본다. 수업력 제고 방안을 현장 상황에 맞게 추출해 낼 수 있는 역량 있는 교사들을 규합하여 자료를 제공하고 끊임없이 채근하는 자세를 드러내지 못했다. 더욱이나 인문계 고교에서 입시에 쫓겨 수업 형태를 도저히 바꿔낼 수 없다는 푸념만 듣게 될 소지가 다분했음에도 더욱 강하게 밀어붙이지 못하고 물러선 것이다. 교사인 동료들이 지니고 있는 자존감의 마지막 보루가 수업이기도 한 터에 이를 두고 동의하지 않는 수업 모형을 강제할 수도 없긴 하였다. 한편으론 수업력 제고에 대한 나의 주장이 설복력을 지니지 못했다는 반증이기도 했다.

그래서 나는 단위 학교 상황과 교장의 역량이 갖춰진 혹은 그런 역량을 도모할 수 있는 여건을 외부로부터 충족할 수 있는 제반 조건을 가진 학교를 선정하여 모형을 창출하고 이를 전파, 확산하는 방식을 권고하면 어떨까, 하는 생각을 갖기에 이르렀다. 혁신학교전남의 경우 '무지개학교'의 인문계 고교 지정 확대가 그 방편의 하나라고 본다.

수업 혁신은 지금 6개 시도에서 진행되고 있는 이른바 '혁신학교' 움직임과도 그 맥이 닿아 있다. 학교를 바꾸고 그 내용 채우기로써 수업 혁신을 꾀해야 할 학교 단위의 최종 단계는 인문계 고교라고 보는 견해는 이제 상당한 의견 접근에 이르렀다. 학교 혁신의 도달점은 수업 혁신에 있다 할 것이다. 수업 혁신을 이룰 수 있는 가능성 있는 학교를 찾거나 지정하여 구성원 모두가 학교를 바꾸고 수업 내용을 새롭게 꾸려가는 '자발적 강제'를 추동할 수 있도록 하지 않으면 안 된다고 본다.

수업 혁신은 '자발적 강제'를 통하지 않고 교장이 일궈 내기엔 난망한, 영원한 화두라는 걸 절감했다.

넘어져 본 아이가
일어설 줄도 안다

학생회 활성화를 위해 적지 않은 예산을 세웠다. 학생회장단 선거 공영제 예산을 포함한 학생회 자치 활동비 230만 원을 비롯 간부 수련회, 학교생활 도우미일명 선도부, 학생의 날 관련 예산, 준거 집단 활동비 등등해서 1,000여만 원을 책정했다. 학생 문화와 관련된 교육 활동 즉 체험 학습, 동아리 활동, 봉사 활동, 축제 등은 학생 문화부에서 하기 때문에 순수 학생자치생활부이후 자생부 예산이다. 연말에 그동안의 예산 사용 내역을 훑어보았다. 자생부 예산 중 일부는 학생회 활성화를 위해 썼다기보다는 학생 복지 쪽에 가까운 예산 집행을 썩 많이 했다, 싶다. 자치 활동비는 책정 예산보다 적게 썼다. 월 1회 학생회 개최를 꼬박꼬박 하지 않은 탓도 크다. 학생회장단 선거 공영제 예산은 1인 단독 후보로 선거를 치르느라 추후 이름표 제작비로 썼다.

학생회가 제대로 작동하는 학교에서는 사고 발생률이 적다는 게 통설이다. 학생들을 학교 교육의 주체로 여기고 있는 바람직한 교육 행위이며 그에 따른 결과라 할 수 있다. 하여, 학생회 활성화를 위해 학생회 예산에 대한 편성과 집행 권한을 학생회에 넘겨 줄 수 있어야 한다. 그런데 학교 관리자 혹은 자생부학생부를 맡고 있는 교사들에게서 이런 확산된 인식을 찾아보기가 여간 쉽지 않다. 예산을 요구하고, 책정된 예산을 스스로 짜 보고 이를 짠 대로 써 보는 경험을 가진 학생은 추후 재화의 사용에 적절성을 지니게 될 것이다. 재화의 가치를 소중하게 여겨 아름다운 소비나 공영적 관점에서 사용할 줄 아는 사람이 될 것이다. 물론 그 반대의 상상도 얼마든지 가능하고 그리 될 소지 또한 염려할 사안이긴 하다. 그럼에도 불구하고 학생들에게 스스로 해낼 수 있는 여러 형태의 기회를 제공하는 건 학교가 해야 할 교육 행위 가운데 매우 큰 덕목에 속한다고 본다.

어느 학년도의 예다. 체육과에서 교내 체육 대회를 학생회 중심으로 진행해 보겠다는 의지를 피력했다. 나는 참으로 좋다고 했다. 한 마디 곁들였고 또한 주문했다. '죽이 되든 밥이 되든 맡겨 보자, 더불어 인내심이 필요하다.', 고 강조했다. 그렇게 끝까지 진행되지 않을 것이란 예감이었고 끝까지 아이들에게 맡긴 채 밀고 나갔으면 좋겠다는 의중이었다. 사실, 하루 종일 체육 대회를 진행하다 보면 대개는 시간이 지체되고 교사들은 교실 수업을 할 때보다 더 파김치가 된다. 이걸 염려해서 체육 교사들은 오후 시합 진행을 서두르고 종용하기도 하던 판박이 모습이 체육 대회 끝 무렵의 그림인 탓이었다. 오전에는 아닌 게 아니라 잘 진행되었다. 어느 아이가 나서서 축구 중계를 하기도 했다. 아이들이 즐거워했다. 오후는 어떻게 진행되었을까? 예상했던 답, 그대로였다. 어느 새, 체육 교사가 마이크 잡고 경기 진행을 이끌었고 선수 출전을 독려하고 있었다. 이뿐 아니다. 학교 축제 역시 그렇다. 연출이건 진행이건 아이들이 못할 바 아니었지만, 크든 작든 교사의 지도를 필수 사항으로 여겼다. 서툴기도 하고 엉성하기도 한 게 아이들 모습 아니런가? 처음부터 끝까지 아이들에게 맡겨두고 학교 행사를 치룬 경험이 나에겐 떠오르지 않는다. 그토록 아이들에게 맡겨 보자고 해도 나중에 보면 교사들이 한다.

왜 이게 그토록 어렵고 안 될까? 결국 시각의 문제이다. 착착 반듯하게 줄 맞추고 일률적으로 인사 잘하고, 모두가 쫑긋 귀 세워 들어야 한다는 관습화된 학교 문화를, 학생 태도를 고집하는 관점에서 비롯되었다. 교사들의 조급증 또한 이에 기여한다. 아이들이란 본래 삐뚤빼뚤하지 않은가? 천방지축 아닌가? 또한 질풍노도 세대 아닌가? 그러면서 크지 않는가? 더 사실적으로 표현하면, 이런 모습을 보려 하지 않는 교장이 우선해서 문제이다. 교장이 아무리 반듯하기만 한 성과 혹은 태도를 요구한다 해도 교장과 다른 자신의 교육 관점을 드러내지 못하는 교사 역시 버금가는 문제라 본다.

적어도 학생회 예산 편성권과 집행 권한만큼은 학생회에서 할 수 있는 기회를 보장해 주어야 한다. 적어도 체육 대회만큼은 처음부터 끝까지 아이들이 진행하면서 지지고 볶을 수 있도록 허용해 줘야 한다. 적어도 학생의 날 행사만이라도 아이들 의식과 인식대로 진행할 수 있도록 맡겨두길 바란다. 적어도 아이들 축제만큼은 기획도 연출도 아이들이 처음부터 끝까지 해낼 수 있도록 許해야 한다.

넘어져 본 아이가 일어설 줄도 안다. 넘어져 본 적 없는 아이는 다시 설 수 있는 힘이 그만큼 부족하다. 넘어져 있는 옆의 아이를 일으켜 세울 마음 또한 갖지 않을 수 있다. 학교가 아이들에게 해 줘야 할 교육적 실천 덕목에는 여러 가지가 있다. 그 중 하나는 아이들 스스로 주체가 될 수 있는 기회를 늘, 항상, 수시로 제공함으로써 그런 능력을 길러 주는 것이다. 넘어졌지만 어떻게든 혹은 진중하게 일어설 줄 아는 생각과 행동 말이다. 중심이 아니라, 주체가 되는 것. '나'가 주체가 되어서 스스로 결정하고, 해결할 수 있는 의식을 쌓도록 교과 활동이나 비교과 활동, 여러 행사를 통

해 깨닫게 해 줘야 한다. 이런 경험은 스스로 주인 되어 삶을 윤택
하게 이끌 수 있는 밑거름이 될 것이다.

학교 예산 회기 마감은 아직 남았다. 학생회 예산 가운데 자치
활동비 잔액을 보면서 다시 느끼는 것이다. 아이들 스스로 할 수
있는 풍토를 우겨서라도 이끌어 내지 못한 나를 자책한다. 잔여
예산을 보면서 든, 느닷없으나 참 아쉬운 단상이기도 하다.

학교 급식의 백색 문화화

학교에 대해 아이들이 갖는 불만 요소는 A4 용지 수십 장으로도 다 적을 수 없을 만큼 참으로 다양하고 많다. 어느 것 하나에도 긍정적이지 않을 정도로 부침이 심한 상태에 있는 청소년기 특성상 그럴 수 있으리라 여기기도 한다. 하지만 아이들을 우선하는 교육 행정이, 학교 운영이 이뤄지지 않다 보니 아이들이 느끼는 불만의 체감 온도는 높고 뜨겁다.

그런 가운데 급식(실)에 대해 느끼는 불만 역시 크다. 적정량의 밥을 주지 않는다, 흰밥을 왜 주지 않냐, 아니 잡곡밥을 주지 않는 이유는 뭐냐, 입맛에 맞는 반찬이 없다, 반찬 가짓수가 지난주보다 적다, 급식판이 깨끗하지 않다, 머리카락이 반찬에서 나왔다, 위생모가 더럽다, 급식실이 친절하지 않다, 고기량이 줄었다, 튀김류를 더 자주 달라, 나물류는 빼 달라, 새치기를 막아 달라 등등, 다양하다.

적은 학급 수의 작은 학교나 많은 학급 수의 큰 학교나 급식(실)에 대한 불만의 표출 정도 혹은 불만 요소는 크게 다르지 않다. 청결 상태에 대한 불만은 일어나는 시기에 맞춰 나오거나 아예 표명하지 않는 경우도 있다. 차라리 이런 요구는 어렵지 않게 해결하기도 한다. 그런데 쉽지 않은 시정 요구와 불만이 있다. 자기 입맛에 맞는 반찬을 제공해 달라는 요구 사항이다. 급식(실) 실태 조사를 통해서 아이들 불만 요소를 알아내고 시정 요구를 듣곤 한다. 지속적으로 나오는 불만 요소가 바로 입맛에 맞는 반찬을 제공해 달라는 요구이다. 그런데 아이들의 입맛이 서로 다르고 좋아하는 음식이 갖가지이며 까다롭다. 아이들 요청을 낱낱이 반영할 수 없는 경우가, 이 요망 사항이다.

식단 짜기는 영양(교)사의 업무이다. 식단 결재는 교감이나 행정실장에게 위임 전결하지 않는 항목이다. 그만큼 주요한 업무라고 보는 것이다. 영양(교)사가 짠 대로 결재하고 조리해서 제공하는 게 통례이다. 전공자이고 자격증을 지닌 영양(교)사보다 더 나은 식단을 짜는 건 무리이다. 대개 한 달 단위로 이뤄지는 식단 결재는 자세히 들여다보지 않고 결재하곤 한다. 특별히 식중독이 유행하는 계절이나 먹을거리와 관련한 사회 일각에서 문제가 발생하는 경우를 제외하곤 통상적인 업무 형태다.

학교에 급식소위원회가 결성되어 활동하기도 한다. 납품업체 선정, 부식품 검수, 급식(실) 실태 조사와 지속적인 모니터링 등

이 주된 활동이다. 학교 결정에 따라 일 년에 한 차례 혹은 몇 차
례 하던 납품업체 선정 활동이 시군(구) 교육지원청으로 이관되면
서 활동 자체가 유명무실해졌거나 급식소위원회 일이 많이 축소
되었다. 날마다 납품되는 부식품 검수 역할이 평상시 활동으로 주
어져 있긴 하다. 하지만 하루도 빠지지 않고 확인해야 하는 일인
바, 급식위원으로 위촉된 학부모나 운영위원 혹은 수업해야 하는
교사 입장에서 현실적으로 가능하지 않다. 영양(교)사에게 맡기
는 상황이다.

　학교에서 급식(실)에 대해 실질적인 통제권을 가진 위치는 교장
과 교감, 행정실장(담당자) 말고는 달리 없는 게 현실이다. 교감
보다 행정실장이 감독권을 주로 행사할 수 있는 주무자다. 이 또
한 교장의 관심 여하에 따라 좌우되곤 한다. 대부분 면밀히 이뤄
지지 않는다. 교사들은 가급적 급식(실)과 관련해서 관여를 삼가
는 모습이다. 이래저래 불만은 많은데 시정은 그리 쉽지 않은 상
황에 놓여 있는 게 급식(실) 관련 사항이다. 딴은 급식(실)과 관련
한 사고 발생 시 매우 심각한 상황이 초래될 수 있는 데도 대체적
으로 둔감하게 대처하곤 하는 편이다. 덧붙여 조리에 종사하시는
분들의 합법적인 노동쟁의가 이뤄질 경우 학교 급식의 차질이 크
게 우려되기도 한다.

　학교 급식법에 따라 급식이 실시된 이래, 아이들 식습관 변화와
체력이나 체격 상향 등이 이뤄졌다고 한다. 부모님들 또한 가사에

서 일정 부분 벗어날 수 있어 시간 여유가 다소 주어졌다고도 할 수 있다.

학교 급식 이후 여러 가지 긍정적인 효과가 있었지만 못지않게 역기능적인 문제점 또한 대두되고 있다. 학교 급식 식단에 따른 식탁 문화 변화이다. 한 마디로 식탁의 백색 문화화가 빠르게 진행되고 있다는 지적이다. 우리 전통 식단은 단백질 위주 식단이었다. 육류 중심의 지방질 음식보다 콩류의 단백질 반찬이 많았다. 또한 담금과 절임을 통해서 각종 영양을 골고루 섭취할 수 있었다. 웰빙을 넘어 힐링 식단이라고 할 수 있다. 그런데 이런 전통적인 우리 식단이 학교 급식에서 바뀌고 있는 것이다.

급식실로 납품되는 주식과 부식 종류는 가공류와 비가공류 등을 포함해 250여 가지 정도다. 급식실에서 제공되는 주·부식류는 밥과 각종 반찬, 국과 찌개류, 과일과 우유, 음료 등이 식탁에 오른다. 학생수가 적은 학교에서는 김치를 담가 제공하기도 하지만 학교에서 제공되는 김치류는 대부분 납품 김치다. 각종 반찬 가운데 가장 반응이 크게 나타나는 건 역시 김치 맛이다. 집집마다 김치 맛이 다른 탓에 김치는 한 번 입맛을 들이면 바꾸지 않고 지속적으로 한 공장의 납품 김치를 먹게 된다. 그나마 김치를 식판에 담아가는 아이들이 현저히 줄어들고 있다. 아이들이 싫어하고 좋아하는 반찬류가 확연한 편이다. 튀김류와 고기류는 아주 좋아하지만 나물류와 콩류는 대부분 싫어한다. 우리의 전통적인 식탁 문화와 거리감이 깊어지고 있는 것이다. 이런 터에 잔반 없는 날에는 아이들이 좋아하는 종류의 반찬과 국거리로 미리 식단을 꾸린다. 아이들 식탁이 이렇듯 튀김류나 지나칠 만큼 자주 제공되는 고기류에 의해 점령되고 있다. 심각하다. 그러한 데도 전통적인 먹을거리 문화가 소멸되어 가고 있는 이러한 경향을 심각하게 받아들이지 않고 있는 게 오늘날 학교 급식의 현실이다.

한 민족의 음식 문화는 단순히 먹을거리 문제에만 국한되지 않는다는 게 통설이다. 음식 문화가 사유 체계에도 영향을 미치고 있으며 어느 민족의 고유한 문화를 형성하는 바탕적 요소로 작동한다고 보는 게 이 분야에서 연구하는 분들의 공통된 견해이다. 민족주의적 관점을 고수하는 낡은 사고로부터 벗어나야 한다는 지적에 동의한다. 그런 한편으로는 우리 민족의 음식 문화가 소멸되는 것 역시 인류 문명의 손실임을 동시에 주요하게 보는 안목 또한 간과해서는 아니 될 관점이라고 본다.

하얀 밀가루 음식과 식용유로 휘덮은 튀김류, 지방질의 육류를 더 늘려 제공해 달라는 아이들 요구에 대해 좀 더 적극적으로 문제점을 설명하고 설득해 내야 한다. 학교 급식에서만이라도 이런 현상이 더 이상 진행되지 않도록 하는 조치의 필요성을 절감한다. 그러기 위하여 문화적인 면에서건 영양과 건강 측면에서건 교육 의제로써 연구가 시급하게 이뤄져야 한다고 본다. 정부 차원 혹은 시도 교육청 급식 관련 부서와 음식 연구자 또는 문화 연구자들에

의한 실태 조사와 백색 문화화하는 식탁에 의한 임상적 관계성 연구 등을 통해 제도적 장치를 마련해야 할 시점이다.

학교 급식은 교육 수요자인 학생, 학부모에게 있어 학력 제고 못지않은 관심 사안이다. 학교 급식의 식단을 친환경, 지역 생산 부식Local Food류, 단백질 위주 식탁으로 차릴 수 있도록 관심을 기울여야 한다. 학교 구성원들의 마땅하고도 당연한 책무에 속하는 실천 과제일 것이다. 특히 교장의 관심을 더욱 촉구한다.

학년 말 시험을 코앞에 둔 고등학교 2학년인 네가 학교 시험과 내년이면 치르게 될 대학 입시라는 중압감에 시달리면서도 소설가가 되려는 희망을 줄기차게 부여잡고 한 뜸 한 뜸, 구슬을 꿰듯 일궈 나가는 너의 모습이 참 가상하게 느껴진다. 나도 고등학교 2학년 때부터 글을 써 보겠다는 마음다짐을 굳게 한 탓에, 나의 고2 시절과 지금 네가 통과하고 있는 고2라는 터널을 견줘 본다.

나는 그때, 소설가가 되겠다, 시인이 되겠다, 하는 뚜렷한 구분을 두지 않았었다. 그저 글을 써 보겠다는 애틋한 꿈을 갖고 있었기에, 떠오르는 이런저런 사념의 끈을 부여잡고 거기서 얻어진 생각을 글로 옮겨 보곤 하는 것이었다. 지금도 열댓 되는 그 수첩을 보관하고 있는데, 다시 읽기에도 번거로운 글줄이지만 쉼 없이 적어두던 기억이 새롭다.

시詩랍시고 적어 본 글도 있지만 대부분 산문이었지. 내게 주어진 삶의 무게에 버거워하면서 겪게 되는 자신과의 부단한 싸움의 결과물들이었지. 나를 에워싸고 있는 어두운 벽을 뚫고 나갈 수 없어 이내, 주저앉아 버리는 가녀린 자신을 만나기도 하고 세상에 대한 불만을 뱉어 내는 표현도 적지 않았다. 자아의 깊은 상처를 외면하거나 혹은 보듬기도 하며 혹독하게 치러 낸 시간이었고, 그런 기록들이었다.

그때는 사교육 받을 기회도 없었지만, 특별히 과외 수업을 받지 않아도 되었던 학교생활을 하면서 다른 친구들과 무한 경쟁을 해야만 되는 내신 제도가 시행되지 않았던 까닭에, 얻은 점수만으로 대학에 진학하게 되어 있었지. 그만큼 교실 수업에 짓눌리지 않아도 되었단다. 책 읽기에도 게을렀던 나는 다만, 혼자서 아파하고 분노하고, 부끄러워하며 보낸 시절이었다. 삶의 고되고 힘겨움을 처음으로 느껍게 감지하게 된 그때를, 나는 고2에 겪게 되는 통과 의례의 시기였다고 되새김한다.

너의 지금 고등학교 생활을 들여다보면, 나와는 혹은 나 때와는 많이 다르더구나. 줄기차게 도서관에 들락거리며 책의 무게에 짓눌려 가쁜 숨을 몰아쉬는 네 모습이 때때로 가련하게 닿더구나. 웹상의 청소년 소설방에 들락거리며 글을 올리고, 조회수를 확인하면서 댓글을 다느라 컴퓨터에 매달려 있는 너를 보는 것 또한 외면하고 싶더구나. 전국의 여러 대학에서 실시하는 문예 백일장에 입상하기 위해 심사위원이 될 거라 미루어 짐작되는 이른바, 유명 문인의 글맛을 느끼려 그의 작품을 찾아 읽는 행태도 내겐 미덥지 않게 보였단다. 또한 문창과에 갈까, 국문과에 가야 하나, 어느 선생님이 권했다는 영·미 문학 계열의 학과를 선택할까, 이리저리 고민하는 선택의 어려움 속에 허덕이는 걸 보면서 역시 씁쓸한 마음을 지울 수가 없구나.

가장 애착이 가는 지망학과임에도 불구하고 문창과는 기능적 글쓰기의 폐해로부터 자유롭기 어려운 분위기와 그런 가능성을 다분히 지니고 있다는 지적에 헷갈려 하는 너를 보면서 고민하지 않을 수 없겠구나, 하는 생각을 갖게 된다. 올곧은 작가 정신을 탄탄히 키우기엔 비록 제약적 요소가 있을지 모르나, 소설가라는 위치에 오르기 위한 등단의 관문을 반드시 통과해야 하는 제도적 관습이 엄연한 상황에서 쉬이 물리칠 수 없는 유혹일 것이다. 국문과를 가자니, 좀 고리타분한 느낌이 들어 우선 거부감이 솟고라지지만 한편으로는 전통적인 작가 수업은 그래도 한 수 위일 것이라는 기대감으로 해서 이 또한 외면만 하기에는 쉽지 않은 선택의 고민이리라. 소설가 지망생에게 있어, 세계 문학 안에서의 위상을 찾으려는 의지를 애초에 꺾어 두는 건 가당치 않은 일인고로, 문학적 탄탄함이 증명된 영어권 혹은 불어권 또는 독일어권 기타 유럽권 문학 공부를 통해 작가로서 역량을 키우고자 하는 바람 역시 물리치기 어려운 선택의 난항 중 하나일 것이다. 지속 가능한 글쓰기를 위한 지속 가능한 활력소를 섭취하려는 출발점의 고뇌가 매우 깊은 것이어서, 나로서는 소설가가 되려 하는 너의 대학 선택의 신중함을 지켜볼 따름이다.

어쩌랴? 작금의 현실을 전적으로 도외시하면서 글 쓰는 자가 되려고 한 의지는 내가 커왔던 시기에나 가능한 상황일 뿐이었으니, 소설가가 되려는 내면의 기운을 북돋우는 힘찬 몸짓만으로는 턱없이 부족해서, 입시 전략까지 세심하게 궁리해야 하는 오늘의 너의 처지가 몹시 안타까워 보이는구나.

그럼에도 소설가가 되겠다는 너의 꿈을 너무도 고맙게 여겨, 너의 꿈이 바라는 대로 이뤄지길 빌면서 한두 가지 조언하고자 한다. 전제하는 건, 내가 그런 과정을 겪은 터인지라 새롭게 바뀐 오늘의 입시 지형 혹은 등단의 과정에서 그다지 도움이 되지 않는다 하더라도, 나로선 여전히 낡고 오래된 관습적 도움말밖에 건넬 수 없음을 미리 밝혀 둔다.

소설가가 되겠다는 너의 희망은 참 특별하다. 요즘 아이들의 줄기찬 요망 사항 가운데 하나는 자신이 누구보다 '특별하다'는 우월 의식을 끊임없이 확인하는 것에 있는 듯하다. 특별하다, 라는 말은 별쭝맞다, 잰체한다 혹은 이상하다, 라는 부정적 인식이 되레 강했던 경우가 있었다. 그러던 느낌에서, 개성 발현의 시대에 접어들고부터 특별하다, 라는 말은 이제, 부럽다 멋지다, 라는 뜻과 더불어 돈 되겠다, 하는 목적 지향성의 추구 가치로 치환되었다는 점이다. 나 또한 이제는 특별하다, 라는 단어의 의미 전이가 부당하다고 여기지 않는다. 다만 한 가지, 돈 되겠다, 는 말처럼 상업적 가치에 현혹되거나 또는 그런 유사한 현실에 솔깃하여 그 함정에 자신의 역량을 미리 소진시키지 않으려는 마음을 단단히 유지해 준다면, 늘 특별히 살기 위해 소설가가 되려는 너의 꿈을 나는 독려하고 싶은 것이다. 물론, 아직 어린 네가 그러한 데에 빠져들 정도로 출판 시장이 유혹을 일삼는 구조는 아니지만, 인터넷에 떠돌고 있는 청소년 소설방을 더듬다 출판사가 찍어 기획하는 경우를 보면, 어린 천재성을 일찍부터 상품화의 길로 몰아넣는 수도 간혹 있는 듯하더구나. 어른들의 지도가 남달라야 할 대목이다.

  더불어 소설가가 되기 위해서는 자신만의 특별한 내면의 깊이를 지녀야 하는데, 그러기 위해선 부단히 깊게 파내려 가려는 탐구의 의지가 절실히 요구된다. 늘 부릅뜬 눈으로 자신의 주위에서 벌어지는 여러 현상現象을 부단히 들여다보고 무엇이 인류를, 지구를, 우주를 지속 가능하게 살리는 길인가를 끊임없이 질문해야 한다는 말이기도 하다. 안광眼光이 지배紙背를 철할 만큼 집요하게 물고 늘어져 그 책 속에 지닌 또 다른 삶의 유형을 만나야 한다는 말이기도 하다. 적어도 나는 저 따위로는 살지 않겠다는 자기 삶의 강건한 세계를 지니기 위해서 고집스런 삶의 태도를 견지하지 않으면 안 된다는 말이기도 하다. 내 안에 들어오는 모든 양식들을 잘 소화하여 지속 가능한 삶의 터전을 마련하기 위해 쉼 없이 삽질하고 괭이질하며 일궈 나가야 한다는 말이기도 하다.

  그런데 위에 적시한 세계관이란, 지극히 버겁고 힘든 과정을 거치지 않고서는 도달할 수 없는 지점이란다. 이러한 작업은 새벽 세 시에 일어나 헝클어지지 않은 정신으로 곧추 세우고서야 해낼 수 있는 처절함이고, 사람의 무리에서 떠나 외따로 골방에 처박혀 일시나마 관계를 도려 낸 시간 속에 자신을 밀어 넣어야만 할 외로움이며, 한가로이 자신을 내려놓고 어떤 유혹과 환상에 사로잡힌 느슨함 속을 유영해서는 아니 되는 냉혹함이며, 이거 아니면 죽음을 감수할 수밖에 없다는 피맺힌 절규이자 함성이어야 한다는 것이다. 중국의 백화 운동가 호적胡適이 '부작무병신음不作無病呻吟'이라 했듯이, 속내 깊이깊이 아파하지 않고서는 어떤 글도 쓸 수 없다는 인식이 참으로 요망되는 것이다.

  고3이 되는 너에게, 된통 무거운 고민거리를 던져 준 것 같아 내 마음이 가볍지만은 않구나. 하지만 소설가가 되려는 자라면 글을 쓰기 위해 자신의 온몸을 내던질 각오가 서 있지 않으면 안 된다고 나는 믿고 있다. 그렇지 않을 경우, 소설가로서 글쓰기가 너무도 가혹한 작업인 까닭에 가다가 주저앉거나 딴 길로 우회해 버리는 경우가 적지 않은 탓이란다. 나 또한 변방의 이름나지 않은 소설가이긴 하나, 소설 작업을 놓아 버리면 남은 생의 질박한 의욕마저 잃어버릴 것 같아 새벽녘이면 책상머리에 앉아 컴퓨터 자판을 두드리는 것이란다.

자, 이제 너의 삶에 특별함을 가져다 줄 소설가가 되기 위하여
더욱 깊은 고뇌의 세계로 성큼성큼 걸어 들어가길 바란다, 성하야.

수능 이후의 고3 교실

수능 끝난 고3 교실만이 아니란다. 평준화 지역이건 비평준화 지역이건, 선지원 후시험 제도로 인해 인문계 고교의 선발고사가 남아 있는 중3 교실에서도 제대로 수업이 이뤄지지 않고 있단다. 몇몇은 수업 중에 학교 밖으로 나가 PC방이나 노래방에 가서 논다고도 한다. 교실에서 교사가 있음에도 사행성 놀이를 버젓이 한다고도 한다.

출근하면서 들은 라디오 방송 내용이다. 얼마 전에는 교실에서 삼겹살 구어 먹는 장면이 인터넷에 뜨기도 했다. 수능 있는 달이면 학교 폐지 수집상이 긴장을 한다. 혹시 다른 수집상에게 폐지 수거 용역을 넘길까 봐 그렇단다. 수능 보고 나면 교과서와 문제집 등이 모두 폐지함에 버려진다. 그때가 폐지 수집상에겐 대박의 시기란다.

실패를 용납하지 않는 사회의 교육 실상 중 한 단면이다. 어느 아이는 실패하지 않아서 모든 책을 흔쾌히 버린다. 어느 아이는 실패한 한 번의 시험에 대한 울분으로 그동안 봐 왔던 모든 교과서와 참고서를 찢어 허공에 날려 버린다. 단 한 번의 시험으로 모든 게 결정된다고 여기는 까닭이다. 교과서와 참고서가 담고 있는 지식이 앞으로 인생에 그다지 큰 도움이 되지 않는다고 보는 이유이다. 진학, 진급하기 위한 시험용 외에는 용도가 불분명한 지식일 뿐이라고 인식하는 데서 기인한 행동일 것이다. 패자 부활전도 존재하지 않는다. 재수를 택하는 1년 뒤가 패자 부활전일 수는 없다.

수능 이후 고3 아이들에게 급식을 제공하지 않는 학교가 많다. 급식비를 거출하기도 쉽지 않다. 급식비를 내고도 대다수 아이들은 점심을 먹지 않고 하교해 버린다. 대부분 곧바로 집에 가지 않는다. 아이들이 학교 밖에서 놀 수 있는 데란 노래방, PC방, 당구장 등등이다. 혹은 술집에도 버젓이 드나든다. 시(군)립 도서관, 운전 교습소, 헬스장, 여타 악기 또는 그림, 조리 등을 배우는 취미 학원은 그나마 권장할 곳이다. 학교 밖에서 점심을 해결하는 아이들이 먹는 종류 역시 거의 패스트푸드일 가능성이 많다. 아무튼 이러하니 아예 급식비를 걷지 않고 급식도 제공하지 않는 게 추후 반납에 따른 말썽 소지를 차단하는 방편이기도 하다. 제발 점심밥이라도 먹여 학교 밖으로 내보냈으면 좋겠는데 아이들이 기피한다는 이유만 앞세운다.

　방송에서 전하는 내용이 모든 학교에서 다 그렇다는 건 아니지만 고3 경우는 오래전부터 오전 수업이 고착화되었다. 어떤 흡인력 있는 교육 내용으로도 아이들을 오후까지 학교에 붙잡아 두기란 수월하지 않다. 선발고사를 남겨 놓고 있는 중3 교실도 정규 수업이 제대로 이뤄지지 않는 건 사실 어제오늘의 현상은 아니다.

　입시 끝난 고3 교실의 이런 실상에 대한 현상적, 사회적 진단은 여기까지만 하는 게 낫다. 더 나가면 교육 관련 부서 즉 교육부와 시도 교육청, 학교의 문제를 넘어서는 묵중한 과제에 따른 갑론을박이 전제된다. 복잡해진다. 그러기에 교육 기관 내부로 시선을 돌린다. 교육 관련 부서에서 해결 가능한 문제라고 보는 까닭이다.

　고3 교실, 중3 교실에서 나타나는 위의 여러 현상은 교육부 책임이 일차적으로 크다. 다음으로는 시도 교육청의 느슨함에 그 원인이 있다. 그렇다고 학교 책임이 모면되는 건 결코 아니다. 제도 미비를 탓하며 마냥 하던 대로 따라가는 모습에 학교 책임이 있다. 미비된 제도의 보완과 학교 현장의 열정 어린 노력이면 그나마 일정 부분 바로 잡을 수 있다. 그럼에도 관성과 아이들의 요구에 떠밀려 갈 따름이다.

　어렵다고 생각하면 쉬울 게 하나도 없다. 어느 부분에서는 합의

정신에 앞서서 협의의 관점으로 제도화할 필요성이 긴히 요청되기도 한다. 아주 공고하게 계선 조직화되어 있는 현재의 교육 관련 부서를 활용할 필요 조건이 이 부분에서는 절실히 요망된다고 본다. 고교 입시와 관련한 일정이나 입시 이후 교실 수업은 시도 교육청전국교육감회의를 통해서에서 조정과 협의를 통해 실시하고 학교에서 지도해 내면 어렵지 않게 정상화시킬 수 있다고 본다. 대학 입시와 관련해서는 교육부한국교육과정평가원에서 대학 수능시험을 11월 중순에 실시하는 현재보다 보름 정도 늦춘 11월 말이나 12월 초순으로 시행하고 교육과정 운영을 그러한 일정에 맞추도록 제도화하고 이를 요청하거나 지시하면 된다. 12월은 1, 2학년 모두 학년 말에 즈음한 학교 운영이 이뤄진다. 이때를 맞춰 전체 학년이 그 시기에 맞는 단위 학교 교육과정을 운영할 수 있도록 조치할 수 있다고 보는 것이다.

다음 연도 3월 1일 자, 새 학기 시작을 앞두고 신입생 선발 업무와 관련해서 산술적으로로건 현실적으로로건 어렵다고 하지만, 꼭 이 그렇다고 볼 수 없다. 입시와 그에 따른 행정 업무는 입시 제도가 바뀐다고 해도 또한 바뀔 때마다 거의 차질 없이 진행해 온 관습 업무다. 대학이건 고교건 입시 관련 업무 담당자가 전면적으로 교체되는 경우는 드물다. 시도 교육청의 고교 선발고사 출제자와 업무 처리, 교육 평가원의 수능 출제자와 업무 관리, 대학 입시 출제자와 접수 업무 처리 등등이 늦춘 일정에 따라 진행하는 데에 특별히 달라져야 할 업무 매뉴얼이 지속되지도 않는다. 그런 까닭에 입시 업무 시기와 절차상 문제로 신입생 선발 일정을 늦출 수 없다는 부분에 대해 동의할 수 없다. 특성화고실업계 고교, 마이스터고, 인문계 고교, 자율형 사립고, 특수 목적고과학고, 외고, 생명과학 관련 농업 계열 고교, 수산업 계열 고교, 철도고 등, 국제고, 대안학교 등의 입시에 대해 제도적 정비를 못할 이유가 크지 않다. 선발권을 해당 고교에 주더라도 그렇다. 또한 대학에서 수시 모집과 정시 모집을 모두 감안하더라도 시기를 늦추지 못할 까닭이 충분하다고 할 수 없다. 수시 모집이 확대되고 있고 대부분의 고교에서는 정시 모집보다 수시 모집에 집중하는 편이다. 수능은 최저 등급을 충족해 줘야 할 아이와 정시 모집 대상 아이들에 한정한 일정이다. 더불어 입시에 따른 출제와 채점, 면접 일시 등이 해결할 수 없는 업무의 일과 양은 결코 아니다. 이런 문제를 풀 수 없는 난항으로 본다면 그건 해당 학교나 부서가 도덕적 해이 수준에 이르러 있기 때문이라고 판단한다. 교육 부분에 관한 한 무소불위의 힘을 행사하는 교육부이고 시도 교육청이다. 딴 데 쓰는 힘의 지극히 최소한만 쏟아도 해결이 가능하다고 판단하는 이유이기도 하다.

 수능 시험 일시를 늦췄을 때 발생할 수 있는 어려움이 물론 없는 건 아니다. 탈진 상태에 이르러 있는 수험생이나 고3 담임 선생님, 수험생을 둔 학부모 입장에서는 어서 빨리 수능 끝내고 입시로부터 해방될 수 있기를 바라리라 본다. 동의한다. 그럼에도 수능 이후 방치 상태로 내모는 현재 상황보다는 그 기간이 짧게 주어짐으로써 좀 더 내실 있게 운영할 수 있는 현실적 여건을 형성하는 방향으로 나가는 게 옳다고 본다.

어쨌거나 교육부와 시도 교육청의 책임 방기만 탓하며 손 놓고 있을 수만은 없다. 당장, 학교에서 벌어지고 있는 바르지 않은 교육 행위이기에 바꿔야 한다. 교사들의 노력에 기댈 수밖에 없다. 고3이건, 중3이건 해당 3학년실의 역할을 이끌어 내야 한다. 이는 교장 몫이다. 교장이 지닌 관점의 문제라고 본다. 입시 수확만을 우선해서 전력투구했다가 수확 끝났다며 올 한 해 학교 농사 끝, 이라고 선언해 버리고는 고3 교실, 중3 교실의 오래전부터 이어져 온 답습 방식을 문제 삼지 않으면 그 역시 교장의 직무 유기라 하지 않을 수 없다. 혹은 고3 교실, 중3 교실에서 입시 끝낸 이후 교육과정을 새롭게 세워 진행하려는 데도 이를 외면하는 교장이 있다면 더욱 큰 문제일 것이다.

대부분 인문계 고교에선 다음 학년도 교육계획을 수립하면서 수능 이후 고3 교육과정 운영 계획을 따로 세운다. 정시 모집에 대비하는 아이들 경우를 제외하곤 별도 배정된 수업을 진행한다. 수업이 제대로 이뤄지지 않는 건 앞에 언급한 방송 내용과 비슷한 현상이다. 고3 선생님들이 심하게 단속해도 막무가내다. 대학에 진학해 버린 뒤의 학교는 아이들에게 있어 굴레의 상징으로 존속되어 있을 뿐이니 당연하다. 이런 아이들을 설득해서 학교에 오전 수업만이라도 그나마 제대로 이끌기 위해서는 아이들을 흡인할 수 있는, 아이들 입맛에 맞는 교육과정을 도입하지 않으면 안 된다. 수능 이후 교육과정을 제대로 운영하기 위한 별도 예산 지원은 필수 항목이다. 교장의 관점이 바로 이 대목에서 드러난다. 3학년실과 기왕에 세워진 수능 이후 교육과정 운영에 대해 다시 한 번 긴밀히 협의해야 한다. 예전대로 답습하고 있는 다른 학교와의 비교 논리에 대해서는 좀 더 단호하게 대응할 필요가 있다. 담임 선생님의 역할에 크게 의존할 수밖에 없다. 일 년 동안 고락을 같이 한 담임 선생님 말씀에는 아이들도 인색하게나마 귀 기울이는 편이다.

이때 지역 사회단체와 지역 인재, 동문, 대학과의 협조가 이뤄져야 한다. 지역 사회단체에서 수능 이후 고3 학생들을 위해 개최하는 여러 행사에 적극적으로 참여시켜야 한다. 요즘 들어 기획된 프로그램 가지고 수능 이후 고3 교실 수업을 맡아 하는 지역의 NGO단체도 있다. 고3 담임 선생님이 동참하여 일정 기간 동안 의뢰할 수 있어야 한다. 합격한 대학 신입생은 사전 O/T에 보내고 또한 수능 이후 대학에서 파견하는 교수진을 통한 강의를 배정하여 아이들에게 예비 대학생으로서 대학 생활을 준비하도록 해야 한다. 시도 교육청은 초·중등 교사들 가운데 고3 수능 이후 특별(한) 수업이 가능한 교사를 인력 풀로 배치하고 학교에서 적극적으로 초빙하여 강의를 맡길 수 있도록 지원해야 한다. 타 학교 교사를 초빙하여 강의하는 경우 효과가 적지 않았음을 확인할 수 있었다. 극단이나 놀이패 초청 공연, 각종 체험 학습, 반별 대항 체육 행사, 봉사 활동, 추억 만들기 여행과 눈꽃 보기 위한 겨울 산행 등 학교 밖으로의 여정을 마련하여 아이들을 끊임없이 채근하여야 한다. 수능 이후, 겨울방학에 들어가기 전까지 약 달포_{늦출 경우 한 달} 동안에 행해지는 이런 모든 교육 활동에 겨우 남은 힘까지 쏟아 내는 고3 담임 선생님에 대한 배려, 행정·재정적 지원은 교장에게 주어진 책무이다. 화양고에서 했던 수능 이후 고3 교육과정 운영 계획 중 행사 일정만 실례로 든다.

■ 3년 행사 일정

연번	강연	실시 일자	강사명	내용	전화번호	비고
1		11/19(월)	미니 체육 대회	체육관		오전 시간
2	1~2회	11/20(화)~21(수)	1·2·4반/3·5반 3·5반/1·2·4반	용문 도예/ 목련 모양 내기	061-000-0673 061-000-3662	하얀 티 준비
3		11/23(금)	고3 축제	축제 창가		여수 경찰서 주관
4	3회	11/27(화)	한○○	쪽물 디자인	011-000-4264	3·4교시
5	4회 5회	11/28(수)	김○○ 최○○	순천 삼산중 (건강 걷기) 환경 미술 운동가	016-000-7563 011-000-1431	3·4교시 5·6교시
6	6회	11/29(목)	정○○	장성 삼계중 (미술치유)	010-000-6917	6·7교시
7		11/30(금)	체험학습	남해 수산 연구소 (수산 자원 연구) 안양산 등반	061-000-2997 1·2·4반 3·5반	오전 시간
8		12/03(월)	체험학습	남해수산연구소 안양산 등반	3·5반 1·2·4반	오전 시간
9	7회	12/04(화)	한○○	여수 미평초 (지역 사회)	010-000-3430	3·4교시
10	8회	12/06(목)	고○○	목포공고 (삶의 문제)	011-000-1536	3·4교시
11		12/07(금)		봉사 활동	동백원-1·5반 노인복지관-3·4반 한빛복지원-2반	오전 시간
12	9회	12/11(화)	주○○	여수 지역 사회 연구소(여순 사건 등 지역 문제)	061-000-1530	3·4교시
13	10회	12/13(목)	박○○	순천 YMCA	016-000-0427	3·4교시

　비록 수능 이후 고3 교실이 흐트러져 있다 할지라도 그 속에서나마 좀 더 자유롭고 끊임없이 상상력의 날개를 펼칠 수 있어야 한다. 고교 마지막 시간의 학교 교육이 말 그대로 유종의 미를 거둘 수 있도록 해야 한다. '유보할 수 없는' 책무성이다.

다시, 학교를 생각하다

교육 시선

건축의 흐름을 알게 해 준 기부 채납 공사

교장으로 일하면서 노가다 십장정도라고까지 할 순 없는 역을 꽤 한 듯하다. 공사 금액으로만 대략 따져 보니, 100억 원을 훨씬 웃도는 공사비가 들어간 이런저런 굵직한 공사들을 옆에서, 뒤에서 지켜본 것 같다. 기부 채납 기숙사 공사인 (주)부영의 화양고 우정학사 공사, 광양고의 운동장 확장 공사에다 급식소 겸 다목적 강당체육관 공사, 기숙형 고교의 기숙사 건립 공사, 교실과 복도 창틀 교체 이중창 공사, 교과 교실제 실시에 따른 홈베이스 구축 공사, 학교 숲 조성 공사와 현재 진행 중인 도서관 증축 공사까지 교육청 발주이거나 지자체에서 시행한 투자액 규모가 큰 공사였다. 이외에도 이 학교, 저 학교에서 일할 때 이뤄진 크고 작은 시설 공사는 학교 시설 공사에 관한 교장 역할이 어디까지이고 어떻게 대처해야 하는가에 대해 적잖이 알게 해 주었다. 느낀 소회가 많다. 특히 그 가운데 화양고 기부 채납 기숙사 공사는 기억에 오래 남는다.

(주)부영의 기부 채납 형식으로 이뤄진 화양고 기숙사인 우정학사 건립 공사는 해당 기업의 기업 정신이나 기업 홍보 차원에서 이뤄졌다고 본다. 이런 기부 채납 공사가 전국에서 많이 이뤄졌던 까닭에 '부영'이라는 명칭이 들어가는 학교와 '우정학사'라고 명명되어진 기숙사가 전국의 도처에 많다. 화양고 경우 99번째로 이뤄진 기부 채납 공사였다. 기숙사 증축 필요성을 절감하여 교육청에 예산 지원을 요청했지만 책정할 수 없다는 교육청 결정을 확인하고 자구적인 노력을 통해 유치한 공사였다. 그런 까닭인지 교육청은 공사 진척에 따른 최소한의 감독만 할 뿐 별다른 관리 지침을 교장에게 알려 주지 않았다. 또한 시공하는 회사에서도 거액의 공사비를 투입하는 기부 채납 형식 공사이다 보니, 일정 부분 교장과 상의하지 않고 해당 기업의 계획대로 공사를 시행하였다.

나는 유치 과정이며 학교와 회사 간 협약 단계에서 교육청 시설 관계자가 드러내는 합리적이지 못한 행태에 대해 어느 정도 분노하고 있었기에 사실 진행 상황을 좀 더 면밀히 지켜보고자 했다. 건축 과정을 자세하게 알고도 싶었다. 다행스럽게도 (주)부영의 기숙사 건축공사 현장 소장이 다소 유화적인 이미지를 지닌 젊은 사람이었다. 나 또한 말 그대로 공짜로 지어 주는 기숙사인지라 학교에서 제공할 수 있는 행정·재정적 지원을 할 수 있는 범

위 안에서 최대한 제공하겠다는 약속을 하였다. 물론 지극히 제한
적인 범위일 뿐이긴 했지만 그런 지원에 대해서마저 그는 거부하
기도 하였다.

　첫 삽을 뜨기 이전 협약 과정은 그리 순탄하지 않았다. 기부 채
납 공사 협약 과정에서 (주)부영은 많은 기부 채납 공사를 한 경험
에서 터득한 어떤 이유가 있어서인지는 모르나 매우 일방적이었
다. 기업 문화라는 게 모든 결정이 총수를 중심에 놓고 이뤄지는
거구나, 하는 걸 실감했다. 어느 하나 총수 즉 회장의 의중을 헤
아리지 않는 진행은 없었다. 학교와의 협약식, 기공식, 준공식 등
에 관한 절차적 문제점 지적도 존중되지 않았다. 그럼에도 학교로
선 기부 채납 공사 주체의 요구를 거부할 수 없었다.
　또한 교육청 시설 팀에서도 학교를 곤혹스럽게 만들기는 다르
지 않았다. 기업으로부터 기부 채납 형식의 공사를 유치하지 않았
다면 시설 팀에서 굳이 세우지 않아도 될 비품비며 조경 사업비를
책정함으로써 시설비 총액 중 일정액이 자신들 편성(권) 의도 범
위 밖으로 빠져나가는 걸 매우 안타까워한다는 인상을 협약 단계
에서 접촉한 실무자로부터 강하게 받았다. 생색내며 다른 곳에 투
입할 수 있는데 '하필 교장 당신이 이런 공사를 따와서 불편하다.'
는 그네들의 속내를 읽기에 안광을 밝힐 필요조차 없었다고 되새
긴다. 협약서 내용에 대해서도 감리 책임을 맡고 있다는 이유, 추

후 교육감 재산으로 귀속되는 만큼 철저하게 따져야 한다는 그럴 듯한 이유로 건축 공사에 대해 아는 바가 거의 전무한 내가 봐도 생트집에 가까운 고집을 부리는 것이었다. 학교로선 어렵게 유치하고서도 뺨 맞는 격이었다. 그런 느낌을 갖기에 충분한 상황이 공사 시작 전까지 계속되었다. 그렇게 시작된 나의 불편함이 공사 기간 내내 교육청 시설 팀과 지속되기도 하였다.

기공식이 회사 요구대로 진행되었다. 학교의 통상적인 문화로써는 버거운 요구가 있었지만 감내하고 치렀다. 공사는 빠르게 진척되었다. 나의 현장 학습도 속도를 내면서 꽤 알차게 이뤄졌다. 공기工期를 맞추기 위한 현장 소장의 작업자들에 대한 채근이 주효했겠지만 나 또한 새로운 학기를 맞아 아이들이 새 기숙사에 입소하여 통학 불편함을 해소하고 학업에 좀 더 정진할 수 있는 여건 충족을 위해 자꾸 주문하기도 했다. 거의 하루도 거르지 않고 공사 현장에서 일하시는 분들에게 고맙다는 인사와 더불어 이것저것을 물으며 어떻게 공사가 진행되어 가는가를 배우곤 하였다.

그런 가운데 설계 도면을 조금씩 이해하게 되었다. 공사가 시작되기 전 사감 교사를 비롯한 학교 몇몇 관계자들과 더불어 (주)부영이 다른 학교에 먼저 지어 기부 채납한 기숙사를 둘러보고 설계 반영 요청서를 작성하여 요구하기도 했다. 대부분 반영되지 않았다. 하여, 현장에서 반영 요청할 요량으로 자주 들락거렸다. 예를 들어 건물이 남향이긴 했으나 복도를 사이에 두고 마주 보며 아이들 방이 배치되는 관계로 남향 반대편 쪽 방에는 햇볕이 들지 않는 구조였다. 차단된 채광으로 인해 복도가 전반적으로 어두울 것이라 예상되어 방 크기를 조금 줄여서라도 복도를 좀 더 넓게 해 달라 요청하기도 하고 사감동棟 화장실 설치를 현장에서 강력히 요구하기도 하였다. 또한 촘촘한 콘트리트 타설을 위해 현장 소장이 작업자들에게 지시하는 사항을 들으며 '아하, 그렇구나.', 고개를 끄떡이기도 하고 레미콘 업체와 시공사와의 먹이사슬적 구조며 레미콘 루베 당 가격과 학교 공사에 사용되는 레미콘 강도는 어느 정도여야 하는지에 대해서도 알게 되었다. 시방서 상에 적시된 철근 굵기는 몇 mm인데 얼마짜리를 쓰고 있는가, 설득력 있는 공기 연장 요구가 아닌 까닭을 짚어 내는 문제 등등을 알게 되었다.

결국 이런 지식의 터득을 통해 550만 원 견적서를 받은 간단한 배수 공사를 110만 원정확한 액수에 대한 기억이 좀 가물가물하긴 하나에 시공할 수 있었다. 추후 이러한 공사 자체도 감사 지적 사항이라는 걸 알고 쓸쓸해하기도 하였지만 말이다. 현장에서 하는 이런저런 요청 역시 투입 금액이 현장 소장 재량권 범위를 넘거나 많은 부분 설계를 변경해야 하는 대목에서는 거의 묵살되기도 하였다. 특히 기숙사 설계가 다른 학교에서 행해진 공사 설계도와 다르지 않은 표준 설계도였는데, 엄격한 소방법 저촉을 피하기 위해 바닥 면적이 $1,000\,m^2$ 이하로 지어짐으로 해서 소음을 유발할 보일러실이 1층 끝에 위치해 있었다. 이걸 지하로 변경해 주거나 외부로 빼줄 것을 강력히 요청했지만 뒤늦은 요망 사항으로 당연히 거절당하였다.

이런 과정을 거치면서 습득하게 된 몇 가지 공사 관련 현장 지식은 매우 긴요했다. 나중에 다른 학교로 옮겨 교육청에 공사 관련 예산을 요청하면서 혹은 공사 진행을 지켜보면서 여러모로 이롭게 작용하였다. 어쨌거나 기부 채납 공사인 까닭이어선지 나의 건축과 관련한 낮은 수준의 물음에 대해서까지 현장 소장 역시 소비자 관점에서 설명하고 이해시키려는 태도를 보여 주었다. 이 점에 대해 고맙게 여기지 않을 수 없다.

CEO형 교장에 대한 단상

    지방 자치와 교육 자치가 실시된 지도 오래 되었다. 1991년 지방 자치 시대가 열리면서 우리 헌법에 명시된 교육의 정치적 중립 보장의 일환으로 이른바 조장 행정과 분류되어 오던 교육 자치 또한 새롭게 출발하게 되었다. 그러나 그 동안 지방 자치와 교육 자치가 나뉘어 하나의 지방 자치 단체 안에 두 개의 의결 기구가 있다는 법리적 모순이 지적되어 왔다. 그러다 2010년 6·2 지방 선거 이후 교육위원회를 따로 두지 않고 광역 자치 의결 기구 안에 교육위원회가 존치되어 실시하고 있다. 이런 교육 자치가 언제까지 지속될지, 그 진로 방향에 대해서는 예측하기 쉽지 않다. 현재로선 교육 자치와 지방 자치가 서로 보완적 관계 속에서 고유 영역의 길을 가고 있다고 본다.

    지난 2010년 6·2 지방 선거를 통해 전국 16개 시도 가운데

6개의 광역 교육 자치 지역에서 이른바 진보 교육감이 탄생하였다. 이런 결과는 교육 자치(제)에 대한 의의와 위상이 새삼 주목받는 계기가 되었다. 특히 2010년 6·2 지방 선거에서 진보 교육감 후보자들이 공약으로 내세운 무상 급식이 사회적 명제로 대두되어 보편적 복지 문제로 확대되는 아주 충격적인 인식 전환을 촉발하게 만들었다. 이로써 교육 자치의 중요성이 널리 전파되는 데 큰 역할을 했음은 익히 알고 있는 바이며, 급기야 서울시장이 이를 두고 신임 투표를 하는 상태에까지 이르기도 하였다. 광역 단위 교육 자치와는 또 다른 의미에서 시군구 기초 자치 단체에서는 지역의 교육행정지원청과 단위 학교인 초·중·고교 사이에 긴밀한 관계를 형성하고, 유지하지 않으면 안 되는 상황에 이르렀다고 본다.

농촌 지역 인구 감소 문제는 해당 지방 자치 단체의 가장 급박한 현안으로 대두되고 있다. 그리고 이 문제는 교육 환경과 밀접한 연관을 갖고 있다. 80년대 중반까지 지방 인구 감소 요인 가운데 가장 앞선 원인은 경제 문제에 의한 이농이었다. 다음이 교육, 문화적인 문제에 의한 도시로의 이농이었다. 요즘 와서는 교육 문제를 더 고려하고 있으며 또한 가장 우선하는 정주定住 조건이 교육 문제라고 하는 데에 누구도 이의를 달지 않는다. 달리 말하면, 지방 자치단체의 인구 감소를 그나마 최소화할 수 있는 문제 가운데 최우선 고려 사항이 교육의 질적 향상을 통해 이농을 막거나 이주해 오는 귀농·귀촌 인구를 더욱 확보하겠다는 것이다. 그러니 자치단체 선출직 공무원에 출마하고자 하는 자에게서 교육 관련 공약은 필수 항목이 되었고, 최우선 실천 덕목으로 주요시 하지 않으면 지방민, 선거구민으로부터 선택받을 소지가 그만큼 줄어들게 되었다는 점이다. 더불어 자치 단체 예산의 몇 %를 교육에 투자하겠다는 선출직 공무원의 공약 이행 여부는 차기 선거에까지 영향을 주기 때문에 결코 차선 사업으로 두지 않는다.

이런 연유로 학교에 대해 많은 예산을 투입하게 되고 동시에 지역 명문학교 육성에 심혈을 기울이지 않는 지방 자치 단체의 시장, 군수 그리고 교장은 은연 중 지탄을 받게 된다. 물론 그만큼 지역 중심 고등학교 교장의 입지가 커졌다. 특별시나 광역시 같은 대도시에서는 고교 입시에 있어 대부분 평준화되어 있고 공립이건 사립이건 보조금을 지원해야 할 대상 학교가 많다. 그렇기 때문에 자치 단체에서 주는 교육 보조금 규모가 상대적으로 소액이거나 급식 보조에 따른 지원 등으로 극히 한정되어 있다. 해서, 도시 지역에서는 지방 자치 단체 교육 보조금 유치에 대해 교장이 신경을 곤두세우지 않는 편이다. 그렇지만 시군에서는 자치 단체 예산을 따오지 못하는 교장은 능력 없는 자로 낙인찍히기도 한다.

우리나라 대학에 CEO형 총장이 임명되거나 선출된 게 20여 년 정도다. 대표적인 학교가 고려대와 카이스트다. 각 대학에서 발전 기금을 끌어 모으는데 적합한 인물 찾기에 혈안이 된 풍경을 목도하는 시민들은 씁쓸하지 않을 수 없다. 특히 카이스트 경우는 세계적인 대학으로 부상하기 위한 노력을 기울인다고 했으나 그런 제도에 따른 학력 끌어올리기에 힘겨워 하는 학생들이 연이어 자살하는 사태가 벌어져 커다란 충격을 주었다.

어느 때부턴가 초·중·고교에서도 CEO형 교장을 기대하는 현상이 나타나기 시작했다. 아직은 자치 단체로부터 교육 보조금을 좀 더 많이 확보하지 못한다고 하여 다른 학교로 강제 전보당하는 경우에까지 이르러 있진 않다. 하지만 학부모들 사이에는 다른 학교와 비교하며 꽤 민감하게 추이를 지켜보기도 한다.

교육 문제에 대해 좀 더 진취적 사고를 하는 자치 단체장의 경우 지방의회 반대에도 무릎 쓰고 교육 보조금 예산을 확대 편성하여 지원하기도 한다. 시설 공사에 따른 대응 투자를 우선시하기도 하고 지역민의 교육 욕구에 부응하는 입시 교육에 몰입하는 예산을 편성하기도 한다. 또한 교육 보조금을 심의하는 기구를 따로 두기도 하고 아예 교육 보조금 지원에 관한 조례를 제정하여 제도적 장치 하에 실시하기도 한다.

이처럼 조례에 의한 교육 보조금 배정 이외에 특별히 학교 시설 공사를 하기 위해 대응 투자를 끌어내는 데에는 교장 활동이 매우 중요하다. 단위 학교 예산으로는 추진할 수 없으며 또한 교육청 시설 투자 의지를 도모해 낼 수 없는 경우, 학교 시설 공사를 하고자 한다면 자치 단체로부터 일정액의 대응 투자를 확보하지 않으면 안 된다. 특히 다목적 강당체육관 증축에 따른 대응투자 확보는 그 대표적인 예다. 규모에 따라서는 다목적 강당 규모가 적거나 강당 자체가 없어서 신증축을 해야 하는 학교가 많다. 그 동안은 지역구 국회의원이 교육(과)부에서 공사액의 1/2 정도를 국비로 확보하게 되면 교육청이 그에 따라 시설 예산을 세워 다목적 강당을 많이 지었다. 그런데 국비 지원이 원활하지 않게 되자 지방 자치 단체 대응 투자가 있게 될 경우에 한해, 시설 투자의 우선 순위를 둔다는 교육청 방침에 따라 학교에 큰 규모 시설 공사를 하기 위해서는 대응 투자를 확보하지 않으면 안 되게 되었다. 물론 전액 교육청이 예산을 세워 시행하는 공사가 없는 건 아니지만 지자체의 대응 투자 확보에 동원되는 학부모는 대개 학교 운영위원(장)이나 유력한 학부모가 나서게 된다. 단체장과 의회에 필요성을 설명하고 투자 요청과 협조를 간곡히 당부하게 된다. 교장은 제안서를 일목요연하게 작성하고 투자에 따른 교육 효과를 장밋빛으로 제시한다. 한편으론 차기에 관한 어떤 전망을 은연중 드러내는 경우 없지 않다고도 한다.

시대 흐름에 따라 이런 과정에 능동적으로 나서지 않으면 안 되는 현실에 교장은 직면하게 되었다. 교장의 복무항項 가운데 결코 소홀히 할 수 없는 부분으로 말이다. 이런 경향을 어떤 시각으로 바라볼 것인가에 대해서는 견해가 분분하리라고 본다. 학교의 긴요한 필요에 따라 구성원들과 협의를 거친 자구적 노력이라 할 수 있는 이런 CEO적 경향을 꼭 나무랄 수만 없다고 본다.

이래저래 교장 일 하기 쉽지 않다.

공립 대안학교 설립 과정 소회

공립 대안학교代案學校를 신설하는 시도 교육청이 늘고 있다. 경기도 수원시에 소재한 대명고등학교가 2002년에 개교한 걸 시작으로 2009년 전북 정읍시 동화중학교, 2010년 경남 창원시 태봉고등학교, 2012년 서울시 중구 서울다솜학교, 인천시 남동구 해밀학교, 전남 곡성 한울고등학교 등이 학교 문을 열었다. 전라남도 교육청은 중학생을 대상으로 하는 대안학교를 2013년 개교 목표로 강진군 군동면의 폐교학교를 증, 개축하여 청람중학교를 개교했으며 중학교 과정 대안학교 2개교를 추가로 세우려는 계획을 추진 중에 있는 걸로 알려졌다. 그 외에도 강원도 교육청은 2014년 개교를 목표로 현천군 둔내면에 가칭 '현천고'라 명명한 대안학교 설립 계획을 수립하여 행정 절차를 진행 중에 있고, 울산시 교육청 역시 2014년 개교를 목표로 대안학교, 위스쿨(Wee School), 방송통신학교, 병원학교 등 네 가지 기능을 결합한 가

칭 '둥지 중·고'를 울주군 두서면 두남학교로 입지를 확정했다고
한다. 이렇게 되면 공립 대안학교는 전국에서 10여 개로 늘어날
전망이다. 특히, 2009년과 2010년에 각각 개교한 전북 정읍시
동화중학교와 경남 창원시 태봉고등학교는 대안학교 설립을 염두
에 둔 전국 시도 교육청의 장학진들과 현재 대안학교에서 일하고
있는 교직원, 대안교육에 관심 있는 전국의 교원들을 맞아 설명회
를 갖느라 분주하다고 한다. 매우 고무적인 일이다. 무너지고 있
는 혹은 무너진 우리의 교실을 살리는 대안일 수 있다고 여긴다.

　우리나라 대안학교 역사는 그리 길진 않다. 1982년 학교 부적
응 학생을 대상으로 한 영광 영산성지학교가 원불교 재단에 의해
개교한 이래 경남 산청에서 간디청소년학교를 1997년에 비인가
과정으로 개설하여 대안교육을 시작했다고 보는 게 일반적이다.
간디학교를 연 양희규 교장은 추후 인가 과정을 거치는 동안 경
남도 교육청으로부터 고초를 겪기도 하였다. 지금은 제천 간디학
교, 금산 간디학교, 필리핀 간디학교로까지 확대되고 있다. 이후
인가·비인가 형태로 전국에 걸쳐 대안학교가 설립되고 있다. 통
칭하여 사립 대안학교다. 개인이나 법인 혹은 종교 단체에서 세우
는 대안학교 설립 목적은 다양하며 교육과정 또한 설립 취지에 따
라 아주 특색 있게 꾸려지고 있다. 대안학교마다 색다른 교육과정
을 들여다보고 낱낱이 소개하긴 어렵지만, 공교육이 담당해 내지

못하는 영역의 교육과정이 소화되고 있다.

　이런 바탕 위에 급기야 국가기관이 대안교육을 담당하겠다고 나선 것이다. 대안이 없는 듯 보여지는 무너(져 가는)진 교실을 다시 일으켜 세우기 위한 방편의 모색이라고 우선 여긴다. 사회적 문제로 제기된 국가적 현안 가운데 이를테면 국제 결혼에 의한 이주민 가정 자녀들과 북한에서 이주한 이른바 새터민 자녀들을 위한 특화된 교육 필요에 따라 대안학교가 설립되기도 했다. 서울시 중구 서울다솜학교는 다문화 가정 2세를 위한 교육기관으로, 대안학교는 아니지만 경기도 안산 한겨레중고등학교는 북한 이주민 자녀들을 교육하는 공립으로 개교한 대표적인 예라 할 수 있다.

　국가 책임으로 돌릴 만큼 사회적 의제에 따라 설립하고자 하는 대안학교 역시 그 설립 목적에 부합하는 여러 논의를 거치게 되어 있다. 일반적으로 '공교육 제도의 문제점을 극복하기 위해 별도의 프로그램을 마련하여 새롭게 고안한 학교'로서 대안학교를 국·공립학교로 설립하고자 할 때에는 여러 가지 전제해야 할 논의가 더욱 더 많지 않을 수 없다.

　전남 곡성에 2012년 개교한 공립 대안교육 특성화 학교인 한울고등학교 개교를 앞두고 잠시 겸임 교장을 맡아 개설 사무를 담당한 적이 있다. 이런 과정에서 몇 가지 느낀 점을 토로하고자 하

는 건, 타 시도 교육청의 대안학교 설립을 위한 협의체에서 혹 참
고가 되었으면 하는 마음에서다. 또한 학교 개설 사무를 관장하
는 부서가 시도 교육청마다 달라서 대안학교의 정체성 문제 등을
논의하는 교육 지원국 산하 부서와 개교에 따른 행정 절차를 맡는
행정 지원국 산하 부서에 따라 논의 관점이 다를 수 있다. 하여,
개설에 따른 행정 절차와 관련한 내용보다는 설립 목적과 관련한
정체성 문제 등에 초점을 맞추고자 한다.

　사립 대안학교를 설립하면서는 어렵고 깊게 고민하지 않아도
될 문제라고 여겨지는 난제들이 공립 대안학교 설립 경우에는 많
이 드러난다. 첫 번째 최대 문제는 정체성 확립이라고 본다. 공립
대안학교의 경우, 이 문제를 보다 집중적으로 논의하지 못하는 한
계를 지닌 채 출발한다. 정체성의 중요성을 각인할 수 있는 공립
의 대안교육 기관 설립의 미경험이 불러일으킨 당연한 결과이기
도 하다. 해서, 공립 대안학교를 설립하고자 하는 교육청에서는
현재 대안학교에서 일하는 분들과 장학사(관), 행정직, 시설직 혹
은 교육 관련 시민단체 대표 등으로 이뤄진 협의체(TF팀)를 구성
하여 개설에 따른 여러 문제를 사전 협의한다. 결국, 정체성에 대
한 논의의 한계를 출발부터 드러내고 있는 것이다. 대개 설립 목
적 등을 학교 헌장에 담아내는데, 그 헌장에 담긴 정신은 현재 사
립 대안학교에서 일반적으로 이뤄지고 있는 교육과정에 깔린 교

육 의지를 담아내는 답습에 그치고 만다. 나는, 사립 대안학교가 아니고 공립 대안학교라면 국가가 책임지지 않으면 안 되는 상황 혹은 그러한 처지에 놓인 학생들을 위한 대안학교가 되어야 한다고 주장하고자 한다. 즉 학교 부적응 학생 그리고 차상위 계층 이하 학생 가운데 대안교육을 받고자 하는 학생을 대상으로 하는 대안학교이어야 한다는 점이다.

사립 대안학교 대부분의 경우는 중학교 성적 상위 30% 이내에 들지 않으면 진학하기 어려운 게 현실이다. 또한 공립학교에 비해 교육비가 월등히 많다. 일반계 학교에 가더라도 과외비, 학원비, 방과 후 활동비 등등이 든다. 그 돈이 그 돈이라고 하지만 아니다. 그보다 더 든다. 어려운 형편에 있는 학부모는 사립 대안학교 진학을 포기하지 않을 수 없다. 흔히, 귀족학교라는 말을 듣는 게 교육비 과다에서 기인한다.

가르쳐야 하는 대상 학생에 대한 확고한 정체성을 담보하지 못하면 눈앞의 불을 보듯 결국, 변질되고 말 것이다. 사립 대안학교가 걷고 있는 현재의 일반적인 경향으로 보건대 부득불 그렇게 가게 되어 있다고 예단한다. 학교 부적응 학생 가운데서도 탈선에 의한 징계 대상자를 위한 대안학교여야 한다고 주장하는 나의 의견에 동의하는 교사들은 공, 사립을 막론하고 많지 않다. 또한 정원의 70% 이상을 차상위 계층 이하 학생들에게 입학 기회를 주어야 한다는 전제 역시 또 다른 규제로 생각하는 듯했다. 나는 이런 학생들을 대상으로 하지 않는 공립 대안학교는 설립해서는 안 된다고 본다. 추후 사회적 비용을 막을 수 있는 국가 예산의 손익 문제이기도 하다. 이에 대한 이견이 많을 줄로 알지만, 이 부분은 결코 타협의 여지를 허락해서는 안 된다고 나는 강력히 주장한다. 사립 대안학교에서 하는 교육과정 영역을 실현하고자 할 때에는 일반 초·중·고교 교육과정 결합 형태의 대안교육을 실시할 수 있다. 학교 신설에 따른 약 200억 원에서 600억 원 이상의 예산 소요를 막을 수 있는 방안이다. 일반 초·중·고교에서 실시할 수 있도록 이끌어 낼 수 있는 충분한 예산이다. 실제로 많은 학교에서 대안교육 영역으로 분류할 수 있는 여러 교육 활동을 현재 실천하고 있으며 일반 학교에서 대안교육 내용을 접맥시켜 실시하고 있는 경남 교육청 예를 들 수 있겠다.

두 번째 주요한 과제는 교직원 선발 문제였다. 주지하다시피, 영산성지고나 간디학교는 매우 높은 수준의 교육적 관점을 유지한 가운데 오랜 동안 협의를 통해 함께 갈 수 있는 동지애를 가진 교직원들이 모여 만든 대안학교이다. 영산성지학교는 특히 종교적 힘이 덧붙여 순기능으로 작용한 경우며 간디학교 역시 양희규 교장의 샘솟는 열정이 일궈 낸 산물이다. 그에 비해, 공립학교에서 일하는 교원들과 행정 직원은 자신들의 자녀를 대안학교에 보낸 경우는 있지만 직접 대안학교에서 대안교육을 해 본 경험은 전무하다. 공립 대안학교 성패를 학교 구성원 가운데 교장(감), 교사, 행정 직원이 가장 소중한 위치라는 사실을 끊임없이 들었다. 직책별로 나눠 생각해 보고자 한다. 대안학교 교장은 매우 중요한 자리라 여긴다. 학교의 순항과 난항難航을 가름하는 요소 중 가장 중요한 항수라고 본다. 단도직입적으로 말씀드리고자 한다. 대안교육에 관심 있는 교장 자격증 소지자를 공립에서 찾기란 우물가에서 숭늉 찾는 만큼이나 황망하다는 판단 때문이다. 공립 중등 교장 자격증 소지자 가운데 본인이 희망하더라도 개방형 교장 공모제를 통해 공모해야 한다고 본다. 공립 교사들의 대안교육에 대한 의지를 더욱 촉발시킬 수 있는 최소한 요건이다. 그럼에도 개방형 공모제를 적용하기 어려운 현실이어 공립에서 교장을 선발할 수밖에 없다면 최소한 개교 3년 전부터 협의체나 연구 모임에 참여하여 공부할 수 있도록 조치해야 한다고 본다. 다음으로는 행정실장 역시 교육에 대한 트인 사고를 지닌 자로 보임해야 한다. 가급적 사무관급으로 하면 좋겠으나 일반적 경향으로 보아 작은 학교를 지향하는 대안학교인지라 조직 체계 상 사무관 보임이 어려우면 6급 주무관 가운데 교육에 대한 바른 관점과 대안교육에 대해 이해력을 지닌 자로 개설 사무를 겸임할 수 있도록 미리 선임하여야 한다. 특히, 대안학교 예산 편성은 예산 편성 지침에서 벗어난 경우에라도 구성원들의 결의에 찬 논의와 합의가 있으면 담대하게 편성해야 할 필요가 있다. 더불어, 교사 진용을 꾸리는 문제는 앞서 교장과 행정실장 보임 문제보다 더 큰 관건이 아닐 수 없다. 공교육 안에서도 대안교육을 접맥하여 교육과정을 이끄는 학교는 요즘 적지 않다. 하지만 대안교육에 대한 이해가 있다 하더라도 대안학교에서 아이들과 함께 하는 배움과 가르침은 결코 쉽지 않은 교육 행위이다. 열정과 이론만으로 섣불리 이뤄지지 않는다고 한다. 그런데 현실은 대안학교 경험을 지닌 교사들로 모두 초빙하여 개교할 수 없다. 전남의 경우 역시 대안학교에서 일하고 있는 단 한 분의 교사도 초빙할 수 없었을 뿐더러 모든 교과에서 지원 교사들이 극히 한정된 몇 교사뿐이어서 결국 기간제 교사로 채울 수밖에 없었다. 기간제 교사들이 어느 면에서는 더 열정적이며 아이들과의 교감과 교류가 훨씬 돋보인다는 평이기도 하다. 승진 가산점도 주어지지 않고 아이들과 24시간 함께 해야 하는 노동 강도 또한 매우 힘든 편이어서 자발적으로 일하겠다고 자원하는 교사들을 결집해 내기란 공립의 경우 참으로 어렵다. 대안학교를 설립하고자 하는 교육청에서는 대안교육에 관심 있는 교사들을 위한 연수 기회를 확대하거나 연구 모임을 조직하도록 하여 적어도 3년 이상 협의 단계를 거친 교사들로 발령 낼 수 있도록 사전 준비가 절대적 관건이다. 또한 대안학교에서 일하고자 하는 교사들에 대한 인사상의 보완책을 가산점이나 인센티브 차원이 아닌 선에서 모색할 필요가 있다고 본다. 예를 들면 학습 연구년제_{안식년제} 적용을 통해 휴식과 연구를 겸하면서 동력을 배가할 수 있도록 배려한다거나 근무 연한 연장이나 근무지 이동 시 대안학교의 급별 이동 배려 등을 고려할 수 있으리라 본다.

세 번째로는 소통 문화가 형성될 수 있도록 학교 문화를 이끌어야 한다는 점이다. 사립 대안학교 경우는 이 점을 매우 중요한 과제로 보고 있다. 모든 구성원들 사이에 놓인 벽을 허물어 내지 않으면 대안학교는 좌초되고 만다는 게 일반적 견해다. 교장(감)과 행정실장 사이, 교장(감)과 교사 사이, 교사와 교사 사이, 행정실과 교무실 사이, 교장과 학생 사이, 교사와 학생 사이, 학생과 학생 사이, 교사와 학부모 사이, 교장(감)과 학부모 사이, 학부모와 학부모 사이 등등 모든 학교 구성원들 사이에 긴밀하고도 허심탄회한 소통이 이뤄져야 한다. 교장의 리더십이 요구되는 대목이다. 사립 대안학교에서 흔히 식구 총회를 통해 의사 결정을 하는 경우를 많이 본다. 이러한 의사소통 구조 어디에라도 동맥경화에 걸리면 어렵다는 점에 대해 철저한 인식을 가져야 한다. 다양하고 정례적인 연수 기회 확대를 통해 대안교육과 대안학교의 현재에 대해 토론하고 토의해서 한 걸음, 한 걸음 진척되는 모습의 확인이야말로 절대 간과해서는 안 된다고 보는 것이다.

끝으로 이런 논의가 적어도 개교 3년 전부터 차분하고 진지하게 모색되어야 한다는 점이다. 이른바 진보 교육감이 당선되기 전에 개교한 경기도 대명고등학교는 분당의 사립 대안학교인 이우학교와 거의 같은 시기에 설립 논의가 있었고 개교하였다고 판단한다. 경남 태봉고등학교는 경남 산청 간디학교의 학습 효과가 있어서 진보 교육감이 아니어도 개설하려는 의지를 가졌기에 가능한 산물이었다고 할 수 있을 것이다. 또한 태봉고 교장 역시 간디학교에서 일한 경력을 가진 초빙 교장이다. 이런저런 점을 감안하여 보더라도 공립 대안학교 성패는 일차적으로 교직원 구성을 어떻게 하느냐에 달려 있으며 논의 기간이 적어도 최소 3년 전부터 진행되어야 한다는 점이다. 전남의 경우, 설립 준비와 과정이 빠르지 않았음에도 도 의회 승인 과정에서 어려움을 겪게 되고 교직원 진용을 구성하는 데에 자구적인 인사 규정에 너무 얽매여 허덕인 경우로 어려움이 적지 않았다고 판단한다.

　이 외에도 입지 선정 문제 또한 중요한 변수일 수 있다. 도시와 도시 인근 혹은 농산어촌 지역에 학교를 세우는 경우 그 각각의 지역적 특성에 따라 교육 활동이나 진학하는 아이들 성향이 달라질 수 있다. 더불어 학교 건물의 공학적 설계 역시 빠뜨릴 수 없는 논제다. 아이들이 놀고 뛰고 웃고, 울고 하면서 보내게 되는 정서적 공간으로서 아늑함과 창발성, 역동성을 촉발해 낼 수 있는 공간으로서의 확장성 등은 매우 중요한 고려 항목이 아닐 수 없다.

　몇 가지 지적한 부분은 사실 가장 일반적인 문제여서 개교를 앞둔 교육청 별로 세심하게 논의하고 있을 줄 안다. 그럼에도 가장 원초적인 난관인 까닭에 좀 더 매끄럽고 원활하게 풀지 않고 갔을 때 결국, 이로부터 발생하는 여러 어려움은 대안학교에 진학한 아이들에게 상처로 남을 수 있다. 어른들의 부족한 준비와 논의로 해서 대안학교에 진학한 소중한 청소년 시기를 아름답지 못하게 보내는 경우가 발생하지 않도록 해야 할 것이다.

학교 공사의 감독과 감리

각 시도 교육청에서는 이른바 교육 시설 감리단이하 감리단 혹은 학교 시설 감리단이하 감리단 등의 명칭으로 독립 조직을 신설하거나 별칭 조직을 통해서 교육청에서 시행하는 각종 공사의 감독, 감리 업무를 담당하고 있다. 감리단 소속 직원들이 교육청 산하 기술직 공무원인 까닭에 독립했거나 따로 조직했다고 해서 감독, 감리가 더욱이나 잘 될 것이란 생각을 나는 갖고 있지 않다. 설계와 시공 단계에서부터 감리하지 않고 시공 완료 시점인 준공 검사 전에 이뤄지는 중간 점검 과정의 감리로는 공사의 질적 하락이나 현장에서의 조정을 기대하기 어렵다고 판단하고 있다. 시행도 교육청에서 하고 감리도 교육청에서 하는 한 그 밥에 그 나물이라는 것이다. 물론 일정 금액 이상 공사인 경우 외부 감리를 실시하고 있는 걸 알고 있다. 하지만 대부분 신축 공사가 아닌 한 외부 감리 기준 금액 20억 원 이하 공사인 점모든 시도 교육청의 적용 금액은 아님을 감안하면 앞서 표현은 지나치지 않다고 본다.

　공사 현장 감독관들은 분야별로 지정되어 있다. 감독관은 발주도 각각인 전기통신 분야, 소방 분야, 건축 분야 등으로 나뉘어져 있다. 보통 사무관 아래 직급인 경우가 많다. 사무관급을 팀장으로 하는 순회 현장 방문이 없는 건 아니다. 이때는 시정 요청 자체가 더 어렵기도 하다. 현장 소장이 교장에 앞서 이들 방문을 알고 있고 사전에 어떤 조율이 이뤄지는지 알 순 없으나 교장 소견을 경청 한다지만 결과적으로는 시공 업체 손을 들어 주고 가는 걸 보아온 때문이다. 논의해 보겠다는 말로 얼버무린 뒤, 끝이다.

　현장 감독관은 크고 작은 시도 교육청 별로 다르겠지만 대개 3~4개 시(구)군의 감독 업무를 맡는데, 혼자서 7~8개 공사 현장을 감독하는 경우가 많다고 한다. 감독관이 공사 현장을 낱낱이, 샅샅이 훑어보기란 쉽지 않아 보인다. 그들도 그렇게 이야기한다. 학교 공사 현장에 방문해서도 현장 소장과만 대화를 나누고 쏜살같이 다른 공사 현장으로 가 버리는 경우가 잦다. 교장이 분야별 감독관을 만나기란 쉽지 않다. 설령 만나서 어떤 부분에 대해 협의를 한다고 해도 기술직의 전문성을 앞세워 무시하고 넘어가 버리거나 공사 금액 부족을 들어 학교 요청을 귀담아들으려 하지 않는다. 교장 역시 건축에 관한 낮은 지식 탓에 더 강력하게 변경 요청하고 시정해 달라는 요구를 적극적으로 진행하지 못하는

경우가 태반이다. 뭐 하러 교장에게 혹은 공사 금액에 따라 교장
과 운영위원장에게까지 확인 절차를 거치는 것인지 모르겠다.

　공사 금액은 학교관급 공사의 경우 대개 89.4~89.9% 선에서 낙
찰된다고 한다. 그만큼의 낙찰 차액이 있다. 낙찰 차액 용도가 해
당 공사 부분에서 보완 요소가 있다면 우선 투자해야 할 차액일
것이다. 낙찰 차액을 활용한 설계 변경 내지는 교장의 보완 요구
에 아주 인색하다.

　물론 설계도 완성 전에 보완을 요청하고 반영해 달라는 요구 또
한 설계도 완공 납품 전에 해야 마땅한 줄 어느 교장인들 모르지
않는다. 하지만 교장이 시설 공사에 대해 아는 지식이 부족한 까
닭에 사전 요구가 결코 쉽지 않다. 혹 시설하고자 하는 공사에 대
해 타 학교, 타 기관의 같은 유형 시설물을 사전 답사하여 반영해
야 할 부분을 파악하거나 나름의 견해를 가진 경우는 그나마 낮
은 수준에서라도 요구할 수 있을 것이다. 그렇지만 이렇게 요구
한다고 해도 시설 분야 기술직 공무원의 고답적인 자세를 익히 알
고 있는 교장으로서는 그런 열의마저 발휘하기 어렵다며, 먼저 주
저앉는 경우가 많다. 학교 요구를 들어줄 태도를 갖고 있지 않는
게 건축 분야 기술직 공무원들의 일반적인 경향인 것 같다. 타 학
교 시설물을 보고 듣고 느끼고 해서 반영해 달라는 요청서를 설령
제출하였다고 하더라도 건축학 개론서에도 나오지 않는 요구라며

무시한다. 덧붙여 전가의 보도처럼 예산 부족을 들먹이며 묵살하기 일쑤였다.

　내가 분노한 예, 하나 들고자 한다. 광양고 운동장 확장 공사 시행 과정에서 설계 변경 요청을 네 차례 했다. 공사 진척도가 30% 정도 선에 이르러 있는 상태에서 부임하여 공사 상황을 들여다보고 어느 공정 부분에서는 쉽진 않으리라 여기면서도 절박하게 느꼈기에 설계 변경을 요청하였다. 또 다른 공정 부분에서는 아직 시작도 하지 않은 혹은 이 정도 진척 상황이라면 변경도 가능할 것이라 여기며 요청한 경우도 있었다. 하나도 받아들여지지 않았다. 변경을 요하는 부분에 대한 나의 설명을 듣고 학교 운영 위원회 위원장까지 나서서 설계 변경에 따른 여러 가지 어려운 문제에 대해서는 책임지고 해결해 주겠다고 하는 데도 요지부동이었다. 그런 가운데 시쳇말로 뚜껑이 열린 건, 수목樹木의 식재 관련 설계 변경을 요청한 대목이었다. 학교 울타리 주위에 심은 수목 중 한 종류는 운동장 확장 공사를 하며 정비한 곳에서 이식한 은행나무였다. 학교 정면 울타리 쪽에 새롭게 식재할 나무 수종이 벚나무였다. 겨울이면 모두 낙엽이 지는 낙엽 활엽수여서 벚나무를 상록 활엽수종인 아왜나무로 바꿔 달라는 설계 변경 요구였다. 낙엽이 모두 지고 나면 그렇지 않아도 지역의 중심지에서 한참 벗어나 외따로 덩그머니 들앉아 있는 학교가 더욱 황량할 것 같아 한 가지 수종만이라도 사철 푸르렀으면 좋겠다는 생각에서였다. 또한 묘목에 대해 잘 아는 농과 출신 동료 교사의 의견에 따라 아왜나무로 수종을 변경해 달라는 것이었다. 증액되는 금액에 대해 정확히는 잘 모르지만 대략 200여만 원 정도라 하였다. 4억 9천여만 원인 총공사비 중 새 발의 피도 안 되는 금액이었다. 그런데 그걸 교육감에게 미리 구두 승인이라도 받아 오라는 것이었다. 너무너무 화가 났다. 지금 같으면 '브라우니 물어.', 라 했을 것이다. 그런 과정을 거쳐 공사 마무리 단계에 이르렀다. 아직 완공이 되지 않았으나 공사 기간 만료가 다가오자, 시공 업체에서 준공 검사 확인서를 요청했다. 단호히 거절했다. 급기야 뭐가 급했는지 모르지만 교육청 시설직 사무관 두 사람이 학교에 와서 거듭 요청했다. 우연하게 같은 지역으로 출장 가게 되어 그러했는지 혹은 어떤 이유가 있었는지는 모르나 시설 현장에 사무관 둘이 동시에 오는 경우는 좀체 드물었다. 확인서에 끝내 도장^{사인}을 찍지 않으면서, '내 도장 없이도 시공비가 나간다고 들었다. 그렇게 해라. 추후, 이런 사실에 대해 공개적으로 묻겠다.'며, 한바탕 퍼부어 댔다.

　학교 공사와 관련하여 교장에게 지휘나 감독 권한은 현재 주어져 있지 않다. 또한 그런 이유로 교장들 역시 학교에서 진행되는 공사 현장에 나가 보지도 않는 경우가 많다. 공사 시방서를 봐도

잘 몰라서이기도 하지만 현장 작업자들에게 공사와 관련한 이런
저런 설명을 요구해도 대개는 얼렁뚱땅 넘어가거나 들은 척도 하
지 않기 때문이기도 하다. 작업자들은 현장 소장이나 하청업체 작
업 책임자에게 떠넘긴다. 교장실로 일부러 불러 공식적인 상황 설
명 요구에 대해서도 현장 소장 대부분은 교장의 공사에 대한 지식
정도나 위세(?)에 따라 판이하게 상대하는 경우가 아주 많다. 이
는 시설물 관리에 대해 위임 책임을 맡고 있는 행정실장에게도 마
찬가지다. 학교 발주 공사가 아니면 행정실장 역시 관여하지 않거
나, 관여하려 해도 무시당하긴 다를 바 없다.

　설령 어떤 형태로든 지휘나 감독 권한이 교장에게 주어진다 해
도 현재로선 역량 부족으로 감당해 내지 못할 것이다. 그렇다고
그게 시설직 공무원에게만 감독, 감리 권한을 한정해야 할 필요
충분적인 여건이나 조건이라고 보는 견해 역시 마땅하지 않다. 교
육청에서 어느 공사에는 이런 식의 감독, 어느 공사에는 저런 식
의 감리 내용을 하나하나 적시하여 보내 주면 교장은 그에 따라
현장에서 상시 감독, 상시 감리를 할 수 있다. 방법이 없는 건 아
니다.

　물론 시각차가 있을 수 있다. 교무와 서무 행정 처리만 해도 교
장 업무가 산더미 같은 데 굳이 교육청에서 다 알아서 하는 시설
공사에까지 관여할 필요 있느냐는 원성을 들을 수도 있을 것이다.

하지만 교육청의 학교 시설 공사 감독, 감리의 전횡적인 독점주의가 마치 검찰의 기소 독점권 만큼이나 침해 불가의 권리라는 인식을 바꿀 때가 되었다고 본다. 시설 공사의 시공 업체 선정 문제 등은 마땅히 교육청 해당 부서에서 맡되, 학교 현장에서 구축되는 시설 공사에 대한 감독 권한은 교육청 시설 팀에서 작성한 예시에 준하여 일정 부분 교장에게 주어져야 한다는 것이다. 앞서 언급한 대로 감리단의 독립이나 새로운 조직 구조만으로는 제대로 된 감독, 감리 환경 조성이 어렵다고 판단하는 까닭이다. 지적해야 할 문제는 많다고 본다. 정부 단가 책정액의 과다 문제나 하도급 문제랄지, 관급 자재 저급화 등 우선 시정해야 할 문제가 더 쌓여 있고 시급하다고 보는 견해에도 동의한다. 나는 다만 학교 시설물 공사에 관한 한 제대로 시공하기 위해 최소한 해당 학교 교장에게 일정 정도 공사에 관여할 수 있는 지휘나 감독 권한이 부여됨으로 해서 공사 부실 소지를 그나마 조금이라도 줄일 수 있어야 한다는 견해인 것이다. 이는 나의 경험에 비춰 지니게 된 생각이다. 이에 따른 연수 기회를 확대하는 건 절대적으로 필요하다. 요즘처럼, 교재 교구뿐 아니라 학교 시설물의 공학적 설계와 설치가 요망되는 시점에서 적어도 교장에게는 설계 도면 보는 법, 시설 공사의 발주와 시공, 완공까지의 과정이나 단계에 대해 알기, 설계 단계에서의 학교 담당자 참여 보장 등에 관해 교육청 단위에서 고심해야 할 사안이다.

　한 발 더 나아가, 모든 교육청에서 적어도 1억 원 이상 학교 시설 신증·개축 공사에는 외부 전문가인 설계사, 감리자 그리고 교장, 학부모 대표, 학교 운영위원, 관계 공무원 등으로 구성하는 이른바 'ОО학교 공사 감리단'경상북도 교육청 참고을 의무적으로 설치할 것을 권장한다. 공사 마무리 시점까지 일정 횟수의 협의를 하도록 하되 감독과 감리할 사항을 적시한 공문 지침을 통해 해당 학교에 감독, 감리 책임을 일정 부분 부여함으로써 공사 하자를 줄일 수 있을 것으로 본다. 동시에 하자 보수비 이상의 하자가 발생하였을 시에는 'ОО학교 공사 감리단'의 공동 책임을 물을 수도 있을 것이다. 혹은 교장과 관계 공무원에게만 묻는 방안 제시도 한 방편일 수 있다고 본다.

농어촌 교육 문제, 그 해법의 고민

교사로 아이들 만나면서 가톨릭 농민회 활동을 한 적이 있다. 농업·농민 문제에 대해 고심해 온 연유였다. 소설을 쓰는 작가이기도 한 바, 소설집 《강진만》2006, 온누리은 농업·농민 소설로만 엮은 작품집이다. 이 소설집은 2006년 한국문화예술위원회 우수문학도서1/4분기로 선정되기도 하였다.

내가 농업·농민 문제에 천착하게 된 발단은 대학 다니면서 야학과 엇비슷한 성격의 조그마한 고등공민학교정규 중학교를 진학하지 못한 아이들에게 중학 과정을 가르치는 비정규학교에서 2년 6개월여 동안 아이들을 가르친 게 계기였다. 드넓은 김제 평야 부근에 살면서도 자기네 땅뙈기 한 평 없이 애오라지 소작으로 연명하는 집 아이들이 다니는 학교금구고등공민학교였다. 검정고시에 합격해 중학교 졸업 자격을 취득한다 해도 고등학교 진학을 꿈꿀 수 없는 형편의 아이들이었다. 결국 중학 과정을 마치기도 전에 안산, 시흥의 공장으로 혹은 서울로 식모살이 떠났다. 학교가 이내 문을 닫게 된 상황에 이른 마지막 졸업식 때에는 단 한 명 놓고 졸업장을 수여하는 눈물 어린 광경이 벌어졌다. 눈물바다가 되었던 마지막 졸업식 장면이 지금도 선연히 떠오른다.

이후 농업·농민 문제에 눈 뜨기 시작했다. 교사가 되면 농민회 활동을 해야겠다는 다짐을 굳게 가지고 학교 현장에 나갔다. 교사 생활 5년째 되던 해, 기회가 닿아 가톨릭 농민회 회원으로 잠시 활동을 하였다. 또한 아이들과 만나는 대부분의 기간을 농산어촌이후 농어촌으로 표기에서 보냈기에 농어촌 교육 문제를 현장에서 더욱 직시하게 되었다. 하여 논리적이고 집약적이며 체계화된 어떤 해법 제시라기보다는 현장에서 느낀 소회를 밝히는 마음으로 접근해 보고자 한다.

사실 농어촌 교육 문제에 대해 두루두루 빼어난 해법을 제시한 많은 논자論者들의 논거가 기왕에 다수 발표'농어업·농어촌 교육제도 개선 방안, KREI·농어업특위 공동 주최 정책 토론회' 발표, 2002. 7. 24 등되었다. 또한 최근 몇몇 시도 교육청에서는 농어촌 교육을 활성화하기 위하여 여러 측면에서 세심하게 구상한 법률 제정을 요청하는 사례가 있기에 굳이 농어촌 교육 문제를 들여다볼 필요까진 없지 않을까, 여겨지기도 한다. 하지만 고사 직전에 놓인 농어촌 교육 문제에 대해 앞서 언급했듯이, 나로서도 어떤 해법이 있으면 좋겠다는 생각을 줄곧 해왔기에 거론해 보고자 한다.

전남 지역의 최근 교육 통계 하나를 들여다보련다. 전남은 1개의 도시와 4개의 도농 통합형 시市, 17개 군, 인구 1,934,153명2011. 9월 현재으로 이뤄진 지역으로 시군별 학교 수와 학생 수를 비교한 현황2011. 3. 5 자료이다.

■ 전남 지역 학교 수 분포 현황

(2011. 3. 5. 현재)

지역	초등학교	중학교	고등학교	계	비율(%)	비고
5개 시	170(29)	86(8)	65	321	38.6	
17개 시	259(58)	160(4)	91	510	61.4	
계	429(87)	246(12)	156	831	·	

- 유치원, 특수학교, 평생교육 시설 숫자는 제외함.
- 공·사립을 망라한 숫자이며, 괄호 안은 분교장으로 본수에 포함하지 않음.
- 전남도 교육청 발행, 2011 교육 수첩 8쪽과 각 시군 교육청 각급 학교 현황 참조함.

(2011. 3. 5. 현재, 단위 : 명)

지역	초등학교	중학교	고등학교	계	비율(%)	비고
5개 시	74,974	47,543	47,587	170,104	65.3	
17개 시	41,195	24,399	24,735	90,329	34.7	
계	116,169	71,942	72,422	269,533	·	

위의 통계에서 볼 수 있듯이 전남의 경우, 5개 시의 학교 수는 38.6%인데 비해 학생 수 비율은 65.3%를 차지하고 있다. 전남이 농도農道인데도 학생들의 2/3 넘게 도시에 집중해 있다. 견주어 보건대, 이건 전남만의 현상이 아니라고 본다. 특별시와 광역시 그리고 경기도를 제외한 나머지 세종시를 포함한 9개 시도가 현재 당면하고 있는 분포 현황이라 볼 수 있을 것이다.

더욱 심각한 문제는, 정부가 2012년 5월 입법 예고한 뒤 많은 논란이 제기되고 있는 '초·중등 교육법 시행령 일부 개정안'에 의하면 우리나라 전체 초·중등학교 11,331개교2011. 4. 1 기준 가운데 20명 미만의 학교 3,138개교전체 학교 대비 27.7%가 폐교 조치될 위기에 놓인 가운데 통폐합 대상이 되는 이들 학교의 86.3%인 2,708개교가 읍면, 도서 벽지에 위치해 있다는 점이다. 개정안 주요 골자인즉, 1)소규모 초등학교와 중학교의 통학 구역을 인근 적정 규모 학교의 통학 구역에 포함하고 전학을 자유롭게 하며, 2)적정 규모 학교 육성을 위한 학급수초·중 6학급 이상, 고 9학급 이상 및

학급당 학생수20명 이상의 최소 기준을 신설하고, 3)학생 배치 계획
수립 기준에 관한 조항을 신설하는 걸로 되어 있다.

　이를 적용할 경우, 강원과 전남 지역 초등학교 경우는 전체 초
등학교의 70% 이상이 20명 미만의 학교로 통폐합 대상이다. 충
남, 전북, 경북은 60% 이상이며, 충북, 경남, 제주는 50% 이
상의 초등학교가 통폐합 대상 학교가 된다는 통계를 어느 매체김
용택 선생의 '참교육 이야기' 다음 카페에서 인용는 제시하고 있다. 특별시와 광
역시 그리고 경기도를 제외한 9개 시도 초등학교 62.8%에 해당
하는 1,870개 학교가 통폐합 대상이 되는 셈이다. 심각성을 넘어
농어촌 교육을 더욱 황폐화시키겠다는 정부 의지를 확인하는 것
말고 달리 어떤 의미도 찾아볼 수 없는 정책이다.

　현재의 농어촌과 도시 사이의 교육적 간극만으로도 농어촌 교
육은 충분히 피폐화되어 있다. 교육 기회의 축소, 교육 시설의 낙
후, 교육비 부담의 소득 대비 상대적 과다, 일류대 진학 능력 부
족, 취업에 있어서의 격차 등을 굳이 다 열거하지 않아도 되리라
본다. 전남만이 아니라, 이 땅의 농어촌이 서리 맞은 구렁이 꼴
된 게, 어제오늘이 아님은 익히 아는 터다. 농어촌 인구가 아닌
농업에 종사하는 인구는 전체 인구 대비 약 4% 대에 머물러 있으
며 농어촌 지역은 고령화와 여성화가 가장 빠르게 진행되고 있다.
아무리 귀농·귀촌 인구가 늘어난다 하더라도 전체 인구의 10%

를 상회하긴 쉽지 않으리란 전망이다.

이촌향도離村向都 현상이 사회적 관심사로 집중 조명되기 시작한 것은 소위 새마을 사업이 시작된 이후 양상이었다. 산업화와 도시화를 촉진하기 위해 대량의 산업 예비군을 필요로 하였다. 개발 독재의 경제 모델 지향자들은 농촌도 잘 살 수 있다며 '잘 살아 보세' 하고 노래로 만든 구호를 외치도록 했지만 산업 인력을 제공받는 물적 기반으로서의 공간으로 인식하였을 뿐이었다. 전통 붕괴와 경제력 상실로 인해 농촌에서 거덜난 잉여 인력을 도시와 공장 주변 그리고 그 변두리로 유인해 갔던 것이다. 문제는, 오늘의 농어촌 현실이 그로 인한 파괴력을 훨씬 상회하는 문제에 봉착해 있다는 점이다.

전남의 학교 수와 학생 수 분포 추이로 한정한 자료와 정부의 시행령 개정안에서 드러난 계수 상의 상황만 보아도 농어촌 교육은 이제 자빠지는 경우만 상정할 수 있는 지경에 이르러 있다. 취학 아동 급감은 물론 농어촌 지역만의 문제는 아닌, 출산율 저하에 따른 현상이지만 특히, 농어촌 지역 인구 감소는 경제 이농에서 교육 이농으로, 다시 교육 이농에서 경제 이농으로, 현재는 경제 이농과 교육 이농이 혼재되어 나타나고 있으며, 또한 지역에 따라서는 이농 자체가 없는 고령화 사회로 탈바꿈해 버렸다. 이런 가운데 작은 학교 통폐합이나 작은 학교 폐교 조치는 문화의 구심점뿐 아니라 삶의 터전 자체를 위기 속으로 몰아넣고 말 것이다.

이렇게 가파르게 변동을 요구받은 그 기간이 불과 30여 년 안 팎이다. 세계 어느 나라에서도 그 유래를 찾아보기 힘든 농촌 인구의 격감〈한국 농업의 현황과 당면 과제〉,《한국 농업 문제의 새로운 인식》, 정영일. 1984년, 돌베개, 35쪽에 놀랄 뿐이다. 더 이상 피폐해질 어떤 근거도 상실당한 현실 속에 농촌이 놓여 있다. 이런 견지에서 농어촌 교육 문제 발생 원인으로 그 내부적 요인과 외적 모순을 들춰 내는 작업은 그리 현명하지도 유쾌하지도 않다. 농어촌 교육의 공동화 현상을 초래한 세력들이 엄존하는 마당에, 바로 결자해지 차원에서 그들이 풀어야 할 우선 순위의 국가적 난제라고 지적하지 않을 수 없다. 농촌 붕괴를 획책했던 세력으로 하여금 오늘의 농촌 현실과 그 현실에 의해 촉발된 교육 문제를 해소하라는 주문을 끊임없이 해내야 한다. 그 세력들이 현재 권력 구조 속에 포진되어 있다. 상황에 집착하는 논리에 머무르지 않고 현재의 단계에서 지속 가능한 농어촌 교육을 위한 방안을 입안할 수 있도록 강제해야 한다. 물론, 그렇다고 그들에게만 책무를 맡겨둘 수는 없다. 농어촌 교육 활성화를 위한 부문별 움직임이 통합적으로 어우러져, 농어촌 현장에서 실천적 활동력으로 꿈틀대야만 농어촌에서 숨 쉬고 있는 아이들을 위한 교육이 제대로 활착될 수 있기 때문이다.

농어촌 교육 활성화 방안에 대해 들여다보고자 한다. 그에 앞서 농어촌 문제의 내외적 모순에 의해 촉발된 농어촌 교육 문제를 잠깐 들출 필요가 있다. 내부적 요인으로는 '학생수 감소 – 교원의 농어촌 근무 기피 – 폐교, 복식 학급 문제 미해결 – 학업 성취도 저하 – 자녀의 도시 유학'으로 이어지는 모순 구조가 순환되고 있다는 점이다. 외부적 요인으로는 '농업 경제의 악화 – 농어촌 생활 환경 취약 – 교육, 문화 환경, 경제, 사회 활동 여건 미비 – 자녀 교육에 대한 불만 – 농어촌 주민의 교육비 부담 증가' 'KREI 농어업특위' 자료 2002. 7. 24 등으로 연계된 모순 구조가 더욱 심화되는 가운데 농어촌 교육이 놓여 있다. 이러한 구조 모순의 연결 고리 속에 있는 농어촌 교육 문제를 교육 부문에 한정해 해결할 수는 결코 없다. 하지만 앞서 지적하였듯이 걷잡을 수 없을 만큼 확대될 우려가 충분한 까닭에 교육 문제로 집약하여 한정하고자 한다.

강조하고 더 강조하자면, 절대적인 전제는 2004년 3월 1일, 지리산 노고단에서 시작된 '생명 평화를 위한 탁발 순례단'이 기치로 내건 '먹을거리 자급률 50%, 1천 만 인구가 사는 농촌 사회'를 지향하지 않으면 아울러, 그렇게 실현되지 않으면 결국 땜방식 해결책에 머무를 가능성을 인정하지 않을 수 없다.

현재 농어촌 교육을 진흥시키기 위해 마련된 법적 장치가 몇 가지 있다. 도서와 벽지에 근무하는 교원들에게 인사와 승진 시 주는 가산점을 인정한 '도서·벽지 교육 진흥법'과 농업계 고등학교 폐쇄로 인한 농업 교육 문제를 덜기 위해 공동 실습소를 개설하고 전업농 육성을 위한 자영 농과계 지원을 내용으로 한 '시범 농업 고등학교 육성에 관한 규정', 폐교 학교 재산 활용을 통해 당해 지역 교육 재정 확보를 위한 '폐교 재산 활용 촉진을 위한 특별법', 농어촌 지역 초등학교 급식비 지원과 각급 학교별 급식위원회 구성을 통한 급식의 원활한 운영을 골자로 한 '학교 급식법' 등이 있다. 여기에 지방 자치제 실시에 따라 자치 단체 예산의 약 3%~5%에 해당하는 예산을 교육 보조금으로 지속적인 지원을 받고 있으며 2010. 6·2 지방 선거를 통해 각 자치 단체 별로 무상 급식이 확대되고 있다.

하지만 이 정도 법적 장치만 가지고는 농어촌 교육을 활성화시키기엔 역부족이다. 보다 근본적이고 종합적인 범정부적 대처가 요망된다. 해결 방안 가운데 직능별, 부문별 제 단체에서 가장 우선적으로 요구하는 것은 농어촌 교육 기반 개선을 위한 종합 계획 수립과 재정 지원에 관한 사항을 담고 있는 '농어촌 교육 진흥 특별법'혹은 '농어촌 교육 발전을 위한 특별법'을 제정하자는 것이다. 여러 유관 단위에서 제시하고 있는 농어촌 교육 발전 모형은 몇 가지 다른 점이 있긴 하나, 들여다보면 대동소이하다. 제시된 해결책을 보면,

첫째, 농어촌 학교 운영 모델 개선책으로 농어촌 학교를 지역의 교육·문화·복지 종합 센터화하여 지역 사회를 활성화하자는 것이다. 종합 교육 시설 내에 보건지소보건진료소, 노인 시설, 체육·오락 시설, 도서관, 민원 업무 시설, 청년 단체 회의실 등을 두루 갖춘 복지회관 겸용으로 활용하는 종합적이고 복합된 구조로 교

육 시설을 확충하여 센터화하자는 방안이다. 둘째, 농어촌 교육의 질 향상 방안으로는 학업 성취도의 향상을 위해 교원의 법정 정원수 확보, 애향 교원과 지역 출신자 우선 채용, 농어촌 지역에 근무하는 초등 교원에 대한 병역 특례 적용, 우수 교원을 유인하기 위한 인센티브 제도 확충 그리고 지방 자치 단체의 지역 인재에 대한 재정 지원 확대 방안을 들고 있다.

셋째, 교육 제도 개선에 있어서는 고교 및 대학 입시 제도를 바꿔 농어촌 학생들이 유수한 대학에 진학할 수 있는 기회를 확대, 보장하고 초등의 복식 학급, 복식 수업을 해결하며 소규모 학교끼리의 협동교육 과정을 편성하자는 것이다.

넷째, 교육 재정 확충과 농어민 교육비 부담을 경감하기 위해서 농어촌 교육 지원을 위한 특별 예산 관리 체계를 수립하여 지원하고 유치원 교육비 무상 지원과 농어촌 병설 유치원 종일반 운영, 교사 보조자 배치, 통학 수단 제공과 무상 급식 확대 등을 통한 교육 환경 개선에 힘써야 하며 농어촌 고등학교 수업료 면제, 각 시도 자치 단체에서 건립, 운영하는 대도시 학사기숙사 무료 입소 혜택 등을 통해서 농어촌 교육이 활로를 찾아야 한다는 방안을 제시하고 있다.

전남교육연구소나 한국농촌경제연구원의 농어업 · 농어촌 특별대책위원회에서 연구한 정책 자료 역시 크게 다르지 않은 해법을 제시하고 있다. 농어촌 지역이 안고 있는 제 문제에 대한 진단이 공유되어 있음을 알 수 있다.

　여기에 덧붙여, 내 생각을 첨부해 보고자 한다.

　첫째는, 농어촌 지역에 소재해 있는 소규모 학교를 장점화할 수 있는 교육 제도와 교육 내용 그리고 그에 따른 절대 평가제 등을 통해 실질적인 경쟁력을 지닌 학생으로 육성할 수 있도록 제도적 장치가 마련되어야 한다는 것이다.

　둘째는, 경제적 논리로 진행되고 있는 작은 학교 통폐합은 결코 허용해서는 아니 되는 풀뿌리 문화의 존속이다. 지역 사회 학교의 역할을 충분히 해낼 수 있도록 조치하여 우리 민족의 원형질적 삶이 유지될 수 있도록 해야 한다.

　셋째는, 유수한 대학 진학을 열망하는 농어촌 학생을 위해 기회 균등제와 지역 할당제를 현재보다 확대하여 농어촌 대입 특별 전형 적용 범위를 정원 외 5% 이상으로 늘려 수학하고자 하는 대학에의 진학 열망을 충족시켜야 한다고 본다. 여기에 덧붙여, 그런 제도 하에 진학한 농어촌 출신 학생의 졸업 후 추수 관리 역시 뒤따라야 한다. 졸업 후 해당 지역에서의 의무 거주 기간을 5년으로 하되, 이를 병역 대체 복무 기간으로 가름하고 이를 마치면 지역의 공익적 기관에 취업 기회를 부여하여 지역에 안착할 수 있도록 기회를 제공함으로써 농어촌 인구 증대를 꾀할 필요가 있다고 본다.

넷째는, 지역민의 요구에 의해 학교 구조가 바뀌어야 한다는 점이다. 실질적이고 전면적인 주민 자치에 의한 교육이 실현되어야 한다는 것이다. 그렇지 않으면 농어촌 교육은 결코 소생될 수 없다고 본다. 학교 교육이 지방 정치와 일반 행정에 휘둘릴 가능성을 배제할 수 없지만 학교 내부의 여러 환부를 치유하기 위해 외부 집도에 의한다 하더라도 일단은 그렇게 해서라도 째고, 긁어 낸 뒤 봉합해야 할 상황에 와 있다는 판단을 더 유보할 수 없다. 그러나 이 문제는 정치적 상황에 따른 변이점이 너무 많아 섣부르게 실현하기는 어렵다고 판단하기도 한다. 여러 각도에서 선행 연구가 진행되어야 한다고 보지만 그렇다고 외면해서는 아니 되는 농어촌 교육 활성화 방안이라고 여긴다.

이처럼 주장하는 뒷받침의 근거는 농어업에 종사하는 농민들이 21세기 지구의 참된 생태 환경과 민족인류의 먹을거리를 생산하는 유공자적 위치에 있는 존재들이라는 점이다. 인류의 지속 가능한 생태 환경을 보존하는 첨병의 역할을 맡고 있는 농민의 자식들임을 직시해야 한다. 그런 인식 바탕 위에서 농어촌 교육 문제가 공론화 되고 제도화가 이뤄져야만 농어촌 교육 문제는 그 해결의 실마리를 그나마 잡을 수 있으리라고 믿는다.

외국은 농어촌 교육 활성화를 위해 어떤 정책들을 펼치고 있는

가 들여다보고, 거기에 비춰 현 단계에서 '우리'는 어떻게 대처해야만 하는가에 대해서 알아보고 제시하는 게 이후 순서일 것이다. 해결책 두어 가지를 더 제시한다고 한들 앞서 언급하였듯이, 개발 독재 세력들이 엄존해 있는 상황에서는 아침에 먹은 밥을 새참에 그대로 내오는 꼴이 될 것이라 속단한다. 더 이상 낯 뜨거운 공론空論을 제시함이 실로 무상한 일임을 느껍게 각인하지 않을 수 없다. 그래서 더욱이나 '사람'의 문제에 집착하게 되는 지도 모르겠다. 몇 가지 해결책 제시나 주장 또한 정치적 피로감에 더해 설상가상으로 자괴감을 보탠 모양이 되지 않았는지 여기며 이만 줄일까 한다.

학생 문화, 피어나게 하라!

기껏 세 학교였지만 학교를 옮길 때마다 학생 문화 업무를 관장하는 부서를 새로 만들었다. 학생 문화부 혹은 문화 예술 체육부 등의 명칭이었다. 학생 문화부를 고집하였으나 논의에 따라 바뀌기도 하였다.

학교 안에서 학생들이 만들어 내는 여타의 움직임이 학생 문화다. 문화, 문화의식을 알고, 보고, 느낄 수 있는 안목을 길러 주자는 의도였다. 아이들 하나하나에게 딱 맞는 맞춤형 문화와 창조성을 느끼고 길러 주기 어려운 게 현재의 학교다. 인문계 고교는 더욱 그렇다. 이런 상황에서 아이들 모두를 대상으로 문화를 알고 창조성을 발현할 수 있는 기회를 어떤 식으로든 학교가 부여해야 한다고 봤다. 자신이 잘할 수 있는 능력이 어디에 있는가를 찾거나 알 수 있는 기회를 학교가 제공하지 않으면 이를 대신해 줄 수 있는 기관과 장소를 찾아보기 힘든 게 오늘의 현실이다. 가정에서 떠안기도 쉽지 않으며 지자체가 알아서 하지도 않는다.

아이들의 창조성과 잠재 능력의 깨달음은 교과서만 가지고는 한계가 있다. 교과서는 검증된 현상과 이론을 바탕으로 이성의 관점에서 편집되거나 집필되었다. 아이들이 원하는 건 최신의 새로운 자기 관심 영역을 보고 듣고 배우고자 한다. 교과서는 새로운 걸 담아내지 않는다. 최신 이론과 버전이 실려 있지 않다. 아이들 세대의 특징이 이성보다는 감정_{감성}을 앞세우는 데 반해 교과서는 이성만을 고집하는 관점이 관철되어 있다. 그런 까닭에 아이들로부터 외면당하고 있다. 교과서에만 안주하는 교사를 아이들은 그다지 좋아하지 않는다. 교과서만으로는 아이들의 도전적이면서 진취적인 행동을 끌어내지 못한다. 한계가 분명하다. 교과서 밖에서 새롭고도 도발적인 상상력을 찾도록 가능한 많은 기회를 제공해 주는 것이 오늘의 학교 교육이어야 한다고 여기고 있다.

그러기 위해서는 학교 교육을 새롭게 짜야만 한다. 문화 중심체로서의 역할을 학교가 해낼 수 있도록 전환해야 한다. 학교는 전통적으로 지역 문화의 중심지였다. 도시화, 거대 학급의 학교, 대학 진학 전초 기지로 탈바꿈하면서 문화 중심지로서의 학교 역할도 상실해 버렸다. 대학 진학률이 79%_{2010년 교과부 통계}에 이른다는 점에서 학교는 이제 더 이상 학력 중심만을 고집하며 복무해야 할 위치가 아니라고 판단한다. 문화 창조력을 담보해 온 전통적 기능을 회복하고 강화해야 한다. 학교가 맡아온 문화 창출 역할의 회복이 참으로 시급하다. 이런 관점에서 볼 때, 학교 교육을 담당하고 있는 교사들은 무기력한 상황에 처해 있다. 아이들의 문화 창조 능력과 상상력을 키울 수 있는 내부의 어떤 동력을 발휘할 수 있는 여건이 취약하기 때문이다. 교사들이 그런 능력을 지니고 있지 못한 경우 또한 대부분이다. 아이들에게 문화의 힘을 길러 줄 수 있는 교수 능력을 애당초 쌓지 못하고 교단에 선 까닭이다. 초·중·고교를 다니는 동안 이성만이 가장 옳다고 믿는 교사로부터 교육받은 현재의 교사이다. 또한 교사를 양성하는 대학에서 이성이 가장 바른 가치라는 수업을 강요받았고 그로 인하여, 이성 우선주의적인 사고를 지니게 되었으며 이성으로 행동하는 자만이 아름답다고 머릿속에 인화되어 있는 시대의 산물이다.

초·중등 교사를 양성하는 대학의 교육과정이 새로운 시대정신을 담보하는 교육 내용으로 바뀌지 않고서는 앞으로 교단에 서는 젊은 교사들에게조차 문화 창조와 상상력을 길러 주는 학교 교육을 결코 기대할 수 없다. 참으로 안타까운 현실이다. 그런 만큼 매우 중차대한 개혁 과제가 교사 양성 기관인 대학 개혁이다. 이는 초·중·고 교육을 개혁하는 것보다 더 어렵다고 본다. 현재의 기득권을 강고하게 고수해 내려고만 하고 있지, 21세기의 시대정신에 입각한 교사 양성에는 철저히 외면하고 있는 집단이 대학이다. 2010년 3월에 있었던 고려대학교 3학년생이던 '김예슬 선언'

은 대학 개혁의 필요성을 단적으로 보여 준 사례다.

21세기 벽두, 새로운 천 년의 시작을 기리는 많은 행사를 떠올려 본다. 새로운 세기가 표방해야 할 시대정신을 담은 슬로건 또한 난무하였다. 나의 뇌리에 남아 있는 건 '21세기는 문화 창조의 시대'라는, 그런 시대가 올 것이라는 구호였다. 나는 공감했다. 그 구호를 많은 사람들이 시대정신으로 보았고 나 역시 그렇게 여겼다. 그 비전에 따라 학교가, 학교 교육이 달라져야 한다고 판단했다. 그런데 학교는 그 시대정신을 수용하려 들지 않았다. 20세기까지의 교육이 문화를 향유하는 세대를 길러 냈다면 이제는 문화를 창조하는 세대를 육성해야 한다는 교육의 새로운 패러다임 요구가 바로 그 구호 안에 담겨 있다고 봤다.

아이들이 너무도 빠르게 변하고 있다. 지금 이 순간에도 아이들은 빠르게 문명사적 진화를 하고 있다. 교사들은 도저히 따라갈 수 없는 문화적 격차를 확인한다. 문명 진화론적 관점에서 본다면 아이들은 문명사적 대변환기를 겪고 있으며, 그 어느 한 지점을 통과하고 있다는 걸 알 수 있다. 학교의 역할 또한 이런 아이들의 변화 추이에 맞추거나 혹은 앞서서 아이들을 추동하는 데에 있다 할 것이다. 변화되어 가는 아이들의 행동 양식을 견인할 수 있는 교육 정책을 계발하고 도입하여야 한다. 전면적인 전환이 어려운 현실을 감안하여 일정 부분이라도 혹은 어느 영역에서라도 학교 교육이 그렇게 바뀌어야 한다. 그런데 학교는 꿈쩍도 하지 않고 그대로다. 지금까지도 여전히 견고하게 교과서의 지식 전수 기능만을 고집하고, 담당하고 있을 뿐이다. 한국 사회 안에서 질타의 대상, 동네 북의 위치에서 벗어나지 못하고 있는 까닭이 여기에 있다고 본다. 또한 오늘의 학교가 이토록 몰매를 맞아야 하는 원인에 대해 교육적 관점에서 제대로 성찰해 내지 못하고 있다. 당연히 사회는 사회의 시각으로 학교를 보고, 학교는 학교 나름의 전통적인 흐름과 관점으로 사회의 질타를 외면한다. 서로를 백안시하며 평행선을 긋고 갈 수밖에 없는 현실이다. 학교 바깥에서는 변하라, 변하라, 하며 학교 변화를 강력히 주문하고 있는데, 학교 안에서는 교과서에만 의존하고 있다. 좀 더 과감한 변화를 끌어낼 수 있는 학교 내 구성원들의 힘이 부재하기도 하지만 교육부의 교육 정책 부재가 커다란 원인이기도 하다. 학교가 계선 조직화되어 있기 때문이기도 하다. 평교사부장교사 – 교감 – 교장 – 시군 교육지원청 교육장 – 시도 교육청 교육감 – 교과부장관으로 혹은 단위 학교 – 시군 교육지원청 – 시도 교육청 – 교과부로 연계되는 공고한 계선 조직은 학교 교육의 유연성, 학교 교육의 역동성, 학교 교육의 창발성을 허용하려 들지 않는다.

새 천년이 시작된 이래 오늘날까지 정부는 문명사적 대변환에

부응하는 교육 정책을 내놓지 못하고 있다. 최근 들어 창의·인성 교육을 중시하는 교육 활동을 단위 학교에 요망하는 공문을 보내는 등 움직임이 전혀 없는 건 아니다. 하지만 첫 단추를 잘못 꿴 듯한 인상을 받았다. 또한 창의·인성 교육이 진행되는 과정에서 학교 폭력에 대응하는 교육 활동 일환으로 추진되고 있는 듯 여겨졌다. 단면적이고 전시적인 측면이 강조되고 있다. 안타까움을 금하지 못한다. 교육부 어느 부서, 어떤 단위에서도 추진하지 않으니 학교 현장에서는 이와 같은 시대정신을 구현하는 교육 활동을 찾아보기란 더욱 어렵다.

학교 현장에서 개개인의 '문화 창조의 시대' 도래를 인식하고 있는 교사들을 만나기는 가뭄에 난 콩 보기만큼 어렵다. 학교 안에서 바뀌는 것은 둘째치고라도 학교 바깥에서마저 그런 관점으로의 전환 의식을 만나는 것조차 쉽지 않다. 정작 학교 안에서는 많은 교사들이 얄밉게(?) 변해 버린 아이들로부터 벗어나기 위해 차라리 명퇴를 해 버리거나 따로국밥처럼 서로 각각이다. 각각의 고물을 비비려 하지 않고 피해 버리고 만다. 다른 메뉴판을 찾아가는 것이다, 명퇴로.

위에서 언급한 인식 범주에 걸 맞는 학생 문화를 일으켜 세우고 실현했다는 것은 물론 아니다. 그 동안 줄기차게 대학 입시에만 매몰되어 있던 한국 사회의 인문계 고교 현실을 마냥 도외시한 채

학교 문화를 전면적으로 바꿀 수는 없다. 단위 학교에서 할 수 있는 범위 안에서 교장의 인식 토대 위에 행해지는 한계를 안고 출발한 게 학생 문화부다. 작은 움직임이지만 나름으로는 꽤 큰 울림이 있는 교육 활동이었다. 교사들의 아이들에 대한 이해가 선행되어야 하는 활동이다. 교사들 스스로 나서서 아이들에게 다가가려는 미더운 활동이다. 학교 문화 전반에 대해 바꾸기는 어렵다하더라도 우선 학생 문화라도 몇몇 동료들이나마 나서서 바꿔 보자는 그래서 꽃망울이나마 맺어 보자는 움직임이었다.

학교 문화와 학생 문화는 다르면서 같고 같으면서도 다른 문화 영역이다. 학교 문화의 종속 변수가 학생 문화인데, 학교 문화에서 학생 문화가 이탈되고 있다. 당연한 현상이다. 학교 문화가 학생 문화를 포괄하거나 이끌어 가지 못하기 때문이다. 학교 문화는 교육과정, 교수·학습 활동, 생활 지도, 인성 교육, 체험 활동, 계기 교육 등 학교 구성체에 의해 이뤄지는 제반 교육 활동을 말한다. 또한 학교 안에서 교과서를 매개로 하는 지식의 전수, 발전이라는 전통적 기능과 계층 이동의 기능, 구성원 간의 협의에 의한 업무 추진과 갈등까지를 아우르며 인격 형성 및 인성 교육의 총체적 활동이 이뤄지는 학교 안의 교육 행위를 총칭한다고 볼 수 있다. 학생 문화란 학생들에 의해 이뤄지는 전통성, 특이성, 연대성, 다양성, 창발성을 지닌 주체적 학생 활동을 일컫는다. 학교 구성체 가운데 교사와 학부모, 지역 사회가 일궈 내고 있는 문화가 아닌 학생들의 역동적이면서도 한편으로는 퇴행적인 면까지를 모두 포괄하는 행동 양식을 학생 문화라 할 수 있다.

하여, 학생 문화부는 학교 안에서 벌어지는 모든 학생 활동을 대상으로 하되 학생의 상벌 업무를 맡는 일명 학생부와 중첩되지 않는 범위에서 업무 가닥을 잡았다. 예능 활동, 문예 활동, 동아리 활동, 축제, 초청 강연, 공연, 그 외 아이들의 놀이, 행사 등을 주관하는 업무를 맡는다. 갑자기 거대 예산이 투입되는 공룡 부서가 되었다. 학생 문화부를 새로 만들어 행한 활동 가운데 기억에 남는 건, '지리산 종주 산행 체험'이었다. 성삼재에서부터 출발하여 중산리까지 내려오는 2박 3일 간의 종주 산행은 산과 아이들과 교사들이 함께 어우러진 비빔 공동체를 만들어 내기에 충분했다. 여타 많은 문화 행사를 떠올린다. 하나같이 그동안 학교에서 행해 보지 않았던 행사들이다. 이에 대한 자료는 화양고에서 발간한 〈학생 문화 활동 사례집〉과 광양고에서 펴낸 〈광양고등학교 문화 활동 사례집〉에서 참고할 수 있을 것이다.

학생 문화부를 만들어 일한 결과로써 학생 문화가 어느 정도 일으켜 세워졌는지는 쉽게 확인할 순 없다. 그 학교를 떠난 뒤에도 전임 교장이 행했던 학생 문화 행사가 이어지는가, 소멸되었는가를 보고 가늠할 순 있으리라 본다. 대부분 이어지지 않은 걸 알 수 있었다. 아이들은 어떻게 느꼈는지 얼마만큼 행복했었는지 확인할 길 또한 가능하지 않다. 그럼에도 많은 학교에서 학생 문화를 일으켜 세울 부서가 만들어지길 갈망한다. 학생 문화 활동을 통해서 자신을 알아내고, 자신에 대해 성찰할 수 있는 기회마저도 제공하지 않는다면 학교의 존속 가치마저 잃게 될 염려가 앞서는 탓이다.

늦봄학교에서

　20세기 말 그리고 21세기 벽두에까지 신자유주의가 세계를 뒤덮고 있다. 신자유주의는 한 마디로 경제의 세계화를 이른다. 세계화의 실체는 경계를 허물자는 것이다. 허물어서 금융 자본 혹은 금융 자본 내의 투기 자본이 어느 때건, 어느 곳이건 전 세계를 자유로이 드나들 수 있도록 하자는 게 중심이었고, 그렇게 함으로써 현재 선진국 지위를 거머쥐고 있는 국가들은 여전히 선진국 체제를 유지할 수 있도록 해 주었다. 그리고 그 폐해는 고스란히 후발 국가들이 짊어지고 말았다. 이 신자유주의의 문명사적 흐름에 대한 반기로 인본과 자연을 중시하는 신인본주의와 생태주의 세계관 또한 줄곧 주창되어 왔다. 전 지구적 협약을 통해서 혹은 단위 국가에 의해서건 검은 자본에 대한 통제 개입을 부르짖으며 신자유주의에 대해 격렬한 비판을 쏟아 내고 있기도 하다.

　전 세계 투기 자본은 특정 민족의 특정한 민족성을 용납하지 않는다. 폭식증에 걸려 있어 마구잡이로 포식한다. 문화의 다양성을 백색주의로 획일화하려 획책하고 있다. 어느 민족이나 고유한 음식 문화가 있다. 그런 먹을거리에 대해서도 밀빵과 고기육류 식단으로 짜 놓으라고 윽박지른다. 그어느 민족의 고유한 식탁마저 위협하면서 다양성을 가장한 백색 문화로 현재의 주소지를 바꾸라, 촉구하고 있는 것이다.

더불어 세계 경제의 흐름은 생태주의적 사유의 한계를 끊임없이 확인하려는 움직임을 내보이고 있기도 하다. 기후 변화 협약으로 지구 온난화 문제를 심각하게 다룬 교토 의정서에 합의하지 않고 있는 국가는 최선진국인 미국이다. 경제 성장 부흥기를 지나 이제 G2에 진입했다고 보는 중국 그리고 인도 등의 국가들이다. 특히 중국과 인도는 이 의정서가 채택될 당시에는 발전 도상에 있는 국가들이라 하여 협약 체결에 제외된 국가이긴 하다. 하지만 이후 발전을 거듭하여 세계 경제의 주요한 한 축으로 편입되었으면서도 당시 협약대로 전혀 협약 사항을 준수하고 있지 않다.

이들 국가들은 '지구 종말 시계'가 갖는 상징성을 그야말로 어느 가정집 베란다에 내건 알량한 플래카드 정도로 치부하고 있는 걸 보게 된다. 지구 온난화 문제에서 기인한 급격한 기후 변화가 내포하고 있는 지구 생태계 변화는 가히 인류에 대한 저주에서 기인하고 있는 듯한 느낌으로 맹렬하게 다가오고 있다. 그런데도 자국의 경제 지속성 희구 앞에서는 가치 전이를 전혀 내보이지 않는다.

그 신자유주의 전위에 있던 미국에서 금융 위기가 닥쳤고 금융 자본의 부도덕성이 극명하게 드러났다. 서유럽 선진국들을 중심으로 한 결집체인 유럽연합 발 금융 위기 또한 언제 터질지 모르는 상황에 직면해 있다. 급기야 미국 오바마 대통령은 신자유주의 폐기를 들고 나왔다. 오바마 대통령 재선은 신자유주의에 대한 비판을 미국인들이 받아들인 데서 의의를 찾을 수 있다고 본다. 그가 내보인 월가에 대한 강력한 비판과 개혁은 현재 진행형이다. 물론 만만치 않은 저항에 직면해 있는 듯도 하다.

이러한 반기와 저항의 흐름은 21세기 초반을 관통하리라는 전망이다. 문명사적 대변환의 시기에 겪게 되는 혼란이라고 여길 수도 있겠으나 어느 정도 시간이 흐른 뒤에 지구와 인류의 지속 가능성을 전제로 하는 관점의 동류항이 추출되리라 본다. 하지만, 이런 세계사적 문명 흐름의 가닥을 잡아 가는 데 소요될 기간이 길어지면 길어지는 만큼, 지구와 인류는 회복할 수 없는 상처를 입게 될 것이다. 이로 인해 종말에 이를 수 있다고 예견할 수도 있다.

바로 교육의 중요성이 여기에서 대두된다. 교육이 지구와 인류를 위해 어떻게 해야 할 것인가, 하는 문제를 놓고 깊은 숙고에 직면해 있다고 보는 건 지나치지 않은 생각일 것이다. 물론 지구와 인류의 문제를 교육에 한정하여 해소할 수 있으리라 여기지는 않는다. 하지만 매우 중요한 매개이며 동시에 근간인 건 분명하다.

이런 거친 생각을 하면서 떠올린 구호가 있다. '21세기는 문화 창조의 시대'일 것이라는 예견이다. 내가 주장한 게 아니고 새 천년이 열리며 새로운 세기에 대한 문명적 특장을 한 마디로 표현하면서 나온 여러 표어 중 내가 고개를 끄덕인 것이 바로 '21세기는 문화 창조의 시대'라는 조명이었다.

이 구호가 새로운 세기 벽두의 시대정신을 잘 담아내고 있다고 본다. 이 시대정신이 새로운 세기, 천년 동안 내내 줄곧 관통할 깃발로 보거나 혹은 그러거나 말거나 내가 지금 느끼고, 사유하고 있는 인류 문명의 전개는 여기에서 시작되거나 여기에 반기를 들고 또 다른 문명사史로 이향되어 갈 것이라고 판단한다. 문화 창조는 어느 때, 어느 곳에서건 인류가 혹은 생명체가 존재하는 한 진행되어 왔다. 앞으로도 그러할 것이다. 개인이건 집단이건, 단위 조직이건 국가건 간에 그 안에서 이뤄지는 생명 유지의 모든 모습들은 문화적이며 문화이고 마침내 한 문명을 이뤄 내는 것이다. 이렇게 볼 때, 모든 생명체로부터 촉발되는 행동 양태들의 바탕에는 교육이 그 중심에 놓여 있다는 걸 깨닫게 된다. 교육은 하여 지구상의 모든 생명체에게 있어 가치 생산과 가치 실현의 모태가 되는 것이다.

　'나의 문화, 나의 문화 창조'라는 개념을 어떻게 시대정신으로 받아들일 수 있을지 쉽게 단정하기는 물론 어렵다고 본다. 덧붙여 신자유주의 경쟁 이론에 아직까지 매몰되어 있는 학교가 이러한 시대정신을 교육 비전으로 받아들이고 그런 단계에서 출발하여 학교 교육이 이뤄지는 걸 용인하기란 결코 쉽지 않으리라 본다. 그런 시대정신에 입각한 교육 비전을 실행해 낼 수 없는 구조와 그 구조 속에 길들여진 구성원들을 보면 더욱 그렇다.

　하여, 더욱이나 시급하게 '나의 문화, 나의 문화 창조'를 해낼 수 있도록 구조적 변화를 강제해야 한다고 본다. 교육 내부의 힘만으로는 그 변화를 추동할 수 있는 여력을 현재의 학교는 가지고 있지 않다. 외부의 강력한 힘이 추동해 내지 않으면 안 되는 상황에 직면해 있다고 판단하고 있다.

　'교육은 백년대계'라고 한다. 그만큼 중요시해 왔다. 앞서의 이야기를 전제해 보건대, 백 년이라 하면 천년의 새로운 세기 동안을 거론하는 마당에 곱새겨 둬야 할 만큼 긴 시간은 아니라 할 것이다. 교육해 내야 할 어떤 주의나 주장도 백 년을 넘기기는 어렵다는 의미 또한 내포하고 있다고 본다. 앞선 세기에서의 백 년이란 새로운 세기에서의 백 년이 갖는 질감만큼 긴 세월을 내포하고 있다고 보기 어렵다. 빠르게 지나가는 시간 개념으로 쓰일 수 있다는 것이다. 어쨌거나 그런 정도의 주기로 보더라도 나에게 주어진 삶의 시간을 넘어서는 의미이기에, 너무 서두에만 머물러 있는 건 또한 아닌지 스스로에게 묻는다. 물으며 서두의 건방진 표명에 비해 뒷맛이 개운하지 않게 진행되는 걸 느껍게 감지하면서 이 글을 마무리하고자 한다.

교육은 바른 정신을 세우고 실천하도록 가르치고 배우는 문명 행위이다. 바른 정신이란 지구와 인류가 바르게 오래도록 지속하기 위한 행위의 바탕이 되는 것이다. 실천 또한 그런 정신을 행한다. 지구와 인류를 위해 교육이 해낼 수 있는 복무 범위를 거창하게 여기면 끝도 없으리라. 간략하게 말하련다. 인문학 강의를 통해 세계관 혹은 자신의 정신 세계에 대해 끊임없는 질문의 자세를 갖도록 해 주는 데에 교육의 중심이 있으며 이를 통해 '나의 문화, 나의 문화 창조'를 이룰 수 있다고 본다. 모든 실체와 현상에 대해 '왜?'라는 근원적 물음을 끊임없이 반복하도록 초 · 중 · 고교 시절을 보낼 수 있도록 해야 한다. 학교 교육이 전면적으로 바뀌어야 하며 그 위치에 있어야 한다. '왜?'라는 질문의 핵심은 융합의 시작이다. 인문과학, 사회과학, 자연과학의 경계를 허물고 이를 아우르는 안목으로 세상을 읽을 수 있는 능력을 길러 주어야 한다. 예술과 체육의 만남을 줄기차게 할 수 있도록 학교 교육이 이뤄져야 한다. 그렇게 아이들과 더불어 배우고 가르칠 수 있는 수준의 지침서나 교과서를 만들어야 한다. 그리고 이런 정도의 지침서나 교과서는 많이 축적되어 있기도 하다. 그처럼 가르치고 배울 수 있는 교육과정을 짜내야 한다. 어렵지 않다고 본다. 적어도 이 범주의 학교 문화는 정서적으로건 정책적으로건 해낼 수 있는 수준에 도달해 있다. 우리나라만이 아니라 전 세계 어느 국가에서도 교육을 관장하는 정부 조직을 갖추고 있는 나라라면 해낼 수 있는 학교의 교육과정이다. 생태주의 관점의 배움과 돌봄 역시 충분 조건을 지니고 있다. 학교 구조를 바꾸려는 정부의 교육 철학과 관점이 신자유주의에서 조금만 비튼 정책을 세우고자 하는 자세 교정을 가지고 있다면 어렵지 않다고 본다.

백문百聞이 불여일견不如一見이니 한 번 가서 보시길 권한다. 전남 강진 백련사와 다산초당 가는 길 어느 한 켠, 산 속에 들앉아 있는 늦봄학교에 한 번 가 보시라. 신자유주의 타파를 통해서 어떻게 지구와 인류를 위한 교육 철학이 식목되고 있으며 생태주의 교육 철학이 어떠한 교육 행위로 녹아들어 어떻게 관철되고 있는가, 하는 숨 막힐 정도로 아름다운 모습을 볼 수 있을 것이다. 새로운 세기의 시대정신에 걸 맞는 '나'의 문화 창조를 위해 아이들이 어떻게 살아가고 있는지 느낄 수 있을 것이다. 실천은 발상의 전환에서 출발한다.

작은 학교는, 숲속의 학교는, 학교 숲을 만드는 학교는, 넓지 않은 운동장 모퉁이에나마 아이들을 위한 돌의자를 만드는 학교는 인문과학, 사회과학, 자연과학을 아우르는 통섭 교육을 해낼 줄 아는 학교이다. 모든 학교는 그래서 신자유주의 교육의 암울함을 건너 '문화를 창조할 수 있는 학교 교육'으로 전환하기 위해 힘찬 몸짓을 이제부터라도 내보여야 한다. 지금, 바로 이 시간부터 큰 학교를, 숲 없는 학교를, 학교 숲을 만들지 못하는 학교를, 넓지 않은 운동장 한 켠에 아이들을 위한 돌의자를 놓을 줄 모르는 경쟁주의에 매몰된 학교를 폐쇄하지 않으면 안 된다. 신자유주의에 침탈당한 교육은 경계를 허무는 데에 일조한 게 아니라 경쟁을 공고히 하는 데에 기여했다. 학문적 경계를 풀기보다는 자기 교과를 더욱 견고하게 유지하려는 데에 막강한 힘을 보탰다. 신자유주의로 침잠되어 저 깊은 늪으로 빠져든, 빠져들고만 학교를 곧, 바로, 구해 내지 않으면 학교는 그만 목숨을 잃게 된다. 순식간에 그렇게 되고 말 것이다.

경계를 허물고 타자에 대한 존중과 생태적 삶을 꿈꾸며 인문학적 소양과 자연과학적 융합을 통해 자신을 가꾸면서 뛰놀고 있는 늦봄문익환학교에 한 번 가 보시라!

예상의 누수 현상은 없겠지요?

교장으로 일하는 동안 학교 건물 어디인가에서 비가 새는 걸 보지 않은 해가 없다. 이제 막 지은 새 건물에서도 샌다. 낡고 오래된 건물에서는 누수 잡는 공사를 했음에도 다른 곳에서 줄줄 새는 모습 또한 자주 보기도 했다. 아이들은 비가 새는 곳에 양동이 놓고 물 받는 학교 모습을 처량하게 쳐다본다. 비가 새는 판잣집에서라도 고운 배움이 이뤄진다면 그 아니, 기쁘리오만 요즘 그런 감동의 마음을 갖는 아이나 교직원을 찾기란 쉽지 않다. '사노라면' 겪을 수 있는 경험의 하나로 여기지 않는다.

누수 공사는 최우선 보수를 원칙으로 하고 있다. 새고 있는 장면을 사진 촬영하여 교육청 관련 부서로 보내면 대부분 곧 바로 방수 공사가 이뤄지곤 한다. 그런데 누수를 잡는 보수 공사가 쉽지 않다. 누수를 잡는 게 여간 어렵다는 건 작업자들 사이에선 정평이 나 있다. 애초 처음 시공이 잘못되면 누수되는 지점을 찾아서 단단히 갈무리하기가 난제라는 것이다. 충분한 예산을 투입하여 전면적 보수 공사를 하지 않으면 안 된다. 건물 이음새, 창틀 사이, 옥상의 어느 지점 등등에서 새는 곳을 정확히 찾아내지 못할 거라면 도리 없이 전면적인 보수 공사가 불가피하다 할 것이다. 그런데도 누수 공사를 분할하여 시행하는 걸 그동안 여러 차례 겪었다. 더 정확하게 말하자면, 수의 계약이 가능한 액수로 분할하여 공사를 발주하는 사례가 적지 않았다는 것이다.

교과교육 활동에 필요한 예산이건 시설 공사를 위한 예산이건 예산을 배정해 주는 교육청의 배려를 마다할 교장이 어디 있겠는가? 예산 부서에 절실히 필요한 예산이라며 추경 예산에 반영해 줄 것을 요청하거나 다음 연도 본예산에 책정해 줄 것을 요망하는 교장 역시 드물다. 예산의 흐름을 알고 있다 해도 예산 부서 담당자 혹은 그 윗선과 친분이 있는 경우 말고는 많은 교장들은 예산 요청하기를 주저한다. 자존심이 상하는 경우가 많기 때문이다. 대부분 거절당하기 일쑤이다. 그러니 아주 조심스러워 한다. 대부분 행정실장을 통해 예산을 요청하는 편이다. 보다 큰 시설 공사는 교육감에게 직접 요청하는 경우도 없진 않으나 그런 예는 극히 한정되어 있다. 이런 마당에 분할해서 주더라도 당장 어려운 시설 환경 개선에 쓰일 수 있다면 거부할 수 없다는 것이다. 누수를 막는 공사에서도 마찬가지 심중이다.

　누수가 이뤄지는 현상에 있어 경우의 수가 비일비재하고 또한 작업자로서도 찾아내기 어려운 까닭에 일단 부분 방수 공사를 할 수밖에 없다는 항변, 전혀 이해 못하는 건 아니다. 교육청 예산 편성 부서에 확보된 예산이 한정되어 있는 까닭이란 걸 또 미뤄 짐작할 수도 있다. 하지만 누수를 잡을 수 없는 상황에서도 분할 하여 공사비를 배정하고 지원하는 건 도무지 이해할 수 없다. 또 한 수의 계약이 가능한 금액으로 쪼개서 배정하는 경우는 더욱이 나 그렇다. 하자 보수 기간 내의 누수에 관해서는 시공사에서 당 연히 하게 되어 있기에 논외다. 하자 보수 기간이 지나 버린 건축 물에 대한 누수는 어느 경우에서라도 단번에 잡아낼 수 있도록 특 단의 조치를 해야 한다.

　예산의 누수 현상은 없겠지요?

진보 교육감의 앞날을 생각하다

곽노현 서울시 교육감이 중도에 하차했다. 교과부의 집요한 흠집내기에도 잘 대처하던 그가 선거 한참 뒤에 있었던 '선의적 지원' 문제로 낙마한 것이다. 그래서 더욱 아쉽다. 차라리 교과부와의 싸움에서 진 현행법 안에서의 법리 논쟁 결과였다면 곽 교육감 낙마를 보는 마음이 덜 아팠을 것이다. 한편으로는 재판 과정에서 그가 보여 준 모습 역시 안타깝기도 하였다. 법학 전공 학자 출신이어 저러나 싶으면서도, 그의 고집스런 법리 주장을 보고 참 순구한 사람이구나, 하는 느낌을 받았다. 하지만 나는 그런 느낌을 떨쳐 내려 머리를 흔들곤 하였다. 참된 사람에 대한 세간 인식에 나 역시 빠져든 상태에서 느낀 감정이 아닐까 하여 걸맞지 않은 표현이라 여겼다. 해서 떨쳐 내려 했던 것이다. 나는 지금도 그의 참됨과 열정을 믿고 있다. 자신의 법리적 관점에 대해 꽤 아니, 매우 불리한 상황에서도 굽히지 않는 저런 깊이의 내적 기준을 거머쥐고 있는 사람이니 흔들리지 않고 서울시 교육의 흐름을 잘 잡아가고 있었구나, 하는 확인과 확신을 갖게끔 하였다.

하지만 아쉽고 안타까운 건 여전히 떨쳐 낼 수 없다. 그가 지닌 상징성 때문이다. 6개 시도 진보 교육감 중의 한 사람이라고 여기지 않은 까닭이다. 광역 자치 교육감이 지방 교육 행정 책임자일 뿐이라는 걸 인식하더라도 그가 복무한 서울시 교육감 자리는 어느 지면에서건 통칭하듯 '교육 대통령'의 구실을 해낼 위치였기에 그렇다. 나만의 공감이 아닐 것이다. 교육 문제에 민감한 대한민국 국민이면 누구도 부인하지 못하는 새로운 교육 현상을 그는 일궈 내고 있었다. 또한 그럴 만한 기대를 충분히 가져도 될 만한 시간 즉 임기를 앞에 두고 있었기에 그의 낙마가 참으로 아픈 것이다. 한국 교육의 10년을 참되게 앞당길 수 있는 보증 수표를 눈 번연히 뜨고 잃어버린 형국이기에 더욱 그렇다.

보궐 선거로 치러진 서울시 교육감에 문용린 전 교육부 장관이 당선되어 내던진 일성이 서울시 교육을 제자리로 돌려놓겠다는 말씀이었다. 그가 돌려놓겠다고 한 밭고랑은 앞선 교육감이 가로로 혹은 세로로 또는 물결치듯 일궈 놓은 여러 모양의 밭고랑을 오로지 세로로 혹은 오로지 가로로 고랑의 방향을 틀어 놓겠다는 의미로 받아들여진다. 그런데 꽤 깊게 교육학을 공부한 사람으로 알려진 그가 현재 한국 교육의 훼손된 현실을 모르지 않을 것이다. 또한 손상되어 헤어나질 못하고 있는 우리의 교육 현실을 외면하거나 자신의 교육적 관점을 정치 관계의 흐름 속에서 호도할 만큼 나약하고 얕은 학자 출신은 아닐 것이니, 앞서 일궈 놓은 곽 교육감의 교육 지형을 그렇게까지 막무가내로 돌려놓으려 돌진하진 않을 것으로 본다.

아무튼 곽 교육감이 중도에 물러나고 서울시 교육은 현재 어떤 방향으로 나아갈지 암중모색 단계에 있다고 보여진다. 곽 교육감의 지방 교육 정책이 언론으로부터 주목받고 곧잘 논란의 대상이 되던 때와는 달리 요즘 들어 서울시 교육에 관한 기사를 언론에서 전처럼 접하지 못한다. 나는 이마저도 다행이라 여긴다. 이런 생각이 바른지 그른지 모르긴 하나, 문용린 교육감이 제자리로 돌려 놓겠다며 손을 대려는 부분에 대해 고민하고 있다는 증표로 여기고자 하는 마음의 소이일 것이다.

2010년 6·2 지방 선거 당시 전국 16개 시도 교육감 가운데 6개 시도에서 이른바 진보 교육감이 당선되었다는 건 교육 문제에 관한 한 당시 MB 정부에 대한 명백한 심판의 결과였다. 더욱이나 우리나라 인구의 3/5이 살고 있는 수도권 가운데 가장 큰 인구 비율을 지닌 서울시와 경기도에서 진보 교육감이 탄생했다는 건 현재의 교육 모순을 어떤 형태로든 타파해 내리란 예감을 갖도록 하였다. 가히 혁명적 변화를 기대해도 좋으리란 단정을 기정 사실로 여겨도 될 만큼 교육적 변혁을 기대했다. 그 기대에 걸맞게 시나브로 그러나 어느 부분에서는 혁혁한 모습으로 변모해 가는 걸 확인할 수 있었다. 무상 급식 확대와 혁신 학교로의 학교 변화, 학생 인권 보장 등이 변화의 중심축이었다. 참 기쁘게 바라볼 내용들이었다.

물론 나는 선거 과정에서의 대표적 공약이면서 정치적 구호라 여긴 무상 급식 확대 문제와 다르게, 당선된 뒤 진보 교육감들이 자신에게 주어진 복무 범위 내에서 해내고 있는 혁신 학교나 학생 인권에 관한 조례 제정 등을 더 눈여겨봤다. 사실 무상 급식 문제는 교육 본질에 접근한 공약으로 보지 않았고, 마땅하다고 여기지도 않았다. 무상 급식 자체가 문제가 아니라 복지의 문제는 보편적 복지 개념으로 전체 국민에게 던질 화두라고 봤다. 학생들을 대상으로 하는 무상 급식이라는 복지의 거론은 학교 현실의 실상에선 우선해서 앞세워야 할 적확한 공약으로 볼 순 없는 문제라고 나는 보고 있었다. 지금도 그렇게 여긴다.

혁신 학교는 경기도 교육청 김상곤 교육감이 보궐 선거로 당선된 뒤 경기도 교육을 확 바꿔 낸 혁명적 수준의 성과물이다. 일부 초등 교사를 중심으로 작은 학교 살리기를 기반으로 하여 혼신을 기울여 일궈 낸 참으로 기발한 교육 운동이 그 발현이었다. 경기도 교육 전반에 확산되고 있다. 또한 그러한 탓에 진보 교육감이라고 내세우지 않는 다른 시도 교육감들도 적극적인 수용을 천명하고 있다. 문용린 서울시 교육감도 손댈 수 없는 부분일 것이다. 그런데 학생 인권 조례에 대해서는 극명하게 다른 모습을 보여 주고 있다. 학생 인권 조례와 관련해, 이 글에서는 다루지 않고자 한다.

나는 진보 교육감의 미래를 염두에 두면서 그들의 출신과 배경을 들여다볼 생각을 하였다. 곽 교육감까지를 포함하여 여섯 분 가운데 네 분이 대학에 있었고, 어떤 형태로든 보통 교육을 담당하다 당선된 교육감이 두 분이다. 여섯 분들이 선거 과정에서 내세운 여러 가지 공약 중 대학에 있던 네 분의 공약 가운데 국민적 관심을 촉발해 낸 부분이 무상 급식이었다. 특히 경기도 감상곤 교육감이 던진 화두는 당시 지방 자치 선거를 휩쓴 공약의 정점이었다. 이 대목이 너무나 뚜렷하게 부각됨으로써 진보 교육감 후보들이 내세운 여타 공약들은 교육의 본질에서 아주 무게감이 덜한 내용으로 탈바꿈하는 걸 목격하지 않을 수 없었다. 나는 이 부분에 대해 매우 안타깝게 생각하면서 과연 앞으로 있을 지방 교육 자치 선거판에서도 이런 정치적 구호에 가까운 교육 공약이 관철되어 재선에 혹은 삼선에 성공할 수 있겠느냐, 하는 판단을 하게 만든다. 앞서 언급하였듯이, 무상 급식 관련 공약은 학생을 대상으로 하는 공약 수준에서 전 국민적 복지 문제로 확산되어 선별적 복지네, 보편적 복지네 하는, 지방 교육 자치 수준의 공약을 넘어

복지 국가를 지향해야 한다는 총선과 대선 공약으로 도약하였다. 전 국민적 관심사로 증폭되어 복지 국가 논쟁을 촉발해 냈다.

문제는, 교육 본질 문제에서 조금은 비껴 서 있다고 여겨질 수 있는 공약으로는 당선 가능성이 높을 것 같진 않아 보인다는 점이다. 한 발 더 나아가야 한다는 것이다. 예를 들면 무상 급식에서 친환경 먹을거리로의 급식이자, 지역 생산물로컬 푸드로의 조리를 통해 힐링적 식탁 문화를 학교에 제공하겠다는 방식의 공약 선점이 요구된다는 것이다. 그렇지만 이것도 당선 윤곽을 드러낼 만한 공약으로는 벌써 한물간 공약이다. 마땅하지 않다. 학교를 확 바꿔 내겠다는 분명하고도 확신에 찬 내용으로 공약이 처음부터 끝까지 점철되어 있지 않는 한 교육 수요자인 유권자들로부터 표를 달라하기엔 어렵게 사회 현실이 바뀌고 있다는 생각을 떨칠 수 없다. 우선 나부터 주저할 것이다. 즉 교육 본분에서 한참 벗어나 있는 더욱이나 인류가 지향하는 가치 실현을 호도하고 있는 오늘의 교육 현실을 과감히 깨부수겠다는 의지를 담은 공약을 내세우지 않는 후보에게는 결코 표를 주지 않을 것이란 예감을 갖고 있다.

이제는 대학 입시에 매몰되어 있는 학교는 문 닫겠다예산 지원을 끊겠다는 선언을 해야 한다는 것이다. 아침부터 저녁까지 오로지 교과서와 참고서, 문제집에만 의존하는 학교는 문 닫겠다예산 지원을 끊겠다고 공약해야 한다는 것이다. 자기가 가르칠 수 있는 혹은 가르치고자 하는 내용을 담은 교과서 하나 만들어 낼 수 없는 교사라면 스스로 교단을 떠나라고 아니 내몰겠다일체의 부가적 배려를 끊겠다고 공약하지 않는 교육감 후보에게는 표를 주지 않을 것이란 어떤 확신 같은 희망을 나는 갖고 있다.

그런 점에서 진보 교육감들이 더욱 진보해 가지 않으면서 차기를 기득권적으로 넘보아서는 아니 될 것으로 본다. 사실 대학에 있던 진보적 성향의 분들이 교육감에 당선된 뒤 내가 가장 기대했던 건 거침없는 인사권 행사와 예산의 투명성과 효율성을 어느 정도 이뤄낼 수 있을 것인가? 하는 부분이었다. 이 부분에 대해서는 일정 부분 성공을 거두고 있다고 본다. 교육장 인사권을 50% 정도나 주민들에게 내준다거나 예산 편성권을 주민 참여제로 일정 부분 할애하는 제도적 장치는 섣불리 양보할 수 있는 게 아니다. 진보 교육감이니까 해낼 수 있었던, 거침없이 추진할 수 있었던 사안이다. 하지만 보통 교육의 질적 변화를 얼마만큼 제대로 끌어낼 수 있을 것인가? 하는 부분에 대해서는 아직 회의적인 자세를 견지하고 있다. 좀 더 지켜봐야겠다. 나는 바로 이 부분에 대해 적확한 진단과 그에 걸맞는 공약을 선점하지 않으면 진보 교육감들의 차기는 위험 수위에 놓여 있다고 본다. 그런 선상에서 곽노현 교육감 낙마는 진보 교육감들에게는 유대감 상실을 넘어 존재감 상실까지 안겨 준 커다란 상처이지 않을 수 없다.

덧붙이자면 이제는 진보 교육감 가운데 보통 교육에 몸담았던 두 분의 보통 교육 혁신에 기대하지 않을 수 없다. 광주시 교육청과 강원도 교육청의 보통 교육의 변모는 진보 교육감들에 대한 앞날의 바로미터일 수 있다고 보기 때문이다. 대학에 있던 분들이 보통 교육을 잘 모르리라는 예단을 가지고 있진 않지만, 고등 교육에서 다뤄지지 않는 보통 교육만의 관점이 세심하게 갖춰져 있지 않으면 인사와 예산 분야의 성과 이상을 내기는 어렵다고 본다. 그런 까닭에 보통 교육에 몸담았던 두 분이 보통 교육의 변화를 얼마나 강력하게 추진하고 어느 만큼 성과를 내느냐, 하는 건 참으로 눈여겨 볼 대목이다. 달리 말하면 대학에 적을 두었던 진보 교육감들이 한 단계 더 나아가는 학교 변화를 추동해 낼 수 있도록 광주시 교육청과 강원도 교육청이 혁명적 수준의 학교 변혁을 이뤄 냄으로써 널리 파급시켜야 한다는 것이다.

곽노현 서울시 교육감 낙마로 인해 학교 변혁이 잠시 주춤해지고 있고 상당 기간 동안 제자리걸음을 하거나 퇴보 가능성이 없진 않으리라 본다. 하지만 이제 남아 있는 진보 교육감들이 곽노현 교육감 몫까지 맡아 곽노현을 뛰어넘고 곽노현 중도 하차를 상쇄할 수 있는 학교 혁신을 더욱 추동하지 않으면 안 된다. 이는 차기 지방 교육 자치 선거에서 더 많은 진보 교육감들이 탄생할 수 있도록 하는 단초이다. 현재의 진보 교육감들이 더욱 분발하지 않으면 안 된다는 경종이기도 하다. 또한 그래야만 교육감 선거를 직

선으로 치루고 땅을 치며 후회하는 보수, 기득권 층의 직선 교육
감 선거 제도 철회 즉 지방 교육 자치의 지방 자치에로의 흡도 시
도를 막아 낼 수 있을 것이다.

받는 촌지, 주는 촌지

내가 받는 촌지는 끊어 냈다. 그럼에도 내가 주는, 주어야 할 촌지는 끊어 내지 못했다. 끊어 내지 못한 촌지는 내부의 우리 모습이다. 이런 이야기를 끄집어 내는 게 상당히 부담스럽다. 밝히기 쉽진 않으나 '나에게만 해당하는 일'이 아니라 여겨 몇 자 적고자 한다. 또한 이 글을 쓰는 시점으로부터 벌써 오래전 이야기이며 상당 부분 개선되었다고 듣고 있기에 그리 염려스럽지 않기도 하다. 어쨌거나 아름답지 못한 내부의 모습을 들추는 건 여러모로 껄끄럽다. 용서하시라.

제법 규모가 큰 학교로 부임한 첫 해, 명절 얘기다. 추석 명절이었고 교장실을 들락거리며 건네는 동료들의 선물을 얼떨결에 받았긴 했지만 불편했다. 명절 뒤에 보니 이게 단순한 명절 선물로 보기에 지나치다 싶을 만큼 다양하고 많았다. 뒤늦게 정신이

번뜩 들었고, 한참을 자책했다. 해서, 다음 명절엔 달포를 앞두고 전 교직원에게 알렸다. 일체의 선물을 거부하겠다고 명료하게 전달했다. 학교 친목회에서 전달하는 정情 말고는 거부하였다. 조금 냉혹하게 거절했다. 나 모르게 가져다 놓은 선물을 되돌려 주기까지 했다. 그리고 다음부터는 친목회에서 건네는 선물마저 받지 않았다. 선물 중에는 집에서 직접 담근 막걸리도 있었다. 그런 선물까지 거절할 순 없어서 귀하고 달게 마셨다. 하지만 거의 단절할 수 있었다. 안 주기는 뭐 하고 주기에는 껄끄러운 명절 선물이라도 결국은 촌지다. 명절에 주고받는 선물을 동료들로부터 끊어 낸 이후 한결 홀가분해졌다. 그렇게 신신당부했는데도 누군가는 과일을 택배로 보내기도 하였다. 과일 상자를 다시 택배로 돌려보내진 못했다.

나는 그전부터 외부로부터 건네지는 촌지를 거절해 왔다. 수학여행, 수련 활동, 앨범, 급식, 비품 납품, 시설 공사, 업자 선정, 과科·부部별 관련 예산 등 학교 교육과 관련한 예산 투자가 적지 않다. 결재권자인 교장은 촌지 유혹으로부터 자유롭지 못하다. 오리 물 털듯 단호하게 털어 내지 않으면 무너지고 마는 경우가 없다 할 수 없다. 교장으로 8년간 일하면서 학교와 관계하는 이런저런 계약자, 시공업자, 납품업자들로부터 촌지를 받아 내 주머니에 찬 적 없다면 거짓말이라 여길 것이다. 허나, 현금으로건 수

표로건 어떠한 명목의 촌지도 일체 꿰차지 않았다. 더불어 자치 단체에서 교장에게 관리비 명목으로 준 지원비에 대해서도 나는 내 몫으로 전혀 챙기지 않았다. 담임 교사 협의회, 부장회의, 운동 선수 격려금, 행사 지원비, 교직원 모임 관련 회식 등 그야말로 관리비 명목으로 사용했다. 내 자존심이었다. 교육 지원비랍시고 몇 푼 지원하면서 생색내고 또한 흠집 들여다보려는 자치 단체 공무원의 모습이 보기에 너무 속상했다. 나 혼자서라도 당당하고자 했다. 더구나 시공업자나 납품업자, 계약자들에게 혹은 예산과 관련한 담당자에게 책잡히는 것 자체가 교사교직자로서 자존감의 문제였다. 자존심 하나로 사는 게 교사들 아닌가. 너무나 당연한 일이어서 굳이 이런 사실을 밝히는 게 우습기도 하다.

몇 년 전. 어느 학교에서 장학 지도가 있던 날이었다. 내가 사전에, 이를테면 거마비는 준비하지 말고 식사 대접은 하자고 했다. 한데, 장학 지도 온 장학진들이 학교에서 마련한 식사를 마다하였다. 특별 지시에 의한 것이라 했다. 완강했다. 나는 이왕 주문해 놓은 걸 취소할 수도 없으니 식사는 하자고 종용했다. 딴은 장학진들이 학교 방문을 하면서 교감 선생에게 장학진들끼리 따로 할 테니 식사 준비하지 말라고 미리 일렀다는 이야긴 들었다. 그래도 학교에 온 손님들을 소홀히 대접할 순 없었다. 해서 음식점에 주문을 해 놨다. 몇 번의 거절과 종용 끝에 억지로 끌다시피

해서 식사를 마쳤고, 이후 일정을 소화해 낸 장학진들은 장학 지도를 마치고 학교를 떠났다.

내가 장학진들에게 거마비를 건네지 않았으니, 그들은 그냥 갔다. 그런데 그 날 저녁, 장학 지도를 준비하고 받으시느라 고생하셨다고 교감, 행정실장, 부장교사들과 저녁 식사하면서 술 한 잔씩 나누고 있는 때, 어느 부장교사가 다른 부장교사에게 '주머니 좀 털렸겠네.' 하는, 농담처럼 던지는 말을 듣게 되었다. 그 자리에서 확인하기 어려워 다음 날 농담조로 말을 꺼낸 부장교사를 불렀다. 무슨 말이냐, 물은즉 샘들이 추렴해서 장학진에 약간의 거마비를 건넸다는 것이었다. 장학 지도 나온 장학진의 교과목에 해당하는 교사들이 십시일반 모아서 줬다는 이야기였다. 일반화되어 있는 관례라고 하였다. 실태가 이렇구나, 하고 그때서야 느끼는 건 나의 둔감함 때문이라 해도 시쳇말로 이중 과세(?)라는 생각이 밀려 왔다.

교장이 약간의 거마비를 건넸거나 그렇지 않았거나 관계없이 해당 교과 교사들이 장학진에게 거마비를 건네는 관행은 듣기에 참 딱한 일이라 여겼다. 다음 해부터 장학 지도에 따른 장학진의 학교 방문 때엔 내가 마련해 주겠다, 하였다. 그러면서, 부장회의를 통해서 교과 선생님들은 하지 않았으면 좋겠다, 했다. 이후, 누구도 건네지 않았다는 정황을 들으며 나는 쾌재를 불렀다. 그래야 했다. 그런 일은 이제 학교 현장에서 사라졌다고 듣고 있다.

인간미(?)마저 몰수당한 듯해 떨떠름하다는 어수룩한 표현을 누 군가로부터 듣기도 하였으나 마땅하고 바람직한 풍토라 여긴다.

교육청의 또 다른 부서 혹은 또 다른 기관에서 드물게 현지 확 인 차 이뤄지는 학교 방문이 있다. 대부분 식사 대접을 한다. 그 런데, 이 경우는 식사 대접만으론 좀 찜찜한 게 있다. 현지 확인 의 시각에 따라 예산이 오거나 말거나 할 수 있기 때문이다. 학교 에서 필요한 교육 활동을 해내기 위해 여러 경로를 통해 애쓰고 공들인 예산 요청이 거절될 수 있거나 혹은 세운 예산이 삭감될 수 있는 상황이라면 교장으로서 달리 생각하지 않을 수 없게 된 다. 이런 관행, 깨뜨리지 못한다. 예산 수립과 삭감에 실제로는 아무런 영향을 미치지 못한다 할지라도 관행에서 벗어나는 건 쉽 지 않다. 관행을 무시하는 것 또한 기관장으로서 상식 이하라는 인식 역시 오래된 관행이다. 아무려나, 내가 받는 건 물리칠 수 있었다. 그런데 내가 주어야 할 상황에선 끊어 낼 수 없었다. 관 행에서 벗어나기란 참 어렵다. 관행은 이를테면 관습(법)이라는 인식이 팽배해 있는 현실을 외면만 할 수 없는 상황이 현재에도 지속되고 있는지는 모르겠다. 그걸 알거나 느낄 수 있는 선상에서 이제는 물러났기 때문이다.

하지만 모르겠다. '내'가 받는 촌지는 끊어 냈지만, '내'가 주어

야 하는 촌지는 끊어 내지 못할 거라는 예단도 여전히 만만치 않
은 게 기류인 듯하다. 나 역시 그럴 거라는 생각을 매몰차게 떨쳐
버리지 못하고 있기도 하다. 관행을 끊어 내는 건 그래서 혁명적
수준의 자기 혁신이 요구되는가 보다.

교권 보호는 교장의 몫이다

선도위원회가 열리는 날이었다. 자생부_{학생부} 소속의 선배 교사가 얼굴빛이 변해서 교장실로 들어왔다. 마침 교장실에서 선도위원회가 열리기 직전이어 부서 담당자로서 상황 점검하러 왔다고는 하는데, 난감한 표정이 역력했다. 들어 본 즉, 학부모가 고래고래 소리를 지르고 난리를 치는 통에 그 자리에 있을 수 없어 쫓겨 왔다는 것이었다. 이게 무슨 징계감이냐며, 난동 수준으로 학교를 폄훼하는 소리를 내지르고 있다는 것이었다. 부리나케 자생부실로 달려갔다. 학부모 두 분이 그야말로 아우성치고 있었다. 내가 들어서자, 너는 누구냐, 싶은 얼굴로 목소리를 더 높였다.

"애가 무슨 범법자요? 가해자, 가해자 하게."

말꼬투리 잡아 학생부장에게 포악해 대고 있었다. 학생부장이 이번 선도위원회에 회부된 사안의 주동主動 아이를 가리켜 '가해자'라고 지칭한 모양이었다.

내가 바로 '가해자'라는 표현에 대해 사과했다. 삼가야 할 표현이었다. 설령 학교 안에서 벌어진 폭력 상황이 있었다 하더라도 '때린 학생'과 '맞은 학생' 혹은 '해당 학생'은 있어도 가해자나 피해자라는 표현은 지나쳤다. 미필적 고의가 아닌 고의적인 행동에 의한 결과라 할지라도 학교에서 아이들에게 그런 표현을 하기에는 걸맞지 않는다고 생각했다. 교과부^현 교육부의 지침에 '가해 학생', '피해 학생'이라고 지칭하도록 되어 있으니, 학생이란 말 대신 '가해자'라고 했던 모양이었다. 이를 두고 표현의 적절성을 지적하긴 어렵지만 인식의 문제였다.

학부모의 지적은 어쨌거나 틀리지 않았다. 애들의 교칙 위반 행위가 싸움질에 의한 것도 아니었고 기숙사에서 술 먹은 정도를 가지고 '가해자'라고 했다면서 항변 이상의 감정을 폭발하고 있었다. 기름에 불붙인 격이긴 했다. 기숙사에서 술 먹었다고 수능 얼마 남지 않은 고3 학생을 기숙사에서 퇴사시키면 그걸로 징계를 받은 것이지, 거기에다 교칙에 의한 징계라니, 하는 생각에 감정이 상할 대로 상해 있던 터였다. 그러나 이를 방치해서는 안 되겠다 싶은 상황이었다. 학생부장에게 교장실에서 선도위원회를 진행하시라 했다.

그러는 나를 보고 학부모들이 대뜸,

"왜 이중 처벌을 하는 거요."

하고 따졌다. 아이들의 아빠들, 엄마들도 오셨다. 그 중 어느 아이의 아빠가 심하게 내게 대거리를 했다.

"이중 처벌이라니, 무슨 말이요, 학교에서 술을 마셨는데, 그럼 그냥 놔두라는 말이오, 그것도 기숙사에서. 기숙사가 학교 밖이오, 안이오? 엄연히 학교 안인데, 학교 안에서 새벽 1시부터 5시까지 밤 세워 술을 마셨는데, 묵과하라고요. 가당치 않은 말이오."

내가 조목조목 맞받았다.

"기숙사에서 내쫓으면 됐지, 또 처벌을 한다고 하니 그러지요."

어느 아이의 엄마가 합세했고 목소리가 야멸찼다.

"나는 그럴 수 없소. 단호하게 처벌할 것이오. 교칙에 엄연히 있소."

아주 단호하게 나갔다. 학부모 둘이 더 흥분했다.

"아니, 학교가 무조건 처벌하는 곳이오. 여기가 경찰서고 검찰청이냐고요, 교육하는 곳에서 무슨 처벌만을 앞세우느냐고, 글쎄."

학교가 떠나갈 듯 고함을 내지르는 것이었다.

"여기가 경찰서고 검찰청이면 이렇게 하겠소. 학교를 얕잡아보니까, 이렇지. 교칙대로 처벌할 것이오. 교칙에 의하면 등교 정지요. 또한 선생님들에게 이런 식으로 행동하는 것에 대해서도 나는 묵과하지 않겠오."

내가 더 세게 나갔다.

벽을 사이에 두고 있는 교무실에서 무슨 일이냐 뭐, 달려 왔다. 학생부장과의 다툼에는 그러려니 하다가 교장의 커진 목소리가 들리니, 무슨 일 벌어진 줄 알고 동료 몇몇이 자생부실로 몰려 온 것이다. 나를 진정시키며 밖으로 이끌었다. 나도 못 이기는 척하고 나왔다.

그리고 선도위원회가 열렸다. 선도위원회 위원장은 교감이었다. 마땅히 쉴 곳이 없는 터이기도 했으나 학부모들을 위로해 줘야 하기도 했다. 먼저 아이들과 면담한 뒤에 학부모 면담이 순서였다. 나는 다시 자생부실로 갔다. 학부모들이 외면했다.

"학교에서 이런 일을 벌인 자식이 밉기도 하겠지만, 그걸 나무라는 학교 역시 불만이기는 마찬가지일 것입니다. 하지만, 나로서는 여기 아이들이 900여 명입니다. 선례를 남길 수 없다, 이런 뜻입니다. 나도 자식 키우는 사람입니다. 아이들이라는 게 열두 번도 변한다지 않습니까? 이런 일도 있고 저런 일도 겪으면서 자식들 키우는 것이잖아요."

학부모 하나가 다시 '가해자'라는 표현을 들고 나왔다.

"그건, 내가 사과하지 않았소. 학교에서 그런 표현은 삼가야 한다고 나도 여기고 있습니다. 그러니, 그 부분에 대해서는 더 이상 거론하지 맙시다."

대들던 학부모 중 다른 한 아이 아빠가,

"선처를 부탁합니다. 고3인데, 수능이 얼마 남았다고 학교에서 이래 버리면 어디다 호소를 할 것입니까? 잘못되었으니, 처벌은 받을 랍니다. 제발, 기숙사에 있게만 교장님이 해 주십사, 빕니다.”

선처를 부탁하는 것이었다. 술 마신 아이들 일곱 중 세 명이 원거리 통학생이었다.

“그렇게는 못합니다.”

그러자, 그 학부모는,

“에이, 씨팔”,

하며 자생부실 문을 확 열어 제치고는 나갔다. 그리고는 돌아오지 않았다. 그런데 선도위원회는 참석하여 다시 선처를 구하더란다. 기숙사 퇴사와 학생 생활 기록부에 기록하지 않고 교내 봉사 5일로 선도위원회에서 정했고, 나 역시 그렇게 결정했다.

학교에 크고 작은 사고가 늘 일어나곤 한다. 그리고 이를 처리하는 과정에 불만 품고 항의하는 학부모 역시 적지 않다. 위의 대화가 한 예이다. 막무가내로 폭언하고 폭행하기도 한다. 그동안 학교의 교육 행위에 대한 반작용이기도 하리니, 우선 학교의 반성이 요구된다 할 것이다. 특히 체벌에 관해서는 사회의 흐름도 그렇지만 부모들의 성정이 폭발하는 대목이기도 하다. 부모들 세대엔 맞으며 커왔으나 자식들은 때려서 키우지 않겠다는 생각이고 그렇게 키우고 있다. 이를테면, 나도 때리지 않는데 감히 내 자식을 때려, 하는 투다. 엄하게 가르친다는 게 매 말고는 달리 훈육 수단을 가지지 못한 때문에 무던히도 맞고 컸던 세대들이 현재 교사들이다. 그렇게 배우고 컸던 탓에 답습하는 것이다. 체벌은 인권적 권리를 침해하는 행위라는 걸 이제는 교사들이 깨달아야 한다. 체벌과 관련해서 학부모들의 항의가 거세지만, 폭력이나 왕따에 의한 처벌을 하게 될 경우 이에 대응하는 학부모의 형태가 천차만별이다. 위에 든 예는 말하자면 양반 격에 속한다.

이래저래 교사가 교권 침해를 받는 경우가 적지 않다. 침해 사례 또한 다양하다. 그럴 때, 그런 경우에 처했을 때, 교장이 이를 막아 주고 풀어 줘야 한다. 교장이 먼저 나서야 한다. 교장이 해결의 주체여야 한다. 상황에 따라 다를 수 있긴 하다. 교장이 맨 나중에 나서야 할 때도 있다. 그러나 학생이나 학부모로부터 침해받는 교권은 교장이 우선해서 해결해야 할 몫이라는 인식이 전제되어야 한다. 교사가 학부모나 학생들로부터 인격 침해나 교권이 짓밟히는 상황에 직면하게 되면 가르칠 맛을 잃게 된다. 교사는 치명적인 상처를 안게 된다. 종국에는 가르치려는 마음을 포기하게 된다. 그저 지식 전달자에 머물게 될 소지가 크다. 또한 아이들에게 커다란 손실이 초래된다.

구성원 내부의 갈등 또한 교권 침해의 범주 안에 있으며 이의

해결 역시 교장이 미적거리면 안 된다. 그래야 교사들이 가르칠 맛이 난다. 교권은 교사들이 끝내 지키고자 하는 보루이다. 교장이 뒤로 빠지면 교사들의 신명 난 가르침은 없다.